畅游广州

A Wonderful Trip in Guangzhou

◎关湘＼著

何丽冰＼译

汉英版

广东省出版集团

广东教育出版社

图书在版编目（CIP）数据

畅游广州：汉英对照版 / 关湘著；何丽冰译. —广州：
广东教育出版社，2007.11
ISBN 978-7-5406-6747-4

Ⅰ．畅… Ⅱ．①关…②何… Ⅲ．①汉语－对外汉语
教学－语言读物②广州市－概况－汉、英 Ⅳ．H195.5
K. 926.51

中国版本图书馆 CIP 数据核字（2007）第 131097 号

广 东 教 育 出 版 社 出 版 发 行
（广州市环市东路 472 号 12-15 楼）
邮政编码：510075
网址：http://www.gjs.cn
广东新华发行集团股份有限公司经销
中山新华商务印刷有限公司印刷
（中山市火炬开发区逸仙大道）
850 毫米×1168 毫米　32 开本　11.75 印张　340 000 字
2007 年 11 月第 1 版　2007 年 11 月第 1 次印刷
印数 1-3 000 册
ISBN 978-7-5406-6747-4
定价：20.00 元

质量监督电话：020-87613102　购书咨询电话：020-34120440

序

广州是海上丝路的首发港，广州是祖国的南大门，广州是中国进出口商品交易会的所在地。广州是历史名城，广州是经济名城，广州是文化名城。

美丽的广州经过改革开放的 30 年，由一个百万人口的城市变成了人口超千万的特大城市。占全国人口 2%的广州，却交了我国 20%的税，成为一个纳税大城市，成为一个活力无限的城市，成为人们向往的适宜乐业安居的城市。

《畅游广州》正是要介绍广州的风景名胜、文化古迹，让全世界的人们了解广州，让广州走向世界。

广州的今天，业绩辉煌；广州的明天，前程似锦。面对我生活居住的城市，我要放声高歌广州美、广州好！我要为她写书、填词。我要用《玉楼春 广州好》这首词作为本序的结尾。

玉楼春 广州好

木棉璀璨知春早，花市迎春气象好。

喜升平盛世绵延，欢庆青春常不老。

江山秀丽人妖娆，纳税居先真不少。

羊城改革领先河，乐业安居广州好。

2007 年春

关中柳作于羊城

Preface

As the starting port of the Silk Road and the site of China Import and Export Commodities Fair, the city of Guangzhou serves as the southern gate of China, enjoying great fame for its history, culture and economic development.

After the 30 years of opening and reform, Guangzhou has become a large city with a population of more than 10 million. Occupying only 2% of our country's population, the people of Guangzhou pay 20% of the taxes of the entire country. It's really an economically developed city, an energetic city and a perfect place for living.

This book mainly introduces the scenic spots in Guangzhou. People all around the world can learn about the beauty of Guangzhou from it.

Guangzhou never stops its developing steps, and it will strive on for a more prosperous future. I feel so proud of living in this wonderful city that I decide to write a book on its great beauty and charm.

Finally, a poem to show my pride of being a Guangzhou citizen.

Yu Lou Chun (a typical form of Song *ci*)——
Wonderful Guangzhou

Spring comes early when kapoks bloom on the trees,
Full of people and fragrance are the flower markets;
A prosperous and peaceful city,
Guangzhou turns out young and energetic as before.
More than a beautiful city with charming sceneries and people,
Guangzhou contributes a lot to our country in taxes.
Taking the leading role in the opening and reform,
Guangzhou has become a perfect place for life.

Guang Zhongliu
Spring 2007,
in Guangzhou

目录 CONTENTS

CONTENTS

第1课 中山纪念堂

Lesson 1 Dr. Sun Yat-Sen Memorial Hall

A：爷爷，您给我刚从美国来的朋友介绍一下中山纪念堂，好吗？

Yé ye, nín gěi wǒ gāng cóng Měi guó lái de péng you jiè shào yī xià Zhōng shān jì niàn táng, hǎo ma?

B：好的。中山纪念堂建筑装饰富丽堂皇，是富有浓郁民族风格和中国传统建筑艺术特色的经典之作。设计者是年轻华侨建筑师吕彦直。由上海馥记营造厂承建。1929年奠基，于1931年落成，花时约两年，共耗资110万银元。当时，由广东人民和海外华侨捐款兴建。解放后，人民政府曾8次拨巨资进行全面修缮。现在，已经安装

A：Grandpa, can you tell my American friend something about Dr. Sun Yat-sen Memorial Hall?

B：Sure. A stately octagonal building featuring Chinese style, Dr. Sun Yat-Sen Memorial Hall looks grand and solemn. It was designed by a young overseas Chinese architect Lu Yanzhi and constructed by Shanghai Fuji Construction Company. The great work started in 1929 and was finished in 1931. Cantonese people and overseas Chinese donated 110

了中央空调、高级舞台音响、灯光控制系统、消防监控中心，并修建了贵宾接待大厅。它已成为各界人士缅怀孙中山先生和进行大型文艺演出的重要场所。1985年，它被列为广东省重点保护文物。阿丽，你看怎么样？

Hǎo de. Zhōng shān jì niàn táng jiàn zhù zhuāng shì fù lì táng huáng, shì fù yǒu nóng yù mín zú fēng gé hé Zhōng guó chuán tǒng jiàn zhù yì shù tè sè de jīng diǎn zhī zuò. Shè jì zhě shì nián qīng huá qiáo jiàn zhù shī Lǚ Yàn zhí. Yóu Shàng hǎi Fù jì yíng zào chǎng chéng jiàn. 1929 nián diàn jī, yú 1931 nián luò chéng, huā shí yuē liǎng nián. Gòng hào zī 110 wàn Yín yuán. Dāng shí, yóu Guǎng dōng rén mín hé hǎi wài huá qiáo juān kuǎn xīng jiàn. Jiě fàng

thousand taels on the construction of the hall. Since the liberation in 1949, our government has invested a great lot of money to the reconstruction work. The hall is now equipped with central air-conditioning, modern sound and light systems, a fire monitoring centre and even a VIP reception room. It has become a very important place for people to memorize Dr. Sun Yat-sen and for great shows as well. In 1985, it was granted one of the key cultural relics in Guangdong Province. How do you like it, A Li?

hòu, rén mín zhèng fǔ
céng 8 cì bō jù zī jìn xíng
quán miàn xiū shàn. Xiàn
zài, yǐ jīng ān zhuāng le
zhōng yāng kōng tiào、gāo
jí wǔ tái yīn xiǎng、dēng
guāng kòng zhì xì tǒng、
xiāo fáng jiān kòng zhōng
xīn, bìng xiū jiàn le guì bīn
jiē dài dà tīng. Tā yǐ chéng
wèi gè jiè rén shì miǎn
huái Sūn zhōng shān xiān
sheng hé jìn xíng dà xíng
wén yì yǎn chū de zhòng
yào chǎng suǒ. 1985 nián,
tā bèi liè wèi Guǎng dōng
shěng zhòng diǎn bǎo hù
wén wù. Ā Lì, nǐ kàn zěn
me yàng?

C：真是漂亮极了!
Zhēn shì piào liang jí le!

A：爷爷, 可以进去参观吗?
Yé ye, kě yǐ jìn qù cān
guān ma?

B：可以, 你们进去吧。我在
门口等你们。

C：It's fantastic!

A：Grandpa, can we have a
look inside?

B：Sure. You guys go for a
look, and I stay here for a

Kě yǐ, nǐ men jìn qù ba.
Wǒ zài mén kǒu děng nǐ
men.

while.

C：爷爷，您知道纪念堂有多
高吗？

Yé ye, nín zhī dao jì niàn
táng yǒu duō gāo ma?

C： How tall is the hall,
grandpa?

B：高49米，建筑面积12 000
多平方米。跨度30米，堂内
地下至顶高52.8米，南北宽
71米。堂内分楼上楼下两层，
大堂内有8座楼梯，11个进
出口，有观众座位5000多
个。

Gāo 49 mǐ, jiàn zhù miàn
jī 12 000 duō píng fāng mǐ.
Kuà dù 30 mǐ, táng nèi dì
xià zhì dǐng gāo 52.8 mǐ,
nán běi kuān 71 mǐ. Táng
nèi fēn lóu shàng lóu xià
liǎng céng, dà táng nèi
yǒu 8 zuò lóu tī, 11 gè jìn
chū kǒu, yǒu guān zhòng
zuò wèi 5000 duō gè.

B： It's 49 m tall, 71 metres
wide, and 12 000 m² large.
With a span of 30 metres, it
has a top reaching 52.8 m tall.
There are two floors with 8
stairways, 11 entrances and
exits, and it has more than
5000 seats.

A：爷爷，您怎么记得这么清
楚哇？

A： Gosh! How can you re-
member all these figures?

Yé ye, nín zěn me jì de
zhè me qīng chǔ wa?

B：我做了功课的，懂吗？哈
哈哈!

B：I did make some prepara-
tion for it, hahaha.

Wǒ zuò le gōng kè de,
dǒng ma? Hā ha ha!

A：噢，原来如此!

A：Oh, I see.

Ō, yuán lái rú cǐ!

B：阿芳，你说说，舞台有多
大呀？

B：A Fang, can you tell us
the size of the stage?

Ā Fāng, nǐ shuō shuo,
wǔ tái yǒu duō dà ya?

A：宽 19 米，深 15 米。对
吗？

A：19 m wide and 15 m deep.
Is it?

Kuān 19 mǐ, shēn 15 mǐ.
Duì ma?

B：真聪明!

B：Smart girl!

Zhēn cōng míng!

C：跟您的基因一样嘛。哈哈
哈!

C：She learns from you, Grand-
pa!

Gēn nín de jī yīn yī yàng
ma. Hā ha ha!

B：阿丽更聪明，哈哈哈!

B：You are terrific, A Li!

Ā Lì gèng cōng míng, hā
ha ha!

5

6

词语替换练习

Pattern Drills

你（我/他）＊有多高哇？
Nǐ（Wǒ/Tā）yǒu duō gāo wa?

How tall are you? /How tall am I? /How tall is he?

江（河/海/井）有多深？
Jiāng（Hé / Hǎi / Jǐng）yǒu duō shēn?

How deep is the river/sea/well?

阿丽比阿芳高（胖/漂亮/聪明）。
A Lì bǐ A Fāng gāo（pàng/ piào liang/cōng míng）.

A Li is taller/fatter/more beautiful/cleverer than A Fang.

荔枝好不好吃啊？
Lì zhī hǎo bu hǎo chī a?

Does lychee taste good?

张三（李四）好不好？
Zhāng Sān（Lǐ Sì）hǎo bu hǎo?

Is Zhang San/Li Si a nice guy?

笔（杯子）买没买？
Bǐ（Bēi zi）mǎi mei mǎi?

Did you buy the pen/cup?

＊ 括号内的为可替换的字词。

老王（老赵）坏不坏?

Lǎo Wáng（Lǎo Zhào）huài bu huài?

Is Lao Wang/Lao Zhao a bad guy?

小芳（小林）走不走?

Xiǎo Fāng（Xiǎo Lín）zǒu bu zǒu?

Is Xiao Fang/Xiao Lin leaving?

爸爸（妈妈）要不要去?

Bà ba（Mā ma）yào bu yào qù?

Is dad/mum leaving?

马林（王楠）来不来?

Mǎ Lín（Wáng Nán）lái bu lái?

Will Ma Lin/Wang Nan come?

7

刘翔（田亮）去不去?

Liú Xiáng（Tián Liàng）qù bu qù?

Will Liu Xiang/Tian Liang go?

香蕉（苹果）卖不卖?

Xiāng jiāo（Píng guǒ）mài bu mài?

Are the apples/bananas on sale?

漂亮不漂亮?

Piào liang bu piào liang?

Is it beautiful?

漂不漂亮?

Piào bu piào liang?

Is it nice?

搞不搞得好?

Gǎo bu gǎo de hǎo?

Can you handle it?

行不行?

Xíng bu xíng?

Can you make it?

8

畅游广州

老不老？	Is it old?
Lǎo bu lǎo?	
早不早？	Is it early?
Zǎo bu zǎo?	
快不快？	Is it fast?
Kuài bu kuài?	
睡不睡？	Are you going to bed now?
shuì bu shuì?	
开不开？	Wanna open it?
Kāi bu kāi?	
笑不笑？	Wanna smile?
Xiào bu xiào?	
哭不哭？	Wanna cry?
Kū bu kū?	
多不多？	Too much/many?
Duō bu duō?	
少不少？	Too little?
Shǎo bu shǎo?	
甜不甜？	Sweet?
Tián bu tián?	
酸不酸？	Sour?
Suān bu suān?	
辣不辣？	Spicy?
Là bu là?	
开不开心？	Happy?
Kāi bu kāi xīn?	

喜不喜欢？

Xǐ bu xǐ huan?

Like it?

恨不恨他？

Hèn bu hèn tā?

Hate him?

打不打他？

Dǎ bu dǎ tā?

Want to beat him?

请不请他？

Qǐng bu qǐng tā?

Would you like to invite him?

叫不叫他？

Jiào bu jiào tā?

Would you like to invite him?

看不看电影啊？

Kàn bu kàn diàn yǐng a?

Would you like to see a film?

你去不去北京（西安）哪？

Nǐ qù bu qù Běi jīng (Xī'ān) na?

Do you want to go to Beijing/ Xi'an?

你买不买鱼（鸡）呀？

Nǐ mǎi bu mǎi yú (jī) ya?

Do you want to buy any fish/ chicken?

他写得好不好哇？

Tā xiě de hǎo bu hǎo wa?

Does he write well?

她笑的样子好不好看哪？

Tā xiào de yàng zi hǎo bu hǎo kàn na?

Does she look pretty when smiling?

他给你的钱（稿费）多不多？

Tā gěi nǐ de qián (gǎo fèi) duō bu duō?

Does he pay you much for your articles?

苹果甜不甜哪？

Does the apple taste sweet?

9

畅
游
广
州

Píng guǒ tián bu tián na?

你喜不喜欢看小说？

Nǐ xǐ bu xǐ huan kàn xiǎo
shuō?

Do you like reading novels?

这道菜辣不辣呀？

Zhè dào cài là bu là ya?

Is this dish spicy?

你去过中山纪念堂吗？

Nǐ qù guò Zhōng shān jì
niàn táng ma?

Have you ever been to Dr. Sun
Yat-Sen Memorial Hall?

我要过河。哪个来推我嘛？

Wǒ yào guò hé. Nǎ ge lái
tuī wǒ ma?

Who can give me a hand when
I am going across the river?

当看见月亮的时候，

常常想起你，

当见到你的时候，

常常想起月亮，

世界上最美的是月亮，

比月亮更美的是你。

Dāng kàn jian yuè liang de
shí hou,

cháng cháng xiǎng qǐ nǐ,

dāng jiàn dào nǐ de shí
hou,

cháng cháng xiǎng qǐˌyuè
liang,

shì jiè shang zuì měi de

Whenever I see the moon, it
reminds me of you; and you
always remind me of the moon
as well. The moon is consid-
ered as the most beautiful thing
in the world, while you are
even more beautiful than the
moon.

shì yuè liang,
bǐ yuè liang gèng měi de
shì nǐ.

宋祖英是第一个在维也纳金
色大厅开个人独唱会的中国
女高音歌唱家。她是中华民
族的骄傲!

Sòng Zǔ yīng shì dì yī gè
zài Wéi yě nà jīn sè dà
tīng kāi gè rén dú chàng
huì de Zhōng guó nǚ gāo
yīn gē chàng jiā. Tā shì
Zhōng huá mín zú de jiāo
ào!

Song Zuying is the first woman
Chinese soprano who has held
her personal concert at the
Golden Hall in Vienna. She is
really a great pride of us Chinese.

11

第2课　西汉南越王墓

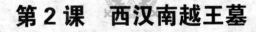

Lesson 2　Museum of the Western Han Dynasty Mausoleum of Nanyue King

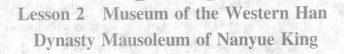

A：阿芳，你请爷爷陪我们去参观南越王墓，好吗？

Ā Fāng, nǐ qǐng yé ye péi wǒ men qù cān guān Nán yuè wáng mù, hǎo ma?

B：爷爷啊爷爷，阿丽想请您跟我们去参观南越王墓，好不好哇？

Yé ye a yé ye, A Lì xiǎng qǐng nín gēn wǒ men qù cān guān Nán yuè wáng mù, hǎo bu hǎo wa?

C：好的。咱们一块去吧。

Hǎo de. Zán men yī kuài qù ba.

A：爷爷，博物馆有多大呀？里面葬的是什么？

Yé ye, bó wù guǎn yǒu

A：Shall we go to the Museum of the Western Han Dynasty Mausoleum of Nanyue King with Grandpa, A Fang?

B：Grandpa, would you like to go to the Museum of the Western Han Dynasty Mausoleum of Nanyue King with us?

C：Sure. Let's go.

A：Grandpa, how big is the museum? Who was buried there?

duō dà ya? Lǐ mian zàng
de shì shén me?

C：占地 14 000 平方米。里面
安葬的是西汉南越国第二代
王——赵眜，与汉武帝是同
时代人。

Zhàn dì 14 000 píng fāng
mǐ. Lǐ mian ān zàng de shì
Xī hàn Nán yuè guó dì èr
dài wáng——Zhào Mò, yǔ
Hàn wǔ dì shì tóng shí dài
rén.

A：爷爷，博物馆是谁设计的？
Yé ye, bó wù guǎn shì
shéi shè jì de?

C：这项古朴典雅的杰作，是
著名建筑大师、中国工程院
院士莫伯治设计的。

Zhè xiàng gǔ pǔ diǎn yǎ
de jié zuò, shì zhù míng
jiàn zhù dà shī、Zhōng guó
gōng chéng yuàn yuàn
shì Mò Bó zhì shè jì de.

A：爷爷，有什么东西证明墓
主人是第二代南越王啊？
Yé ye, yǒu shén me dōng

C：The museum covers 14 000 m². Down there is the tomb of Nanyue King Zhao Mo, who was the second generation of the King of Nanyue Kingdom in early Western Han Dynasty. Zhao Mo lived in the time of the famous King Hanwu.

A：Grandpa, who designed this museum?

C：This elegant museum of primitive simplicity was designed by the famous architect Mo Bozhi. He is an academician of the Engineering Institute of China.

A：How do people know it is the tomb of Zhao Mo?

13

xi zhèng míng mù zhǔ rén
shì dì èr dài Nán yuè wáng
a?

C：有葬品金印一枚，用纯金
铸成，上面有一条昂首游龙，
龙身隆起为钮，印底部有
"文帝行玺"四字篆文。金印
的出土与《史记》、《汉书》
互相印证，另外还有刻着墓
主人称谓的玉印与其他7枚
印。这些都足以证明其身份。

Yǒu zàng pǐn jīn yìn yī
méi, yòng chún jīn zhù
chéng, shàng miàn yǒu yī
tiáo áng shǒu yóu lóng,
lóng shēn lóng qǐ wéi niǔ,
yìn dǐ bù yǒu "wén dì xíng
xǐ" sì zì zhuàn wén. Jīn
yìn de chū tǔ yǔ《Shǐ jì》、
《Hàn shū》hù xiāng yìn
zhèng, lìng wài hái yǒu kè
zhe mù zhǔ rén chēng wèi
de yù yìn yǔ qí tā 7 méi
yìn. Zhè xiē dōu zú yǐ
zhèng míng qí shēn fèn.

B：这还不足以说明问题。还

C：Well, in the tomb there is
a royal gold seal, on which
was sculptured a whirling
dragon, and on the bottom of
the seal are four characters
"Wendixingxi", meaning that
it was the king who was using
the seal. Information about the
gold seal in the tomb can be
found in the book of *Shi Ji*
(*Historical Records* by Si
Maqian) and *Han Shu* (*History
of the Former Han Dynasty* by
Ban Gu). And there is also a
jade seal with the owner's name
on it, together with 7 other
seals . All these prove that it is
the tomb of Zhao Mo.

B：Well, any more proofs?

有别的例证吗？

Zhè hái bù zú yǐ shuō
míng wèn tí. Hái yǒu bié
de lì zhèng ma?

C：还有"丝缕玉衣"，由
2291 片玉制成，由北京考古
所的专家花三年时间才将其
复原。这件宝贝又是明证之
一。

Hái yǒu "sī lǚ yù yī", yóu
2291 piàn yù zhì chéng,
yóu Běi jīng kǎo gǔ suǒ de
zhuān jiā huā sān nián shí
jiān cái jiāng qí fù yuán.
Zhè jiàn bǎo bèi yòu shì
míng zhèng zhī yī.

B：还有呢？

Hái yǒu ne?

C：还有墓葬规格。殉葬人有
15 个：2 个卫兵、1 个宦官、
1 个乐师、4 个夫人、7 个奴
仆。还有大批随葬品。墓葬
于解放北路象岗山 20 多米的
山下，是岭南地区发现的规
模最大、出土文物最丰富、
年代最早的一座彩绘石室墓。

C：Highlighting the tomb is a
silk-jade garment made up of
2291 pieces of jade. It took the
archaeologists of Beijing Ar-
chaeological Institute 3 years to
restore it. It surely is a great
proof.

15

B：Any more else?

C：Let's take the scale of buri-
al into consideration. 15 people
were buried alive with the dead
king, including 2 soldiers, 1
eunuch, 1 musician, 4 wives
of the king, 7 servants, and a
great lot of items as well. It is
located 20 m deep down the

经考古专家鉴定，八九不离十啊!

Hái yǒu mù zàng guī gé. Xùn zàng rén yǒu 15 gè：2 gè wèi bīng、1 gè huàn guān、1 gè yuè shī、4 gè fū rén、7 gè nú pú. Hái yǒu dà pī suí zàng pǐn. Mù zàng yú Jiě fàng běi lù Xiàng gǎng shān 20 duō mǐ de shān xia, shì Lǐng nán dì qū fā xiàn de guī mó zuì dà、chū tǔ wén wù zuì fēng fù、nián dài zuì zǎo de yī zuò cǎi huì shí shì mù. Jīng kǎo gǔ zhuān jiā jiàn dìng, bā jiǔ bù lí shí a!

B：爷爷，昨天晚上又做功课了，是吗? 哈哈哈!

Yé ye, zuó tiān wǎn shang yòu zuò gōng kè le, shì ma? Hā ha ha!

C：哈哈哈! 当然啰，先做学生，后做先生嘛!

Hā ha ha! Dāng rán luò,

Xianggang Hill beside Jiefangbei Road. Up to date, this tomb is the earliest, largest and richest ancient tomb of early Han Dynasty found in Lingnan Area（ present Guangdong and Guangxi Provinces）. It is also the only stone tomb with earliest colored murals. Based on the research work by archaeologists, we can be rather sure about its ownership.

B：Grandpa, I bet you did read a lot last night!

C：Hahaha, I did! Learning comes first, and teaching second.

xiān zuò xué sheng, hòu
zuò xiān sheng ma!

A：看来，爷爷是有备而来
呀！

Kàn lái, yé ye shì yǒu bèi
ér lái ya!

A： Grandpa is really well-
prepared.

词语替换练习

17

Pattern Drills

人老精，
龟老灵。
Rén lǎo jīng,
guī lǎo líng.

The older, the wiser.

近厨得吃，
近官得力。
Jìn chú dé chī,
jìn guān dé lì.

Good relationship will do you
good.

姜是老的辣。
Jiāng shì lǎo de là.

The older, the more experi-
enced.

老马识途，
驾轻就熟。
Lǎo mǎ shí tú,

Experience helps a lot.

jià qīng jiù shú.

不怕不识货,

只怕货比货。

Bù pà bù shí huò,

zhǐ pà huò bǐ huò.

Make more comparisons before making your decision.

心有灵犀一点通,

心心相印力无穷。

Xīn yǒu líng xī yī diǎn tōng,

xīn xīn xiāng yìn lì wú qióng.

Thinking alike, I can easily read your mind.

人生如戏,

戏如人生。

Rén shēng rú xì,

xì rú rén shēng.

Life is like a drama.

少壮不努力,

老大徒伤悲。

shào zhuàng bù nǔ lì,

lǎo dà tú shāng bēi.

Laziness in youth results in regrets when old.

木直木空,

人直人穷。

Mù zhí mù kōng,

rén zhí rén qióng.

A straight tree is usually empty; an honest man usually lives in pity.

火车跑得快,

全凭车头带。

Huǒ chē pǎo de kuài,

quán píng chē tóu dài.

An excellent leadership is vital for success.

劝君更尽一杯酒,

Toast to our friendship my

西出阳关无故人。

Quàn jūn gèng jìn yī bēi jiǔ,

xī chū yáng guān wú gù rén.

多情只有春庭月,

犹为离人照落花。

Duō qíng zhǐ yǒu chūn tíng yuè,

yóu wèi lí rén zhào luò huā.

天下三分明月夜,

二分无赖是扬州。

Tiān xià sān fēn míng yuè yè,

èr fēn wú lài shì Yáng zhōu.

春风十里扬州路,

卷上珠帘总不如。

Chūn fēng shí lǐ Yáng zhōu lù,

juǎn shang zhū lián zǒng bù rú.

二十四桥明月夜,

玉人何处教吹箫?

Èr shí sì qiáo míng yuè yè,

yù rén hé chù jiāo chuī xiāo?

dear,

No friends stay around you after your leaving here.

Only the sympathetic moon is shinning on a spring courtyard,

Tenderly comforting the fallen petals from the sky.

Of all the moonlit night on the earth when people part,

Two-thirds shed light upon Yangzhou with broken heart.

So many pretty girls along the long long Yangzhou Road,

None can be compared with the beauty who has the pearly screen uprolled.

The moon is shinning over the bridge up in the sky,

but where does my girl playing the flute hide?

畅游广州

20

蜡烛有心还惜别，
替人垂泪到天明。

Là zhú yǒu xīn hái xī bié,
tì rén chuí lèi dào tiān
míng.

问渠那得清如许，
为有源头活水来。

Wèn qú nǎ dé qīng rú xǔ,
wèi yǒu yuán tóu huó shuǐ
lái.

躲进小楼成一统，
管他春夏与秋冬。

Duǒ jìn xiǎo lóu chéng yī
tǒng,
guǎn tā chūn xià yǔ qiū
dōng.

The candle grieves to see us
part,
Melting in tears with a broken
heart.

Why is the water so clean?
The only answer is a live
headstream.

Hiding into my small room,
Never concerned about what
happens around.

第 3 课　越秀公园

Lesson 3　Yuexiu Park

A：阿芳，你今天要陪阿丽去越秀公园参观游览，做好功课了吗？

Ā Fāng, nǐ jīn tiān yào péi Ā Lì qù Yuè xiù gōng yuán cān guān yóu lǎn, zuò hǎo gōng kè le ma?

A：A Fang, have you got ready to take A Li to Yuexiu Park today?

B：爷爷，您放心吧。我偷偷向您学了，今天我一定做个好导游！

Yé ye, nín fàng xīn ba. Wǒ tōu tou xiàng nín xué le, jīn tiān wǒ yī dìng zuò gè hǎo dǎo yóu!

B：Don't worry, grandpa. I will be a great guide today.

A：真的那么自信？我来考考你。

Zhēn de nà me zì xìn? Wǒ lái kǎo kao nǐ.

A：Really? Let me ask you some questions.

B：可以，没问题！

B：No problem!

21

Kě yǐ, méi wèn tí!

A：好，你听着我要问的问题：越秀山有多高？越秀公园面积有多大？有哪些主要景点？

Hǎo, nǐ tīng zhe wǒ yào wèn de wèn tí: Yuè xiù shān yǒu duō gāo? Yuè xiù gōng yuán miàn jī yǒu duō dà? Yǒu nǎ xiē zhǔ yào jǐng diǎn?

B：越秀山属于白云山系山脉，东西绵延约 1.5 千米，海拔 70 多米，面积 86 万平方米。回答完毕。

Yuè xiù shān shǔ yú Bái yún shān xì shān mài, dōng xī mián yán yuē 1.5 qiān mǐ, hǎi bá 70 duō mǐ, miàn jī 86 wàn píng fāng mǐ. Huí dá wán bì.

A：前两问有超水平发挥，第三问交白卷。

Qián liǎng wèn yǒu chāo shuǐ píng fā huī, dì sān wèn jiāo bái juàn.

A：Here are my questions：How high is Yuexiu Mountain and how big is Yuexiu Park? What are the major scenic spots there?

B：Yuexiu Mountain belongs to the ending ranges of Baiyun Mountain, stretching for 1.5 km from the east to the west with an altitude of over 70 m. The park has a total area of 860 000 m^2.

A：Well done for the first two questions，but you've got zero point for the third!

B：爷爷，一口气问那么多啊？

Yé ye, yī kǒu qì wèn nà me duō a?

A：这还不够呢! 你以为做导游那么容易啊？想想后再回答。

Zhè hái bù gòu ne! Nǐ yǐ wéi zuò dǎo yóu nà me róng yì a? Xiǎng xiǎng hòu zài huí dá.

B：主要景点有：五羊石雕像、五层楼、中山纪念碑、海员亭、游艇部、金印游乐场、鲤鱼头体育活动区、西游记景区、微型高尔夫游乐园、中国成语寓言区、老人活动区、越秀山体育场等十多处。

Zhǔ yào jǐng diǎn yǒu：Wǔ yáng shí diāo xiàng、Wǔ céng lóu、Zhōng shān jì niàn bēi、Hǎi yuán tíng、Yóu tǐng bù、Jīn yìn yóu lè chǎng、Lǐ yú tóu tǐ yù huó dòng qū、Xī yóu jì jǐng qū、

B：Come on, Grandpa. Who will ask so many questions at a time?

A：That's still far from enough. It's not that easy to be a good tour guide. Think it over and try again.

23

B：Major attractions include： Sculpture of Five Rams, Five-Storey Tower, Sun Yat-Sen Monument, coupled with Sailors' Pavilion, Boating Section, Jin-yin Amusement Park, Liyutou Sports Areas, Palace of the Monkey King Story, the mini golf course, Gardens of Chinese Idioms and Fables, Activity Centre for Seniors, Yuexiu Mountain Stadium, etc.

Wēi xíng gāo ěr fū yóu lè
yuán、Zhōng guó chéng yǔ
yù yán qū、Lǎo rén huó
dòng qū、Yuè xiù shān tǐ
yù chǎng děng shí duō
chù.

A：这几个问题给你打 95 分。
但不要骄傲，还要问你几个
新问题，考考你达没达到做
导游的要求。

Zhè jǐ gè wèn tí gěi nǐ dǎ
95 fēn. Dàn bù yào jiāo
ào, hái yào wèn nǐ jǐ gè
xīn wèn tí, kǎo kao nǐ dá
méi dá dào zuò dǎo yóu
de yāo qiú.

B：好，您随便问吧！

Hǎo, nín suí biàn wèn ba!

A：五羊雕像用了几块花岗岩
石雕刻而成？体积多少？高
多少？最大的羊头部一块花
岗石有多重？它的羊角有多
长？镇海楼距今有多少年？
楼高几米？中山纪念碑有多
高？哪年建造？是谁设计的？
海员亭是纪念什么的？

A：Fairly good answers. Some
more questions, girl. See
whether you are a qualified
guide.

B：Go ahead.

A：How many pieces of granite
is the Five-Ram Sculpture
made of? What is the size for
each piece? How much does
the biggest piece of the head
weigh? How long is the horn?
How old and how tall is Five-
Storey Tower? How tall is Sun

Wǔ yáng diāo xiàng yòng le jǐ kuài huā gāng yán shí diāo kè ér chéng? Tǐ jī duō shǎo? Gāo duō shǎo? Zuì dà de yáng tóu bù yī kuài huā gāng shí yǒu duō zhòng? Tā de yáng jiǎo yǒu duō cháng? Zhèn hǎi lóu jù jīn yǒu duō shǎo nián? Lóu gāo jǐ mǐ? Zhōng shān jì niàn bēi yǒu duō gāo? Nǎ nián jiàn zào? Shì shéi shè jì de? Hǎi yuán tíng shì jì niàn shén me de?

Yat-Sen Monument? When was it built? Who designed it? What does Sailors' Pavilion commemorate?

25

B：爷爷，您有没有搞错啊？问这么多东西干吗？买本《导游通》自己看不就可以了吗？干吗要让导游说得口都干呢？

Yé ye, nín yǒu méi yǒu gǎo cuò a? Wèn zhè me duō dōng xi gàn ma? Mǎi běn 《Dǎo yóu tōng》 zì jǐ kàn bù jiù kě yǐ le ma? Gàn ma yào ràng dǎo yóu

B：Come on, Grandpa! Don't keep asking me questions! You can get all information from any guide book. I don't see any point asking a guide so many questions.

shuō de kǒu dōu gān ne?

A：阿芳，你又错了。这是导游的基本功和必须具备的常识，懂吗？

Ā Fāng, nǐ yòu cuò le. Zhè shì dǎo yóu de jī běn gōng hé bì xū jù bèi de cháng shí, dǒng ma?

B：爷爷，我的功课做得不够好。您告诉我好吗？

Yé ye, wǒ de gōng kè zuò dé bù gòu hǎo. Nín gào su wǒ hǎo ma?

A：好了，给你救个场吧。五层楼又叫镇海楼，有"雄镇海疆"之意。距今有600多年历史，楼高28米，造型雄浑，楼身绛红色。登楼远眺，羊城尽收眼底。中山纪念碑高37米，1929年建造，设计者是建筑师吕彦直。海员亭是纪念1922年香港海员大罢工的历史功勋而兴建的。

Hǎo le, gěi nǐ jiù gè chǎng ba. Wǔ céng lóu yòu jiào Zhèn hǎi lóu, yǒu

A: That is not the case, A Fang. In fact, this is the basic requirement for a tour guide. Understand?

B: I see. I didn't prepare well. Can you tell me all about this, Grandpa?

A: Fine, let me give you a hand. Five-Storey Tower is also called Zhenhai Tower, meaning grand guarding of the territory. It is 28 metres tall, with a history of more than 600 years. Overlooking from the top of this splendid crimson building, one can have a great view of the city of Guangzhou. Sun Yat-Sen Monument, 37 m tall, was designed by the architect Lu Yanzhi and built

"xióng zhèn hǎi jiāng" zhī
yì. Jù jīn yǒu 600 duō
nián lì shǐ, lóu gāo 28 mǐ,
zào xíng xióng hún, lóu
shēn jiàng hóng sè. Dēng
lóu yuǎn tiào, Yáng chéng
jìn shōu yǎn dǐ. Zhōng
shān jì niàn bēi gāo 37
mǐ, 1929 nián jiàn zào,
shè jì zhě shì jiàn zhù shī
Lǚ Yàn zhí. Hǎi yuán tíng
shì jì niàn 1922 nián Xiāng
gǎng hǎi yuán dà bà gōng
de lì shǐ gōng xūn ér xīng
jiàn de.

B：爷爷，您真了不起!
Yé ye, nín zhēn liǎo bù
qǐ!

A：世上无难事，只怕有心
人，懂吗？
Shì shàng wú nán shì, zhǐ
pà yǒu xīn rén, dǒng ma?

B：爷爷，我明白了!
Yé ye, wǒ míng bái le!

in 1929. Sailors' Pavilion was
built to commemorate the great
strike by the Hong Kong sailors
in 1922.

27

B：Grandpa, you are really
marvelous!

A：Where there is a will,
there is a way. Got it?

B：Got it!

词语替换练习

Pattern Drills

茄子开黄花——纵（种）坏了
Qié zi kāi huáng huā——zòng (zhòng) huài le

The eggplants blossom yellow flowers—ill planted.

新马桶——三日香
Xīn mǎ tǒng——sān rì xiāng

A new lavatory smells of fragrance for only three days.

牛皮灯笼——点不明
Niú pí dēng long——diǎn bù míng

a lantern mounted with hide — not transparent

瞎子戴眼镜——多余
Xiā zi dài yǎn jìng——duō yú

A blind man wears glasses—unnecessary.

秤砣落在棉花上——没回音
Chèng tuó luò zài mián huā shang——méi huí yīn

The sliding weight of a steelyard falls on the cotton—no echo.

湿水棉花儿——没得弹
Shī shuǐ mián huār——méi dé tán

The cotton soaked in water cannot be fluffed.

姜太公封神——忘了自己

Grand Duke Jiang offered God's

Jiāng tài gōng fēng shén——
wàng le zì jǐ

和尚庙里借梳子——走错门
了

Hé shang miào li jiè shū
zi——zǒu cuò mén le

high posts—omitting himself.

Borrow a comb from a Buddhist
temple—get to a wrong place.

独眼龙看书——一目了然

Dú yǎn lóng kàn shū——yī
mù liǎo rán

An one-eyed man reads a
book—to be clear at a glance.

29

独眼龙相亲——一目了然

Dú yǎn lóng xiāng qīn——
yī mù liǎo rán

哑巴吃黄连——有苦难言

Yǎ ba chī huáng lián——
yǒu kǔ nán yán

An one-eyed man sizes up a
prospective mate in an arranged
meeting—to be clear at a glance.
Harsh taste in the mouth of a
speech-impaired person—ouch.

灶王爷上天——有啥说啥

Zào wáng yé shàng
tiān——yǒu shá shuō shá

刘备借荆州——有借不还

Liú bèi jiè Jīng zhōu——
yǒu jiè bù huán

The kitchen god goes up to the
heaven—saying whatever he
likes.
Liu Bei borrowed Jingzhou from
Sun Quan—no return.

去云台花园（珠江公园/东山
湖公园/晓港公园/白云山山
顶公园）参观、游玩。

Qù Yún tái huā yuán (Zhū

Go to visit Yuntai Garden/Pearl
River Park/Dongshan Lake
Park/Xiaogang Park/Mountain
Top Park of Baiyun Mountain.

jiāng gōng yuán/Dōng shān
hú gōng yuán/Xiǎo gǎng
gōng yuán/Bái yún shān
shān dǐng gōng yuán) cān
guān yóu wán.

你（他/你们/他们）去不去
参观游览？

Nǐ（Tā/Nǐ men/Tā men）
qù bu qù cān guān yóu
lǎn?

Are you/Is he/Are they going
for sightseeing?

你去过北京（上海/西安/大
连/南京/杭州/桂林）旅游
吗？

Nǐ qù guò Běi jīng（Shàng
hǎi/Xī'ān/Dà lián/Nán jīng/
Háng zhōu/Guì lín）lǚ yóu
ma?

Have you travelled to Beijing/
Shanghai / Xi'an / Dalian/
Nanjing / Hangzhou / Guilin?

新疆（西藏/内蒙古/东北各
地/华东地区/西南地区）旅
游资源丰富，各有特色，很
值得去旅游观光。

Xīn jiāng（Xī zàng / Nèi
méng gǔ/Dōng běi gè dì/
Huá dōng dì qū/Xī nán dì
qū）lǚ yóu zī yuán fēng
fù, gè yǒu tè sè, hěn zhí

Xinjiang/Tibet/Inner Mongolia/
northeast of China/east of
China/southwest of China are
rich in tourism resources with
unique features respectively.
They are all worth visiting.

dé qù lǚ yóu guān guāng.
欧洲（美洲/大洋洲）等地区
也有不少好地方。
Ou zhōu（Měi zhōu / Dà
yáng zhōu）děng dì qū yě
yǒu bù shǎo hǎo dì fang.

There are quite a lot of great
places　in　Europe/America/
Oceania as well.

31

第4课　白云山风景名胜区

Lesson 4　Baiyun Mountain Scenic Spots

A：阿芳啊，爷爷明天要到北京开 10 天会。你陪阿丽参加广州一日游好了。

Ā Fāng a, yé ye míng tiān yào dào Běi jīng kāi 10 tiān huì. Nǐ péi Ā Lì cān jiā Guǎng zhōu yī rì yóu hǎo le.

A：A Fang, I'm leaving for a conference in Beijing for 10 days. You can take A Li to the one-day tour in Guangzhou.

B：爷爷，您放心去开会吧。我晓得怎么做的。

Yé ye, nín fàng xīn qù kāi huì ba. Wǒ xiǎo de zěn me zuò de.

B：Don't worry, Grandpa. I can handle it.

A：你身上还有多少钱？够用吗？

Nǐ shēn shang hái yǒu duō shǎo qián? Gòu yòng ma?

A：Have you got enough money for the tour?

B：还有五百块钱。

Hái yǒu wǔ bǎi kuài qián.

B：I've got 500 *yuan*.

A：五百块怎么够用啊？还说晓得怎么做呢。给你俩三千块，包括到肇庆游的费用，拿去吧。

Wǔ bǎi kuài zěn me gòu yòng a? Hái shuō xiǎo de zěn me zuò ne. Gěi nǐ liǎ sān qiān kuài, bāo kuò dào Zhào qìng yóu de fèi yòng. Ná qù ba.

A：How can you make it with 500 *yuan*? That's far from enough. Here is 3000 *yuan*. You can arrange a tour to Zhaoqing as well.

B：姜还是老的辣，爷爷考虑得真周到。谢谢爷爷！

Jiāng hái shì lǎo de là, yé ye kǎo lǜ de zhēn zhōu dào.Xiè xie yé ye!

B：How considerate you are, Grandpa! Thanks a lot!

A：要多关心阿丽，注意安全啊！

Yào duō guān xīn Ā Lì, zhù yì ān quán a!

A：Take care of A Li and yourself.

B：记住了，爷爷！

Jì zhù le, yé ye!

B：Got it!

C：各位团友，我是导游，欢迎你们参加广州一日游。现在，让我介绍一下今天的行程，好吗？今天的第一站是

C：Ladies and gentlemen, welcome to our one-day tour of Guangzhou. I am your tour guide. First allow me to tell you

白云山风景区。哦，到了，请下车吧。

Gè wèi tuán yǒu, wǒ shì dǎo yóu, huān yíng nǐ men cān jiā Guǎng zhōu yī rì yóu. Xiàn zài, ràng wǒ jiè shào yī xià jīn tiān de xíng chéng, hǎo ma? Jīn tiān de dì yī zhàn shì Bái yún shān fēng jǐng qū. Ò, dào le, qǐng xià chē ba.

about today's schedule. The first place we are visiting today is Baiyun Mountain Scenic Spots. Oh, here we are! Please get off.

我们停车的地方是白云山山顶公园。白云山在广州市老城区的东北角，属五岭之一的大庾岭支脉的九连山。白云山有 30 多个山峰，总面积 20.98 平方千米，从旧市中心到白云山约 6 千米。它的主峰叫碧云峰，又叫"摩星岭"。登上摩星岭，羊城美景便尽收眼底。西边是老白云机场。

Wǒ men tíng chē de dì fang shì Bái yún shān shān dǐng gōng yuán. Bái yún shān zài Guǎng zhōu

We are now at the park on the top of Baiyun Mountain. Baiyun Mountain, belonging to the ending section of Jiulian Mountain Range, Dayu Mountain Branch, is located north of Guangzhou with a distance of 6 kms from the city centre. Baiyun Mountain consists of over 30 peaks with a mountain area of. 20.98 km^2. The highest peak Biyun Peak has another name as Moxing Peak, on which one can have a great view of Guangzhou. To the west

shì lǎo chéng qū de dōng
běi jiǎo, shǔ Wǔ lǐng zhī
yī de Dà yǔ lǐng zhī mài
de Jiǔ lián shān. Bái yún
shān yǒu 30 duō gè shān
fēng, zǒng miàn jī 20.98
píng fāng qiān mǐ, cóng jiù
shì zhōng xīn dào Bái yún
shān yuē 6 qiān mǐ. Tā de
zhǔ fēng jiào Bì yún fēng,
yòu jiào "Mó xīng lǐng".
Dēng shàng Mó xīng lǐng,
Yáng chéng měi jǐng biàn
jìn shōu yǎn dǐ. Xī bian shì
lǎo Bái yún jī chǎng.

of Baiyun Mountain is the old
Baiyun Airport.

35

D：现在，是自由活动两个小
时吗？

Xiàn zài, shì zì yóu huó
dòng liǎng gè xiǎo shí ma?

D：Two hours of free time for
us now?

C：是的。不上摩星岭的可以
到鸣春谷观看各种各样的鸟。
鸣春谷是我国目前最大的
"天然式"鸟笼，占地约5万
平方米，分为大型鸟笼区、
珍稀鸟观赏区、鸟表演区。
有鸟类150多个品种，共

C：Yes. If you are not going to
Moxing Peak, you can go to
Mingchun Valley to see all
kinds of birds. As the biggest
natural "bird cage", Mingchun
Valley has a total area of
50 000 m^2. With more than

5000 多只。其他要上摩星岭的团友跟我登山。等会儿在这里集中，大家一定要准时。

Shì de, bù shàng Mó xīng lǐng de kě yǐ dào Míng chūn gǔ guān kàn gè zhǒng gè yàng de niǎo. Míng chūn gǔ shì wǒ guó mù qián zuì dà de "tiān rán shì" niǎo lóng, zhàn dì yuē 5 wàn píng fāng mǐ, fēn wéi dà xíng niǎo lóng qū、zhēn xī niǎo guān shǎng qū、niǎo biǎo yǎn qū. Yǒu niǎo lèi 150 duō gè pǐn zhǒng, gòng 5000 duō zhī. Qí tā yào shàng Mó xīng lǐng de tuán yǒu gēn wǒ dēng shān. Děng huìr zài zhè li jí zhōng, dà jiā yī dìng yào zhǔn shí.

D: 唷! 白云机场升降的飞机真多啊!

Yō! Bái yún jī chǎng shēng jiàng de fēi jī zhēn duō a!

E: 可见，广州的旅游业和经

5000 birds of 150 species, Mingchun Valley is made up of three zones for large birds, rare species and bird shows respectively. And if you are going to Moxing Peak, come with me, please. Everyone is supposed to meet right here in 2 hours.

D: Wow! So many planes at the Baiyun Airport!

E: As we can see, economy

济很发达。

Kě jiàn, Guǎng zhōu de lǚ yóu yè hé jīng jì hěn fā dá.

and tourism in Guangzhou are developing so well.

F：怪不得电视报道说，占我国人口 2% 的广州人，交纳了我国20%的税。

Guài bu de diàn shì bào dào shuō, zhàn wǒ guó rén kǒu 2% de Guǎng zhōu rén, jiāo nà le wǒ guó 20% de shuì.

F：It is reported that Guangzhou people pay 20% of the taxes of our country though they only occupy 2% of our country's population.

G：广州这座南国名城真是座活力四射的国际大都市啊!

Guǎng zhōu zhè zuò nán guó míng chéng zhēn shì zuò huó lì sì shè de guó jì dà dū shì a!

G：Guangzhou is really a fantastic international big city.

B：阿丽，你觉得广州美吗?

Ā Lì, nǐ jué de Guǎng zhōu měi ma?

B：How do you like Guangzhou, A Li?

E：广州越来越繁荣，越来越美丽了。

Guǎng zhōu yuè lái yuè fán róng, yuè lái yuè měi lì le.

E：Guangzhou is getting more and more beautiful and prosperous.

B：阿丽，我给你多拍几张照

B：A Li, let me take some

37

片，让你带回去给美国的家人看看他们的故乡，与他们一同分享幸福。

Ā Lì, wǒ gěi nǐ duō pāi jǐ zhāng zhào piàn, ràng nǐ dài huí qù gěi Měi guó de jiā rén kàn kan tā men de gù xiāng, yǔ tā men yī tóng fēn xiǎng xìng fú.

more photos for you. You can share with your family in the States how you feel here in their hometown.

E：阿芳，你真聪明! 你的想法跟我一样。你一定要拍好一点啊!

A Fāng, nǐ zhēn cōng míng! Nǐ de xiǎng fǎ gēn wǒ yī yàng. Nǐ yī dìng yào pāi hǎo yī diǎn a!

E：Cool idea, A Fang! Great minds think alike. Do take some good ones for me.

B：那还用说嘛! 风景美，你人也美，哪有不美的道理呢!

Nà hái yòng shuō ma! Fēng jǐng měi, nǐ rén yě měi, nǎ yǒu bù měi de dào lǐ ne!

B：It's a snap! A pretty girl and beautiful sceneries surely make good pictures!

E：你的技术呢?

Nǐ de jì shù ne?

E：What about your photography?

B：一流长相，一流技术。哈哈哈!

B：I'm good looking, and a good photographer as well, ha-

Yī liú zhǎng xiàng, yī liú jì
shù. Hā ha ha!

ha.

E：我担心的是你长相一流，
技术三流呢!

E：I am worried about your
skills instead of your look.

Wǒ dān xīn de shì nǐ
zhǎng xiàng yī liú, jì shù
sān liú ne!

B：我是全国业余摄影作品金
奖获得者呢。你不知道吧？

B：Don't you know that I ever
won the gold prize of the na-
tional amateur photograghy
contest?

Wǒ shì quán guó yè yú
shè yǐng zuò pǐn jīn jiǎng
huò dé zhě ne. Nǐ bù zhī
dao ba?

39

E：干吗在家里不说呢？

E：Why didn't you tell me?

Gàn ma zài jiā li bù shuō
ne?

B：这叫西藏人穿衣服——

B：This is called " the Ti-
betans get dressed".

Zhè jiào Xī zàng rén chuān
yī fu——

E：干吗你说一半不说一半呢？

E：What is it?

Gàn ma nǐ shuō yī bàn bù
shuō yī bàn ne?

B：让你猜一猜!

B：Guess.

Ràng nǐ cāi yī cāi!

E：怎么猜呀？

E：I give up.

Zěn me cāi ya?

B：猜不着了吧？

Cāi bù zháo le ba?

E：别卖关子了！

Bié mài guān zi le!

B：告诉你吧！这叫做——关键时候露一手。哈哈哈!

Gào sù nǐ ba! Zhè jiào zuo——guān jiàn shí hou lòu yī shǒu. Hā ha ha!

E：真有你的，鬼灵精！

Zhēn yǒu nǐ de, guǐ líng jīng!

B：这就叫做中国式的幽默，懂吗？

Zhè jiù jiào zuò Zhōng guó shì de yōu mò, dǒng ma?

E：哈哈，有意思！

Hā ha, yǒu yì si!

B：I bet.

E：Come on, just tell me.

B： All right. That means showing off at the critical moment. Hahaha!

E：I see. You are so smart!

B：This is the Chinese humor.

E：Haha! It's funny!

词语替换练习

Pattern Drills

特别 tè bié	extremely
特别美 tè bié měi	extremely beautiful
特别好 tè bié hǎo	extremely good
马大哈 mǎ dà hā	careless
浑头浑脑 hún tóu hún nǎo	ignorant
蒙在鼓里 méng zài gǔ lǐ	not knowing much
老糊涂 lǎo hú tu	dotard
逞强/神气 chěng qiáng/shén qì	to flaunt one's superiority
假正经 jiǎ zhèng jing	pretending serious at the moment
装排场 zhuāng pái chǎng	to assume a splendid manner
洋洋得意 yáng yáng dé yì	cock-a-hoop
臭美 chòu měi	smug
时间很紧了 shí jiān hěn jǐn le	run out of time
两个人一起睡 liǎng gè rén yī qǐ shuì	two people sleeping in one bed
先看准了 xiān kàn zhǔn le	make sure of something first

41

站住 zhàn zhù　　　　　　　stand still

再歇一会儿 zài xiē yī huìr　　take more rest

还多了呢 hái duō le ne　　　even more than before

（在身上）到处乱摸（zài　touch someone's body randomly
shēn shang）dào chù luàn
mō

不声不响地　　　　　　　unnoticed
bù shēng bù xiǎng de

不明不白地 bù míng bù bái　vaguely
de

哆里哆嗦 duō li duō suo　　shivering

紧巴巴地 jǐn bā ba de　　　tight

盛气凌人 shèng qì líng rén　aggressive

累死累活地 lèi sǐ lèi huó　work hard
de

鬼哭狼嚎 guǐ kū láng háo　terrifying cries and screams

空荡荡的/空落落的 kōng　empty
dàng dang de /kōng luò
luo de

七零八碎 qī líng bā suì　　odds and ends

光溜溜的 guāng liū liū de　naked

白净净的 bái jìng jìng de　purely white

冷冷清清的 lěng lěng qīng　desolate
qīng de

把东西弄得乱糟糟的　　　mess up
bǎ dōng xi nòng de luàn

zāo zao de

这件事怎么这么麻烦的？　　　　What a mess!

Zhè jiàn shì zěn me zhè
me má fan de？

做事情要有条理才行。　　　　Get everything in order.

Zuò shì qíng yào yǒu tiáo
lǐ cái xíng.

明白了。Míng bái le.　　　　Got it!

粘在一起 Zhān zài yī qǐ　　　attach to each other

43

第 5 课　陈 家 祠

Lesson 5　Chen Clan Academy Temple

A：各位团友，白云山风景点很多，由于时间关系我们无法逐一参观。留下了美好，也留下了遗憾，这就叫做遗憾美吧。我想你们以后一定还会来的。

Gè wèi tuán yǒu, Bái yún shān fēng jǐng diǎn hěn duō, yóu yú shí jiān guān xì wǒ men wú fǎ zhú yī cān guān. Liú xià le měi hǎo, yě liú xià le yí hàn, zhè jiù jiào zuò yí hàn měi ba. Wǒ xiǎng nǐ men yǐ hòu yī dìng hái huì lái de.

A: Ladies and gentlemen, time to go now. I am sure you are impressive with the beauty here, but sorry that we don't have more time for other scenic spots of Baiyun Mountain today. Hope you will have chances to visit Baiyun Mountain again.

B：导游，现在我们到哪儿参观呀？

Dǎo yóu, xiàn zài wǒ men dào nǎr cān guān ya?

B: Where are we going now?

A：现在，我们到陈家祠去参观。

Xiàn zài, wǒ men dào Chén jiā cí qù cān guān.

A: Now we are leaving for Chen Clan Academy Temple.

B：今天还去不去光孝寺、六榕寺参观呀？

Jīn tiān hái qù bu qù Guāng xiào sì、Liù róng sì cān guān ya?

B: Aren't we visiting Guang-xiao Temple and Six Banyan Trees Temple today?

45

A：去的。考虑到交通、人流、路程等问题，为保证大家的参观项目不减少，我们会通过手机联系，随时作出合理调整。请大家放心。

Qù de. Kǎo lǜ dào jiāo tōng、rén liú、lù chéng děng wèn tí, wèi bǎo zhèng dà jiā de cān guān xiàng mù bù jiǎn shǎo, wǒ men huì tōng guò shǒu jī lián xì, suí shí zuò chū hé lǐ tiáo zhěng. Qǐng dà jiā fàng xīn.

A: You won't miss them. We keep informed about the traffic by mobile phones. We will make sure you can visit all the places as scheduled.

C：谢谢导游的安排！

Xiè xie dǎo yóu de ān pái!

C: Thanks for your considera-tion.

A：各位团友，陈家祠到了，

A: Ladies and gentlemen,

下车吧。现在，我给大家介绍一下陈家祠。

Gè wèi tuán yǒu, Chén jiā cí dào le, xià chē ba. Xiàn zài, wǒ gěi dà jiā jiè shào yī xià Chén jiā cí.

（进入祠内）

陈家祠是岭南建筑艺术的一颗明珠，布局严谨、富丽堂皇。郭沫若先生当年参观时曾赞叹道："天工人可代，人工天不如，果然造世界，胜读十年书。"可见其艺术之精湛，价值之高。它位于中山七路，原名陈氏书院，是广东现存最完整、最宏伟的宗祠，是广东72县陈姓合族祭祀祖先之所。建于清光绪十六年（1890年），于光绪二十年竣工。总建筑面积1万平方米，分3进、5间、9堂、6院，加上后花园相连的两廊，共计房屋19间。整座建筑的上下内外都有以花鸟、虫鱼、飞禽、走兽、人物典故等为主题的木雕、石雕、

here we are at the Chen Clan Academy Temple.

Let's get off the coach. Now, I'd give you a brief introduction of Chen Clan Temple.

(*Entering the Temple*)

Chen Clan Academy Temple is a gorgeous masterpiece in architecture, typically representing the splendid style in Lingnan Area (Guangdong and Guangxi provinces). Once Mr. Guo Moruo visited Chen Clan Academy Temple and wrote a poem, praising the great skills and techniques in construction as beyond manmade power. Chen Clan Academy Temple, with its original name "Chen Clan Academy", is located at Zhongshanqi Road. It was built between 1890 and 1894 during the reign of Emperor Guangxu of the Qing Dynasty, and is the largest, best preserved,

砖雕、灰雕、陶雕、铁铸等
工艺装饰，造型优美，色彩
斑斓，有极高的艺术鉴赏价
值，是广东省重点保护文物。
Chén jiā cí shì Lǐng nán
jiàn zhù yì shù de yī kē
míng zhū, bù jú yán jǐn、
fù lì táng huáng. Guō Mò
ruò xiān sheng dāng nián
cān guān shí céng zàn tàn
dào: "Tiān gōng rén kě
dài, rén gōng tiān bù rú,
guǒ rán zào shì jiè, shèng
dú shí nián shū." Kě jiàn
qí yì shù zhī jīng zhàn, jià
zhí zhī gāo. Tā wèi yú
Zhōng shān qī lù, yuán
míng Chén shì shū yuàn,
shì Guǎng dōng xiàn cún
zuì wán zhěng、zuì hóng
wěi de zōng cí, shì Guǎng
dōng 72 xiàn Chén xìng hé
zú jì sì zǔ xiān zhī suǒ.
Jiàn yú Qīng Guāng xù shí
liù nián（1890 nián）, yú
Guāng xù èr shí nián jùn

and best decorated ancient architecture existing in Guangdong Province. It was originally built for ancestor worship ritual by the Chen families then spread in 72 counties in Guangdong Province. The construction complex covers a total area of 10 000 m² of 19 buildings, comprising 3 *jin*, 5 *jian*, 9 main halls, 6 courtyards and a backyard garden connecting 2 corridors. As a traditional Guangdong style architecture, the temple is especially famous for its beautiful decorations. In the temple, historical figures, legends, and scenes are represented in many art forms, including wood carving, stone carving, brick carving, lime carving, pottery carving, iron casting, etc. The artistic and historical values made the temple an important attraction. It was designated as an important

畅游广州

gōng. Zǒng jiàn zhù miàn jī 1 wàn píng fāng mǐ, fēn 3 jìn、5 jiān、9 táng、6 yuàn, jiā shang hòu huā yuán xiāng lián de liǎng láng, gòng jì fáng wū 19 jiān. Zhěng zuò jiàn zhù de shàng xià nèi wài dōu yǒu yǐ huā niǎo、chóng yú、fēi qín、zǒu shòu、rén wù diǎn gù děng wéi zhǔ tí de mù diāo、shí diāo、zhuān diāo、huī diāo、táo diāo、tiě zhù děng gōng yì zhuāng shì, zào xíng yōu měi, sè cǎi bān lán, yǒu jí gāo de yì shù jiàn shǎng jià zhí, shì Guǎng dōng shěng zhòng diǎn bǎo hù wén wù.

cultural relic of Guangdong Province by the State Council.

B：我们几点集中啊？

Wǒ men jǐ diǎn jí zhōng a?

A：哦，对不起！忘了告诉大家，三点准时在门口上车。

Ò, duì bù qǐ! Wàng le gào su dà jiā, sān diǎn zhǔn

B：What time are we supposed to get back here?

A：Oh! I nearly forget to tell you that we will get back here boarding at 3 o'clock.

shí zài mén kǒu shàng chē.

C：挂线砖雕，人物逼真传
神，栩栩如生，美妙绝伦，
虽经岁月流逝、日晒雨淋，
仍不失其艺术光彩，令人称
赞、令人称奇。

Guà xiàn zhuān diāo, rén
wù bī zhēn chuán shén,
xǔ xǔ rú shēng, měi miào
jué lún, suī jīng suì yuè liú
shì、rì shài yǔ lín, réng bù
shī qí yì shù guāng cǎi,
lìng rén chēng zàn、lìng
rén chēng qí.

D：您是个专业导游，还是个
艺术建筑师？

Nín shì gè zhuān yè dǎo
yóu, hái shì gè yì shù jiàn
zhù shī?

C：我是美术学院雕塑系的。

Wǒ shì měi shù xué yuàn
diāo sù xì de.

D：怪不得讲得那么到位，那
么专业啊！

Guài bù de jiǎng de nà
me dào wèi, nà me zhuān

C：It's amazing that figures of
brick carving remain so vivid
and splendid after such a long
history.

49

D：Are you a tour guide or an
architect?

C：I work in the Sculpture
Department of the Academy of
Fine Arts.

D：No wonder you made such
professional comments!

yè a!

E：他是我们系的潘教授。
Tā shì wǒ men xì de Pān jiào shòu.

D：哦，原来如此。
Ò, yuán lái rú cǐ.

F：那我们劳驾潘教授为我们大家做一回导游，同意的鼓掌。
Nà wǒ men láo jià Pān jiào shòu wèi wǒ men dà jiā zuò yī huí dǎo yóu, tóng yì de gǔ zhǎng.

C：多谢大家的信任与厚爱，我乐意为大家服务。
Duō xiè dà jiā de xìn rèn yǔ hòu ài, wǒ lè yì wèi dà jiā fú wù.

B，D，E：谢谢潘教授!
Xiè xie Pān jiào shòu!

C：我们过去参观吧。
Wǒ men guò qù cān guān ba.

E：He is Professor Pan of our department.

D：I see.

F：Shall we have Professor Pan as our tour guide around this temple?

C：My pleasure!

B，D，E：Thanks a lot, Professor Pan.

C：Let's get in for a look.

词语替换练习

Pattern Drills

和尚庙里借梳子——走错门了

Hé shang miào li jiè shū zi——zǒu cuò mén le

Borrow a comb from a Buddist temple—get to a wrong place.

狗咬吕洞宾——不识好歹

Gǒu yǎo Lǚ Dòng bīn——bù shí hǎo dǎi

Like the dog that bit Lu Dongbin—you bite the hand that feeds you.

半夜叫城门——碰钉子

Bàn yè jiào chéng mén—— pèng dīng zi

Knock at the city gate at midnight—to meet with a rebuff.

凉水沏茶——没味儿

Liáng shuǐ qī chá——méi wèir

Make tea with cold water—tasteless.

茄子开黄花——纵（种）坏了。

Qié zi kāi huáng huā——zòng (zhòng) huài le

The eggplants blossom yellow flowers—ill planted.

三寸篱笆——靠不住

Sān cùn lí ba——kào bu

a bamboo fence that is low and weak—unreliable

51

zhù

寿星老儿上吊——活腻了
Shòu xīng lǎor shàng diào
——huó nì le

A man with a long life hangs himself—getting tired of one's life.

西藏人穿衣服——露一手
Xī zàng rén chuān yī fu
——lòu yī shǒu

The Tibetans get dressed with an arm exposed—to show off at the cretical moment.

半桶水——易晃荡
Bàn tǒng shuǐ——yì huàng dang

The dabbler in knowledge chatters away.

牢骚 láo sāo — complaints

发牢骚 fā láo sāo — complain about

厉害 lì hai — powerful

了不得 liǎo bu dé — extraordinary

了不起 liǎo bu qǐ — marvelous

排场大 pái chǎng dà — splendid

真了不起 zhēn liǎo bu qǐ — It's really wonderful!

有什么了不起?
Yǒu shén me liǎo bu qǐ? — It's nothing special.

宴会真讲排场。
Yàn huì zhēn jiǎng pái chǎng. — It's a magnificent party.

冒失鬼 mào shī guǐ — a rush fellow

吓破了胆 xià pò le dǎn — extremely frightened

慌慌张张 huāng huang zhāng zhang — panic-stricken

冷不防 lěng bù fáng	suddenly
呆头呆脑 dāi tóu dāi nǎo	jolter-head
呆 dāi	be in a daze
好玩 hǎo wán	funny
装神弄鬼 zhuāng shén nòng guǐ	pretending
一塌糊涂 yī tā hú tu	a mess
糊涂虫 hú tu chóng	addle-head
（给）搞糊涂了（gěi）gǎo hú tu le	confused
难为情 nán wéi qíng	embarrassed
脸皮厚 liǎn pí hòu	shameless
似傻非傻 sì shǎ fēi shǎ	smart though look dull
忙得晕了头 máng de yūn le tóu	extremely busy
乱七八糟 luàn qī bā zāo	muddled
多嘴多舌 duō zuǐ duō shé	talkative
浪嘴轻舌 làng zuǐ qīng shé	frivolously talkative
轻嘴薄舌 qīng zuǐ báo shé	empty talk
古里古怪 gǔ lǐ gǔ guài	weird
气势汹汹 qì shì xiōng xiōng	fierce
没正经 méi zhèng jing	not serious
逗人喜欢 dòu rén xǐ huan	cute
活泼有趣 huó pō yǒu qù	funny
幸灾乐祸 xìng zāi lè huò	feel glad about other's misfortune

53

为你可惜 wèi nǐ kě xī — feel sorry for you

说倒容易 shuō dào róng yì — It's easy to say.

没什么难的 méi shén me nán de — It's a piece of cake.

冷嘲热讽的 lěng cháo rè fěng de — ridicule

说不定 shuō bu dìng — It might be possible that...

说说而已 shuō shuo ér yǐ — Just kidding.

说得他一钱不值 shuō de tā yī qián bù zhí — bad-mouth

我请也没关系。 Wǒ qǐng yě méi guān xì. — It is not a big deal to treat you to a meal.

想暗害我 xiǎng àn hài wǒ — This is a trap for me.

小意思罢了 xiǎo yì si bà le — a piece of cake

硬来/愣来 yìng lái/ lèng lái — compel

胡来 hú lái — recklessly

硬 yìng — hard

挠头 náo tóu — messy

缠手 chán shǒu — troublesome

交手 jiāo shǒu — fight hand to hand

入手 rù shǒu — start with

动手 dòng shǒu — get moving

第6课　六榕寺

Lesson 6　Six Banyan Trees Temple

A：各位团友，我们到了香火最盛的六榕寺，请各位下车，进去参观吧。

Gè wèi tuán yǒu, wǒ men dào le xiāng huǒ zuì shèng de Liù róng sì, qǐng gè wèi xià chē, jìn qù cān guān ba.

A：Ladies and gentlemen, here we are at the Six Banyan Trees Temple. Let's get off the coach and go for a look.

55

B：导游，这个寺院是什么时候建的？是谁提议兴建的？

Dǎo yóu, zhè gè sì yuàn shì shén me shí hou jiàn de? shì shéi tí yì xīng jiàn de?

B：When was this temple built? And whose idea to build it?

A：南朝梁武帝时候，他的母舅昙裕法师从南京带着在柬埔寨求得的佛舍利来到广州。当时广州刺史萧裕特地修建了这座"宝庄严寺"迎接这

B：During the Southern Dynasties, Rabbi Tanyu, King Liangwu's uncle, came to Guangzhou from Nanjing with the Buddhist sarira he got in

一佛宝，并修了一座塔来供奉佛舍利。

Nán cháo Liáng wǔ dì shí hou, tā de mǔ jiù Tán Yù fǎ shī cóng Nán jīng dài zhe zài Jiǎn pǔ zhài qiú dé de fó shě lì lái dào Guǎng zhōu. Dāng shí Guǎng zhōu cì shǐ Xiāo Yù tè dì xiū jiàn le zhè zuò "Bǎo zhuāng yán sì" yíng jiē zhè yī fó bǎo, bìng xiū le yī zuò tǎ lái gòng fèng fó shě lì.

C：这座寺院后来什么时候改名为"六榕寺"呢？

Zhè zuò sì yuàn hòu lái shén me shí hou gǎi míng wéi "Liù róng sì" ne?

A：公元 1100 年苏东坡奉召由海南岛北归，途经广州游览时，见到寺内有古榕树六株，挺拔苍劲，枝叶婆娑，便欣然题"六榕"二字。清光绪六年（1875 年）正式改名为"六榕寺"。

Cambodia. The governor then of Guangzhou, Xiao Yu, had this solemn temple built to store this rare treasure. It was called "Baozhuangyan Si" at that time.

C: When did it get its present name?

A: In the year 1100 when the great poet Su Dongpo visited the temple, he was attracted by the six vigorous banyan trees there and wrote down the inscription "Liurong" (which means Six Banyan Trees). The

Gōng yuán 1100 nián Sū Dōng pō fèng zhào yóu Hǎi nán dǎo běi guī, tú jīng guǎng zhōu yóu lǎn shí, jiàn dào sì nèi yǒu gǔ róng shù liù zhū, tǐng bá cāng jìng, zhī yè pó suō, biàn xīn rán tí "liù róng" èr zì. Qīng Guāng xù liù nián（1875 nián）zhèng shì gǎi míng wéi "Liù róng sì".

C：附近的净慧路，跟这座寺院有关系吗？

Fù jìn de Jìng huì lù, gēn zhè zuò sì yuàn yǒu guān xì ma?

A：有哇。南汉时，曾改名为"长寿寺"；北宋时重修寺庙和塔，因寺庙曾供奉过禅宗六祖慧能，以修"净业"，又改名为"净慧寺"。附近的净慧路，因此而得名。

Yǒu wa. Nán hàn shí, céng gǎi míng wéi "Cháng shòu sì"；Běi sòng shí chóng xiū sì miào hé tǎ, yīn sì

temple was renamed "Liurong Temple" in Guangxu Sixth Year of the Qing Dynasty（1875）.

57

C：Does Jinghui Road nearby have something to do with the temple?

A：Absolutely yes. It was once renamed as "Changshou Temple" during the Southern Han Dynasty. When it was rebuilt during the Northern Song Dynasty, it was named "Jinghui Temple" since Liuzu, the sixth generation of China's Buddhist master, was ever enshrined in the temple. And

miào céng gòng fèng guò
chán zōng liù zǔ Huì néng,
yǐ xiū "jìng yè", yòu gǎi
míng wéi "Jìng huì sì". Fù
jìn de Jìng huì lù, yīn cǐ ér
dé míng.

consequently Jinghui Road got
its name.

B：它的文化沉淀不薄啊！
Tā de wén huà chén diàn
bù báo a!

B：It is really a cultural her-
itage.

A：各位团友，请大家抓紧时
间登六榕塔饱览广州的美丽
风光，并在塔上留下美丽的
倩影，拍几张照片留作纪念。
Gè wèi tuán yǒu, qǐng dà
jiā zhuā jǐn shí jiān dēng
Liù róng tǎ bǎo lǎn Guǎng
zhōu de měi lì fēng guāng,
bìng zài tǎ shang liú xià
měi lì de qiàn yǐng, pāi jǐ
zhāng zhào piàn liú zuò jì
niàn.

A：Go and get on the pagoda
to have a look at the city. Don't
forget to take beautiful photos
up there.

B：这座塔有多高哇？
Zhè zuò tǎ yǒu duō gāo
wa?

B：How tall is the pagoda?

A：塔高 57.6 米，八角九重，
玲珑剔透，琉璃瓦檐，翘首

A：It is an octagonal building,
57.6 m tall, reaching up 9

如飞，外 9 层，而内为 17 层。南汉皇帝刘铱的宠妃素馨曾在寺内削发为尼。中秋时，宫女们在塔上悬吊花灯，十分璀璨壮观。

Tǎ gāo 57.6 mǐ, bā jiǎo jiǔ chóng, líng lóng tī tòu, liú lí wǎ yán, qiào shǒu rú fēi, wài 9 céng, ér nèi wéi 17 céng. Nán hàn huáng dì Liú chǎng de chǒng fēi Sù Xīn céng zài sì nèi xuē fà wéi ní. Zhōng qiū shí, gōng nǚ men zài tǎ shang xuán diào huā dēng, shí fēn cuǐ càn zhuàng guān.

C：如果我们赶上中秋节，能重现那壮观的情景，该有多好啊！

Rú guǒ wǒ men gǎn shàng Zhōng qiū jié, néng chóng xiàn nà zhuàng guān de qíng jǐng, gāi yǒu duō hǎo a!

D：明年中秋，能看到那种情景吗？

storeys outside and 17 storeys within. The colored glaze and the flying-shaped eaves are exquisitely carved. It is said that one of the wives of King Liu Chang of the Southern Han Dynasty, namely Su Xin, was tonsured as a nun in this temple. During Mid-Autumn Festival, maids of honor were hanging gorgeous lanterns up on the pagoda, making it a spectacular view of the temple.

59

C：How I wish it were Mid-Autumn Festival now!

D：Can we see that gorgeous scene next Mid-Autumn Festi-

Míng nián Zhōng qiū, néng kàn dào nà zhǒng qíng jǐng ma?

A：各位的愿望，我会转告有关部门的，但愿你们明年能如愿以偿。

Gè wèi de yuàn wàng, wǒ huì zhuǎn gào yǒu guān bù mén de, dàn yuàn nǐ men míng nián néng rú yuàn yǐ cháng.

C：导游，几点到光孝寺去啊？

Dǎo yóu, jǐ diǎn dào Guāng xiào sì qù a?

A：唷！时间到了。各位团友，请赶快到门口上车吧，我们要去光孝寺参观了。

Yō! Shí jiān dào le. Gè wèi tuán yǒu, qǐng gǎn kuài dào mén kǒu shàng chē ba, wǒ men yào qù Guāng xiào sì cān guān le.

B：导游，还有四位团友没回来。

Dǎo yóu, hái yǒu sì wèi tuán yǒu méi huí lái.

val?

A：I will try to tell the relevant authorities about your advice. Hope you can make it next year.

C：When are we leaving for Guangxiao Temple?

A：Oh! It's time to go now. Everybody, get on the coach, please! We are going to Guangxiao Temple.

B：Four people are not back yet.

A：你们在车上稍等一会儿，我去找找。

Nǐ men zài chē shang shāo děng yī huìr, wǒ qù zhǎo zhao.

A：Wait here，please. I will go to get them back.

C：导游，我是女的，方便些，我去找吧。

Dǎo yóu, wǒ shì nǔ de, fāng biàn xiē, wǒ qù zhǎo ba.

C：Let me help you.

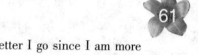

A：谢谢! 我熟悉情况，还是我去吧。

Xiè xie! Wǒ shú xī qíng kuàng, hái shì wǒ qù ba.

A：Better I go since I am more familiar with this place. Thanks, anyway.

D：导游，她的脚扭伤了。我陪她到医院，你陪大家去参观吧。广州打的方便，我们晚上宾馆见。

Dǎo yóu, tā de jiǎo niǔ shāng le. Wǒ péi tā dào yī yuàn, nǐ péi dà jiā qù cān guān ba. Guǎng zhōu dǎ dí fāng biàn, wǒ men wǎn shang bīn guǎn jiàn.

D：She got her leg sprained. I'll send her to the hospital，and you may go on with your guiding job. It's quite convenient to take a taxi in Guangzhou. See you at the hotel tonight.

A：好，谢谢您! 晚上见!

Hǎo, xiè xie nín! Wǎn shang

A：OK! Thanks a lot and see you tonight.

jiàn!

张小姐，晚上好! 您的脚还痛吗?

Zhāng xiǎo jiě, wǎn shàng hǎo! Nín de jiǎo hái tòng ma?

Good evening, Miss Zhang. How are you feeling now? Does it still hurt?

E: 小李，晚上好! 谢谢您的关心! 没那么疼了。

Xiǎo Lǐ, wǎn shàng hǎo! Xiè xie nín de guān xīn! Méi nà me téng le.

E: Thanks for your concern, Xiao Li. I am feeling much better now.

A: 多谢朱小姐为我们排忧解难! 向您学习，向您致敬!

Duō xiè Zhū xiǎo jiě wèi wǒ men pái yōu jiě nán! Xiàng nín xué xí, xiàng nín zhì jìng!

A: It's very kind of you, Miss Zhu! You did help me a lot!

D: 这次旅游，使我饱览了广州美丽的风光，也亲身感受到广州人的热情好客，乐于助人。广州给我留下终生难忘的美好回忆。

Zhè cì lǚ yóu, shǐ wǒ bǎo lǎn le Guǎng zhōu měi lì de fēng guāng, yě qīn shēn gǎn shòu dào Guǎng zhōu

D: I am deeply impressed with this wonderful city of Guangzhou. I will never forget the beautiful sceneries of the city, and the hospitality of its people as well.

rén de rè qíng hào kè, lè
yú zhù rén. Guǎng zhōu
gěi wǒ liú xià zhōng shēng
nán wàng de měi hǎo huí
yì.

A：谢谢您的支持与帮助! 欢
迎以后再到广州来，再见!

Xiè xie nín de zhī chí yǔ
bāng zhù! Huān yíng yǐ
hòu zài dào Guǎng zhōu
lái, zài jiàn!

D，E：我们以后一定会再来，
再见!

Wǒ men yǐ hòu yī dìng huì
zài lái, zài jiàn!

A：Thanks for your great help!
Hope you will visit Guangzhou
again. Good-bye!

63

D，E：We surely will come
again. Good-bye.

Pattern Drills

A：到北京机票多少钱？

Dào Běi jīng jī piào duō shǎo qián?

B：单程还是双程？单程 1450 元，双程 2200 元。

Dān chéng hái shì shuāng chéng? Dān chéng 1450 yuán, shuāng chéng 2200 yuán.

到深圳（珠海/汕头/湛江/肇庆/韶关/梅州/河源/云浮/江门/佛山）。

Dào Shēn zhèn（Zhū hǎi/ Shàn tóu/ Zhàn jiāng/ Zhào qìng/ Sháo guān/ Méi zhōu/ Hé yuán/ Yún fú/ Jiāng mén/ Fó shān）.

到哈尔滨（沈阳/长春/大连/鞍山/秦皇岛/山海关/天津/

A：How much does it take to fly to Beijing?

B：One way or round trip? 1450 *yuan* for a one way ticket, and 2200 for a round trip.

to Shenzhen/ Zhuhai/ Shantou/ Zhanjiang/ Zhaoqing/ Shaoguan/ Meizhou/ Heyuan/ Yunfu/ Jiangmen/ Foshan

to Harbin/ Shenyang/ Changchun/ Dalian/ Anshan/ Qinhuang-

呼和浩特/包头/赤峰/石家
庄/保定/郑州/太原/咸阳/西
安/延安/开封/宝鸡/西宁/银
川/兰州/乌鲁木齐/伊犁/喀
什/吐鲁番/和田/石河子/拉
萨/日喀则/昆明/贵阳/丽江/
大理/成都/重庆/南宁/桂林/
北海/柳州/长沙/武汉/南昌/
合肥/扬州/杭州/福州/南京/
厦门/宁波/镇江/济南/青岛/
曲阜/黑龙江/辽宁/吉林/山
东/河北/河南/江苏/浙江/安
徽/福建/江西/湖南/湖北/广
东/广西/云南/贵州/四川/宁
夏/甘肃/青海/陕西/西藏/新
疆)。

Dào Hā ěr bīn / Shěn
yáng/ Cháng chūn/ Dà lián
/ Ān shān / Qín huáng dǎo
/ Shān hǎi guān/ Tiān jīn /
Hū hé hào tè/ Bāo tóu /
Chì fēng /Shí jiā zhuāng /
Bǎo dìng / Zhèng zhōu/ Tài
yuán / Xián yáng/ Xī ān /
Yán ān / Kāi fēng / Bǎo jī /
Xī níng / Yín chuān / Lán

dao/ Shanhaiguan/ Tianjin/
Huhehaote/ Baotou/ Chifeng/
Shijiazhuang/ Baoding/ Zheng-
zhou/ Taiyuan/ Xianyang/ Xi'an/
Yan'an/ Kaifeng/ Baoji/ Xi'ning/
Yinchuan/ Lanzhou/ Urumqi/
Yili/ Kashi/ Turpan/ Hetian/
Shihezi/ Lasa/ Rikaze/ Kunming/
Guiyang/Lijiang/Dali/Chengdu/
Chongqing/ Nanning/ Guilin/
Beihai / Liuzhou / Changsha/
Wuhan/ Nanchang/ Hefei/ Yang-
zhou/ Hangzhou/ Fuzhou/ Nan-
jing/ Xiamen/ Ningbo/ Zhen-
jiang/ Jinan/ Qingdao/ Qufu/ Hei-
longjiang/ Liaoning/ Jilin/ Shan-
dong/ Hebei/ Henan/ Jiangsu/
Zhejiang/ Anhui/ Fujian/ Jiangxi/
Hunan/ Hubei/ Guangdong/
Guangxi/ Yunnan/ Guizhou/ Si-
chuan/ Ningxia/ Gansu/ Qing-
hai/ Shanxi/ Tibet/ Xinjiang

65

zhōu / Wū lǔ mù qí / Yī lí /
Kā shí / Tǔ lǔ fān / Hé tián
/ shí hé zǐ / Lā sà / Rì kā
zé / Kūn míng / Guì yáng /
Lì jiāng / Dà lǐ / Chéng dū /
Chóng qìng / Nán níng / Guì
lín / Béi hǎi / Liǔ zhōu /
Cháng shā / Wǔ hàn / Nán
chāng / Hé féi / Yáng zhōu /
Háng zhōu / Fú zhōu / Nán
jīng / Xià mén / Níng bō /
Zhèn jiāng / Jǐ nán / Qīng
dǎo / Qū fù / Hēi lóng jiāng
/ Liáo níng / Jí lín / Shān
dōng / Hé běi / Hé nán /
Jiāng sū / Zhè jiāng /Ān huī
/ Fú jiàn / Jiāng xī / Hú nán
/ Hú běi / Guǎng dōng /
Guǎng xī / Yún nán / Guì
zhōu / Sì chuān / Níng xià
/ Gān sù / Qīng hǎi / Shǎn
xī / Xī zàng / Xīn jiāng).

第7课 光孝寺

Lesson 7　Guangxiao Temple

A：各位团友，光孝寺到了，请各位下车参观吧。光孝寺位于广州市中山八路附近的光孝路，原来是南越王赵佗的玄孙、五代南越王赵建德的旧宅。三国时，东吴名士虞翻被贬到广州。他不甘寂寞，在此开辟了苑圃讲学授徒，并种下许多柯子树。当时人们称此地为"柯林"。虞翻死后，家人将苑圃捐作寺庙，取名"制止寺"。后多次易名，宋绍兴二十一年，即公元1151年，定名为"报恩光孝禅寺"，简称"光孝寺"。它是广州最古老的寺院建筑，是全国重点文物保护单位。光孝寺对中国佛教及中外文化交流颇有影响。自东晋至

A：Everyone, here we are at Guangxiao Temple now. Let's get off to have a look. Guangxiao Temple is located on Guangxiao Road near Zhongshanba Road. It was originally the house of the 5th generation of King Nanyue, Zhao Jiande, who was the grandson of King Nanyue, Zhao Tuo. During the Three Kingdoms Period, Yu Fan, a military officer of Eastern Wu, was demoted to Guangzhou. Then he began to build his own house and give lectures here. He planted many ararobas around the house, hence it was called " kelin " (which means a forest of

67

唐朝，到寺传经的印度高僧甚多，其中智药三藏于502年携菩提树移植于此寺。据说中国其他寺院的菩提树皆引种于此。中国佛教禅宗始祖达摩最早于此驻锡，佛教南宗六祖慧能在此菩提树下剃度，并最早在寺内弘扬禅宗妙义。该寺古时有天王殿、大雄宝殿、六祖殿、风幡阁、瘗发塔、大悲幢、东西铁塔、达摩井、洗钵泉、洗砚池等文物。寺院有12殿6堂等建筑，规模宏大，对研究古建筑有重要价值。

Gè wèi tuán yǒu, Guāng xiào sì dào le, qǐng gè wèi xià chē cān guān ba. Guāng xiào sì wèi yú Guǎng zhōu shì Zhōng shān bā lù fù jìn de Guāng xiào lù, yuán lái shì Nán yuè wáng Zhào Tuó de xuán sūn、wǔ dài Nán yuè wáng Zhào Jiàn dé de jiù zhái. Sān guó shí, Dōng

ararobas in Chinese) by the local people then. After his death, the house was donated as a Buddhist temple by his families and renamed as "Zhizhi Temple". It changed its name for several times and finally got the name as "Bao'en Guangxiao Temple" in the year 1151 of the Song Dynasty, abbreviated as "Guangxiao Temple". As the oldest temple construction in Guangzhou, Guangxiao Temple is an important cultural relic of our country. There were quite a number of famous monks coming to spread Buddhism and translate Buddhist scriptures here from the Eastern Jin to the Tang Dynasty, which enabled Guangxiao Temple a very important place for Chinese Buddhism and cultural communication between China and overseas areas. In the year 502 AD, the

wú míng shì Yú Fān bèi
biǎn dào Guǎng zhōu. Tā
bù gān jì mò, zài cǐ kāi pì
le yuàn pǔ jiǎng xué shòu
tú, bìng zhòng xià xǔ duō
kē zǐ shù. Dāng shí rén
men chēng cǐ dì wéi "kē
lín". Yú Fān sǐ hòu, jiā rén
jiāng yuàn pǔ juān zuò sì
miào, qǔ míng "Zhì zhǐ
sì". Hòu duō cì yì míng,
Sòng shào xìng èr shí yī
nián, jí gōng yuán 1151
nián, dìng míng wéi "Bào
ēn guāng xiào chán sì",
jiǎn chēng "Guāng xiào sì".
Tā shì Guǎng zhōu zuì gǔ
lǎo de sì yuàn jiàn zhù,
shì quán guó zhòng diǎn
wén wù bǎo hù dān wèi.
Guāng xiào sì duì Zhōng
guó fó jiào jí Zhōng wài
wén huà jiāo liú pō yǒu
yǐng xiǎng. Zì Dōng jìn zhì
Táng cháo, dào sì chuán
jīng de Yìn dù gāo sēng

Indian monk named Zhi Yao
San Zang came to the temple to
teach the Buddhist sutras and
planted a bodhi tree here, and
it is said that all bodhi trees in
other temples in China came
from the one in Guangxiao
Temple. The Buddhist ancestor
Budhidharma first came here to
spread Buddhism; the sixth
Buddhist ancestor of Southern
Sect of Buddhist Zen,
Huineng, had his hair cut and
taught the Buddhist sutras here
under the bodhi tree. In ancient
times, there were quite a lot of
relics like Heaven Palace,
Chief Palace, Palace for the
6th Buddhist Ancestor, Wind-
Flag Pavilion, Yifa Tower,
Dabei Building, East and West
Towers, Well of Bulhidharma,
Earthen-bowl Washing Spring,
Ink-stone Washing Pond, etc.
Composed of 12 palaces and 6
halls, the temple is a magnifi-

69

shèn duō, qí zhōng Zhì
yào sān zàng yú 502 nián
xié pú tí shù yí zhí yú cǐ
sì. Jù shuō Zhōng guó qí
tā sì yuàn de pú tí shù jiē
yǐn zhòng yú cǐ. Zhōng guó
fó jiào chán zōng shǐ zǔ
Dá mó zuì zǎo yú cǐ zhù
xī, fó jiào nán zōng liù zǔ
Huì néng zài cǐ pú tí shù
xia tì dù, bìng zuì zǎo zài
sì nèi hóng yáng chán
zōng miào yì. Gāi sì gǔ shí
yǒu Tiān wáng diàn、Dà
xióng bǎo diàn、Liù zǔ
diàn、Fēng fān gé、Yì fà
tǎ、Dà bēi zhuàng、Dōng
xī tiě tǎ、Dá mó jǐng、Xǐ
bō quán、Xǐ yàn chí děng
wén wù. Sì yuàn yǒu 12
diàn 6 táng děng jiàn zhù,
guī mó hóng dà, duì yán
jiū gǔ jiàn zhù yǒu zhòng
yào jià zhí.

B：这座寺庙历史悠久、文物
众多，不可不看哪！

cently grand construction which
has a great impact on the re-
search of ancient architecture.

B：This temple has a great
history，and there are so many

Zhè zuò sì miào lì shǐ yōu
jiǔ, wén wù zhòng duō,
bù kě bù kàn na!

cultural relics. It is really worth
visiting.

C：导游，听说广州有句流传
很久的话："未有五羊城，
先有光孝寺。"对吗？

Dǎo yóu, tīng shuō Guǎng
zhōu yǒu jù liú chuán hěn
jiǔ de huà："Wèi yǒu Wǔ
yáng chéng, xiān yǒu
Guāng xiào sì." Duì ma?

C：Is there an old saying going
like " Guangxiao Temple is
even older than the city of
Guangzhou"?

A：听说过，但我本人没有考
证过，不敢胡说。

Tīng shuō guò, dàn wǒ
běn rén méi yǒu kǎo
zhèng guò, bù gǎn hú
shuō.

A：I've ever heard of it. But I
am not sure about it since I
haven't got any sound evidence.

B：广州市的历史已经有两千
多年，但有些景点导游词说
光孝寺建于公元 1500 年，这
与传说不是矛盾吗？

Guǎng zhōu shì de lì shǐ yǐ
jīng yǒu liǎng qiān duō
nián, dàn yǒu xiē jǐng diǎn
dǎo yóu cí shuō Guāng
xiào sì jiàn yú gōng yuán

B：Guangzhou has a history of
more than 2000 years, while
some scenic spot introduction
says that Guangxiao Temple
was built in 1500. Isn't it a
contradiction?

1500 nián, zhè yǔ chuán shuō bù shì máo dùn ma?

A：您对广州的了解真不少，可以做个"广州通"了。

Nín duì Guǎng zhōu de liǎo jiě zhēn bù shǎo, kě yǐ zuò gè "Guǎng zhōu tōng" le.

A：You do know a lot about Guangzhou. You are qualified for a tour guide of Guangzhou.

B：过奖了，过奖了！广州这本历史巨著我才读了个开头呢！

Guò jiǎng le, guò jiǎng le! Guǎng zhōu zhè běn lì shǐ jù zhù wǒ cái dú le gè kāi tóu ne!

B：Come on. I've just learned a bit about this wonderful city, and it's far from enough.

A：您真谦虚。

Nín zhēn qiān xū.

A：You are so humble.

B：我是你们中央电视台的栏目——《实话实说》啊！

Wǒ shì nǐ men Zhōng yāng diàn shì tái de lán mù——《Shí huà shí shuō》a!

B：Well, I am just like the show on CCTV—"Telling the Truth".

A：哈哈哈！您真幽默！

Hā ha ha! Nín zhēn yōu mò!

A：Aha, you are so humorous.

B：我向您学习。将来，我到

B：I just learn it from you. I

你们国家来做导游，跟您争饭碗，行不行啊？

Wǒ xiàng nín xué xí. Jiāng lái, wǒ dào nǐ men guó jiā lái zuò dǎo yóu, gēn nín zhēng fàn wǎn, xíng bu xíng a?

am going to become a tour guide in your country in the future. Am I welcome to be your competitor?

A：欢迎你们来办公司。我们互惠互利，争取双赢！

Huān yíng nǐ men lái bàn gōng sī. Wǒ men hù huì hù lì, zhēng qǔ shuāng yíng!

A：You are always welcome to found your own company. We can benefit a lot from learning from each other.

73

B：我们也欢迎你们到美国去办公司。预祝你们生意兴隆，财源广进！

Wǒ men yě huān yíng nǐ men dào Měi guó qù bàn gōng sī. Yù zhù nǐ men shēng yì xīng lóng, cái yuán guǎng jìn!

B：I do hope you can also run your company in the USA some day, and make great money there!

A：我们共同祝愿：合作成功，梦想成真！

Wǒ men gòng tóng zhù yuàn: Hé zuò chéng gōng, mèng xiǎng chéng zhēn!

A：Hope we can realize our dream of cooperation.

畅游广州

B：希望那一天早日到来！

Xī wàng nà yī tiān zǎo rì dào lái!

B：I wish that day could come soon.

A：中美两个大国的旅游资源十分丰富，又各具特色，互补性强。深信我们的合作一定会成功！

Zhōng Měi liǎng gè dà guó de lǚ yóu zī yuán shí fēn fēng fù, yòu gè jù tè sè, hù bǔ xìng qiáng. Shēn xìn wǒ men de hé zuò yī dìng huì chéng gōng!

A：Both China and USA are rich in tourism resources, and they have their own attractions respectively. I am sure our plan will work well!

B：是的，一定的！

Shì de, yī dìng de!

B：You bet.

A：哦，人齐了，我们上车吧。

Ò, rén qí le, wǒ men shàng chē ba.

A：Everyone is on board now. I've got to go.

众：导游，再见！

Dǎo yóu, zài jiàn!

All：Bye.

A：各位团友，再见！

Gè wèi tuán yǒu, zài jiàn!

A：Bye, everyone.

词语替换练习

Pattern Drills

你去过北京（上海/大连/天
津/沈阳）吗？

Nǐ qù guò Běi jīng (Shàng
hǎi/ Dà lián/Tiān jīn /Shěn
yáng) ma?

Have you ever been to Beijing/
Shanghai/Dalian/ Tianjin/ Shen-
yang?

我去过山东（黑龙江/江苏/
广东/广西/云南/四川/西藏/
新疆/内蒙古/宁夏）。

Wǒ qù guò Shān dōng
(Hēi lóng jiāng/Jiāng sū/
Guǎng dōng/Guǎng xī /
Yún nán/Sì chuān/Xī zàng/
Xīn jiāng /Nèi méng gǔ/
Níng xià).

I've been to Shandong/ Hei-
longjiang/ Jiangsu/ Guangdong/
Guangxi/ Yunnan/ Sichuan/ Ti-
bet/ Xinjiang/ Inner Mongolia/
Ningxia.

我游览了八达岭长城。

Wǒ yóu lǎn le Bā dá lǐng
Cháng chéng.

I've visited the Badaling Great
Wall.

我参观过北京故宫博物院
（颐和园/雍和宫/大观园/天

I've visited Beijing Fordidden
City Museum/Summer Palace/

坛/地坛/北海公园/圆明园/
天安门广场/承德避暑山庄/
中华世纪坛）。

Wǒ cān guān guò Běi jīng
Gù gōng bó wù yuàn（Yí
hé yuán/Yōng hé gōng/Dà
guān yuán/Tiān tán/Dì tán
/Běi hǎi gōng yuán/Yuán
míng yuán/Tiān'ān mén
guǎng chǎng/Chéng dé bì
shǔ shān zhuāng /Zhōng
huá shì jì tán）.

你到过的地方真不少。

Nǐ dào guò de dì fang
zhēn bù shǎo.

我非常喜欢旅游。

Wǒ fēi cháng xǐ huan lǚ
yóu.

我喜欢东方文化，特别是悠
久灿烂的中华文化。

Wǒ xǐ huan dōng fang
wén huà, tè bié shì yōu
jiǔ càn làn de Zhōng huá
wén huà.

你读过什么中国名著？

Nǐ dú guò shén me Zhōng

Yonghe Palace/Grand View
Garden/Temple of Heaven/
Temple of Earth/Beihai Park/
Winter Palace/ Tian'anmen
Square/Mountain Resort of
Chengde/ China Millennium
Monument.

You've traveled to so many
places.

I love traveling.

I love the eastern culture,
especially the glorious Chinese
culture.

What famous Chinese novels
have you read?

guó míng zhù?

我读过《红楼梦》、《西游记》、《水浒传》、《三国演义》、《金瓶梅》、《儒林外史》、《西厢记》、《牡丹亭》和金庸的《天龙八部》。

Wǒ dú guò《 Hóng lóu mèng》、《Xī yóu jì》、《Shuǐ hǔ zhuàn》、《Sān guó yǎn yì》、《Jīn píng méi》、《Rú lín wài shǐ》、《Xī xiāng jì》、《Mǔ dān tíng》hé Jīn yōng de《Tiān lóng bā bù》.

你读的真不少。

Nǐ dú de zhēn bù shǎo.

I've read *Dream of the Red Mansion*, *Journey to the West*, *Outlaws of the Marsh*, *Romance of Three Kingdoms*, *The Plum in the Goldon Vase*, *The Scholars*, *Romance of the Western Chamber*, *Peony Pavilion* and *Tian Long Ba Bu* by Jin Yong.

You do read a lot.

77

第8课 华林寺

Lesson 8 Hualin Temple

A：各位团友，今天我带大家参观一个很有名的地方——佛教禅宗始祖首登中国之地——"西来初地"，也就是古刹华林寺。南北朝时，现在的下九路一带处在珠江边，梁大通元年（527年）九月二十一日，南天竺高僧菩提达摩经3年航海到此登陆。由于达摩是中国佛教禅宗的始祖，后来，人们把他初登陆的地方称为"西来初地"，并建"西来庵"以志纪念。中国佛教徒饮水思源，把达摩始祖登陆之地视为佛教发祥地。清顺治十二年（1655年）临济宗三十二传法嗣宗符禅师（1613~1671）到此，把西来庵扩建为占地2万多平方

A：Hello, everyone. Today I am going to take you to a famous place, Hualin Temple, where the Buddhist ancestor Budhidharma first landed in China. It goes back to the Southern and Northern Dynasty. After a 3-year voyage across the Indian and the Pacific Oceans, the great Indian monk Budhidharma arrived in Guangzhou on September 21, 527 of Southern Liang Dynasty. Budhidharma is the ancestor of Chinese Zen, accordingly the place where he first landed was called "Xilai Chudi", and a temple named Xilai Temple was built to commemorate this

米的华林禅寺，那里成为当
时广州的佛教圣地。

Gè wèi tuán yǒu, jīn tiān
wǒ dài dà jiā cān guān yī
gè hěn yǒu míng de dì
fang——fó jiào chán zōng
shǐ zǔ shǒu dēng Zhōng
guó zhī dì——"Xī lái chū
dì", yě jiù shì gǔ chà Huá
lín sì. Nán běi cháo shí,
xiàn zài de Xià jiǔ lù yī dài
chǔ zài Zhū jiāng biān,
Liáng dà tōng yuán nián
(527 niǎn) jiǔ yuè èr shí
yī rì, Nán tiān zhú gāo
sēng pú tí Dá mó jīng 3
nián háng hǎi dào cǐ dēng
lù. Yóu yú Dá mó shì
Zhōng guó fó jiào chán
zōng de shǐ zǔ, hòu lái,
rén men bǎ tā chū dēng
lù de dì fang chéng wéi
"Xī lái chū dì", bìng jiàn
"Xī lái ān" yǐ zhì jì niàn.
Zhōng guó fó jiào tú yǐn
shuǐ sī yuán, bǎ Dá mó

great monk. Chinese Buddhists
considered this holy place as
the birthplace of Buddhism in
China. In 1655, a Buddhist
monk named Zong Fu (1613~
1671) arrived here and had the
temple expanded to be 20 000
m². Xilai Temple was changed
to be Hualin Temple and be-
came a holy place for people to
worship the Buddha.

79

shǐ zǔ dēng lù zhī dì shì
wéi fó jiào fā xiáng dì.
Qīng shùn zhì shí èr nián
（1655 niǎn）Lín jì zōng
sān shí èr chuán fǎ sì
zōng fú chán shī（1613～
1671）dào cǐ, bǎ Xī lái ān
kuò jiàn wéi zhàn dì 2
wàn duō píng fāng mǐ de
Huá lín chán sì, nà li
chéng wéi dāng shí Guǎng
zhōu de fó jiào shèng dì.

它位于下九路商业步行街北
侧，华林玉器小街连通下九
路与华林寺。今天的参观项
目除了华林寺之外，还可以
逛逛广州最繁华的商业街之
一——上下九商业步行街，
你们可以自由活动、自由购
物。两个小时之后，请你们
到步行街西端与文昌路交界
的广州酒家用餐。

Tā wèi yú Xià jiǔ lù shāng
yè bù xíng jiē běi cè, Huá
lín yù qì xiǎo jiē lián tōng
Xià jiǔ lù yǔ Huá lín sì. Jīn

It is located in the north of
Xiajiu Road Pedestrian Mall.
Hualin Jade Street connects
Hualin Temple and Xiajiu
Road. So we can visit Hualin
Temple as well as do some
shopping in one of the largest
shopping malls of Guangzhou,
Shangxiajiu Road Pedestrian
Mall. You may have two hours
for shopping. And in 2 hours,
I will be waiting for you at
Guangzhou Restaurant at the
west end of the Pedestrian Mall

tiān de cān guān xiàng mù
chú le Huá lín sì zhī wài,
hái kě yǐ guàng guang
Guǎng zhōu zuì fán huá de
shāng yè jiē zhī yī——
Shàng xià jiǔ shāng yè bù
xíng jiē, nǐ men kě yǐ zì
yóu huó dòng、zì yóu gòu
wù. Liǎng gè xiǎo shí zhī
hòu, qǐng nǐ men dào bù
xíng jiē xī duān yǔ Wén
chāng lù jiāo jiè de Guǎng
zhōu jiǔ jiā yòng cān.

where it connects Wenchang
Road.

B：哪边是东，哪边是西呀？
Nǎ biān shì dōng, nǎ biān
shì xī ya?

B：Which end is the west?

A：你现在的左手边是西，右
手边是东。步行街是东西走
向，东边接人民南路。
Nǐ xiàn zài de zuǒ shǒu
biān shì xī, yòu shǒu biān
shì dōng. Bù xíng jiē shì
dōng xī zǒu xiàng, dōng
biān jiē Rén mín nán lù.

A：On your left side is west-
ward, and your right eastward.
The street is going from east at
Renminnan Road to west at
Wenchang Road.

B：哦，明白了。
Ò, míng bái le.

B：Oh, I see.

A：祝你们玩得开心，买到最称心的东西。

Zhù nǐ men wán de kāi xīn，mǎi dào zuì chèn xīn de dōng xi.

C：谢谢导游指点。您辛苦了！您在广州酒家等我们就可以了。

Xiè xie dǎo yóu zhǐ diǎn. Nín xīn kǔ le！Nín zài Guǎng zhōu jiǔ jiā děng wǒ men jiù kě yǐ le.

A：谢谢你们的支持与关心！

Xiè xie nǐ men de zhī chí yǔ guān xīn！

C：我这里有清音丸。你吃了一个小时之后，声音就不会沙哑了。

Wǒ zhè li yǒu qīng yīn wán. Nǐ chī le yī gè xiǎo shí zhī hòu，shēng yīn jiù bù huì shā yǎ le.

A：非常感谢！

Fēi cháng gǎn xiè！

D：玛丽小姐，我们去荔湾广场怎么样？

A：Have a good time!

C：Thanks a lot. You may take some rest at Guangzhou Restaurant. We will be there in 2 hours.

A：Thanks for your concern.

C：I've got some pills here. Take it，and your throat will be better in an hour.

A：It's very kind of you.

D：Mary，shall we go to Liwan Plaza?

Mǎ lì xiǎo jiě, wǒ men qù
Lì wān guǎng chǎng zěn
me yàng?

E：好的，我要买些有中国特色的东西给爸爸妈妈，还要买点给我的心上人。

E：Sure! I want to buy something with Chinese characteristics for my parents, and my beloved as well.

Hǎo de, wǒ yào mǎi xiē
yǒu Zhōng guó tè sè de
dōng xi gěi bà ba mā
ma, hái yào mǎi diǎn gěi
wǒ de xīn shàng rén.

83

D：我要留在中国念书，我只买点自己吃的、穿的、用的就够了。

D：I am staying in China for my study, so I just need to buy some groceries and clothes.

Wǒ yào liú zài Zhōng guó
niàn shū, wǒ zhǐ mǎi diǎn
zì jǐ chī de、chuān de、
yòng de jiù gòu le.

E：广州的物产真丰富！国产的名牌货、外国的名牌货、各地的土特产，应有尽有。生活在中国真好哇！

E：Wow! There are so many different goods here in Guangzhou. One can buy goods of great brands of China and other countries, and typical products of different places. It's so good to live in China!

Guǎng zhōu de wù chǎn
zhēn fēng fù! Guó chǎn de
míng pái huò、wài guó de
míng pái huò、gè dì de tǔ

tè chǎn, yīng yǒu jìn yǒu.
Shēng huó zài Zhōng guó
zhēn hǎo wa!

D：中国安定、繁荣，经济腾
飞，人民生活水平不断提升。
生活在恐怖活动频繁国家的
人，怎么能跟中国人相比呢？

Zhōng guó ān dìng、fán
róng, jīng jì téng fēi, rén
mín shēng huó shuǐ píng
bù duàn tí shēng. Shēng
huó zài kǒng bù huó dòng
pín fán guó jiā de rén,
zěn me néng gēn Zhōng
guó rén xiāng bǐ ne?

E：我要学好中国文化，毕业
后留在中国工作。

Wǒ yào xué hǎo Zhōng
guó wén huà, bì yè hòu
liú zài Zhōng guó gōng
zuò.

D：你中文这么好，人又漂
亮，将来嫁给一位中国帅哥，
留在中国肯定没问题。

Nǐ Zhōng wén zhè me
hǎo, rén yòu piào liang,

D: China is developing its
economy rapidly, and people
live a much better life now. A
person from a country full of
terrorists can never enjoy such
a peaceful life.

E: I will learn more about
Chinese culture and try my best
to get a job in China after grad-
uation.

D: You are so pretty and
speak so good Chinese. It's no
problem to marry a handsome
Chinese guy.

jiāng lái jià gěi yī wèi
Zhōng guó shuài gē, liú
zài Zhōng guó kěn dìng
méi wèn tí.

E：你真有心计呀，哈哈哈！

Nǐ zhēn yǒu xīn jì ya, hā
ha ha!

E：Haha! You tricky girl!

D：你脸红什么？害羞吗？

Nǐ liǎn hóng shén me? Hài
xiū ma?

D：Your face turns red. Are
you ashamed of admitting that?

85

E：有什么好害羞的？我才不
会呢！我看上了中国帅哥，
就一定要追到手，不达目的，
绝不罢休！

Yǒu shén me hǎo hài xiū
de? Wǒ cái bù huì ne! Wǒ
kàn shàng le Zhōng guó
shuài gē, jiù yī dìng yào
zhuī dào shǒu, bù dá mù
dì, jué bù bà xiū!

E：Come on! I will not give
up if I fall in love with a
Chinese guy.

D：好样的！我祝你成功！

Hǎo yàng de! Wǒ zhù nǐ
chéng gōng!

D：Great! Hope you will
succeed.

E：用词不当。你心太急了，
你应该祝我梦想成真才对。

Yòng cí bù dàng. Nǐ xīn tài

E：Oh! You are so worried
that you have used the wrong
word. You should have wished

jí le, nǐ yīng gāi zhù wǒ
mèng xiǎng chéng zhēn
cái duì.

D：人家为你急嘛！哈哈哈！
Rén jiā wèi nǐ jí ma! Hā
ha ha!

E：真是"皇上不急，太监
急"啊！
Zhēn shì "huáng shàng bù
jí, tài jiàn jí" a!

me to realize my dream.

D：I'm just too worried about
you, haha!

E：Don't worry about me!

词语替换练习

Pattern Drills

你买了多少东西？
Nǐ mǎi le duō shǎo dōng
xi?

我买了羊毛衫（羊毛裤/土特
产/荔枝/龙眼/杨桃/菠萝/番
石榴/丝绸夏装/丝绸秋装）。
Wǒ mǎi le yáng máo shān
(yáng máo kù /tǔ tè
chǎn/ lì zhī/ lóng yǎn /

What have you bought?

I have bought some wool
clothes / wool trousers / typical
products / lychees / longans /
carambola / pineapples / guavas /
silk clothes for summer and au-
tumn.

yáng táo /bō luó/fān shí
liu/ sī chóu xià zhuāng /sī
chóu qiū zhuāng).

你买的东西总共多少钱？
Nǐ mǎi de dōng xi zǒng
gòng duō shǎo qián?

How much are they all?

总共 638 块。
Zǒng gòng 638 kuài.

Totally 638 *yuan*.

这次旅游一共花了多少钱？
Zhè cì lǚ yóu yī gòng huā
le duō shǎo qián?

How much did you spend on
this trip?

大概五六万块吧。
Dà gài wǔ liù wàn kuài
ba.

About 50 000 or 60 000 *yuan*.

哇！你真有钱！
Wa! Nǐ zhēn yǒu qián!

Wow! What a rich guy you are!

一般啦，比上不足，比下有
余吧。
Yī bān la, bǐ shàng bù zú,
bǐ xià yǒu yú ba.

Come on! I am just of the av-
erage level.

广州话真有意思！
Guǎng zhōu huà zhēn yǒu
yì si!

Cantonese language is great
fun!

87

第9课 三元宫

Lesson 9　Sanyuan Taoist Temple

A：玛丽，你不是想嫁个中国帅哥吗？我带你到三元宫去进进香，保佑你心想事成。

Mǎ lì, nǐ bù shì xiǎng jià gè Zhōng guó shuài gē ma? Wǒ dài nǐ dào Sān yuán gōng qù jìn jìn xiāng, bǎo yòu nǐ xīn xiǎng shì chéng.

B：真会灵验吗？

Zhēn huì líng yàn ma?

A：三元宫是广州现存历史最久、规模最大的一座道教建筑，已有 1600 多年的历史了。它是由东晋时的南海太守鲍靓于公元 319 年修建的。初名越岗院，也许是因建在越秀山南面山脚下而得名。里面供奉有"三元大帝"

A：Mary, you always dream of marrying a Chinese handsome guy. I am going to take you to Sanyuan Taoist Temple today. Your dream will definitely come true after you worship the gods there.

B：Does it work?

A：Sanyuan Taoist Temple is the largest and oldest Taoism temple of Guangzhou with a history of more than 1600 years. It was built by a procurator of the South Sea named Bao Liang in 319 A D of the Eastern Jin. It got its first name

——尧帝、舜帝、禹帝，老子李聃和吕祖吕洞宾。后两位均是得道成仙之人。据说，拜了这些神仙便可心想事成呢。

Sān yuán gōng shì Guǎng zhōu xiàn cún lì shǐ zuì jiǔ、guī mó zuì dà de yī zuò dào jiào jiàn zhù, yǐ yǒu 1600 duō nián de lì shǐ le. Tā shì yóu Dōng jìn shí de Nán hǎi tài shǒu Bào Liàng yú gōng yuán 319 nián xiū jiàn de. Chū míng Yuè gǎng yuàn, yě xǔ shì yīn jiàn zài Yuè xiù shān nán miàn shān jiǎo xià ér dé míng. Lǐ miàn gòng fèng yǒu "Sān yuán dà dì" —— Yáo dì、Shùn dì、Yǔ dì, Lǎo zǐ Lǐ dān hé Lǔ zǔ Lǔ dòng bīn. Hòu liǎng wèi jūn shì dé dào chéng xiān zhī rén. Jù shuō, bài le zhè xiē shén xiān biàn kě xīn xiǎng shì chéng ne.

Yuegang Yuan possibly because it lied at the southern foot of Yuexiu Mountain. Inside the temple, the three great emperors of ancient China as Yao, Shun and Yu are enshrined; together with Laozi, the great thinker in the Spring and Autumn Period in Chinese history, and Lu Dongbin, one of the 8 immortals in Taoism. It is said that these gods will bless people with fortune and help them realize their dreams.

89

B：如果真那么灵，中国就没穷人了。这你也信？

Rú guǒ zhēn nà me líng, Zhōng guó jiù méi qióng rén le. Zhè nǐ yě xìn?

A：你说的也不无道理，但中国有句古话："心诚则灵；心不诚，则神仙不灵"嘛。宁可信其有，不可信其无，试试又何妨？

Nǐ shuō de yě bù wú dào li, dàn Zhōng guó yǒu jù gǔ huà: "Xīn chéng zé líng; xīn bù chéng, zé shén xiān bù líng" ma. Nìng kě xìn qí yǒu, bù kě xìn qí wú, shì shi yòu hé fáng?

B：好吧，我们都来试试吧。

Hǎo ba, wǒ men dōu lái shì shi ba.

A：你许了几个愿啊？

Nǐ xǔ le jǐ gè yuàn a?

B：天机不可泄露嘛！哈哈哈！

Tiān jī bù kě xiè lòu ma! Hā ha ha!

B：If it were true, there would not be poverty in China. Do you really believe in that?

A：You sound quite reasonable. But as the Chinese old saying goes, "It works wonders with a strong will". Why not have a try?

B：Ok. Let's try.

A：How many wishes have you made?

B：It's God's secret, hahaha.

A：怎么这么聪明，活学活用
这么快啊？

Zěn me zhè me cōng
míng, huó xué huó yòng
zhè me kuài a?

B：我有中国和美国血统的基
因嘛！

Wǒ yǒu Zhōng guó hé Měi
guó xuè tǒng de jī yīn ma!

A：哦，原来如此，怪不得你
的言谈举止也中西合璧呀！
哈哈哈！

Ò, yuán lái rú cǐ, guài bu
de nǐ de yán tán jǔ zhǐ yě
zhōng xī hé bì ya! Hā ha
ha!

B：嘿！你真坏！你笑话我！

Hēi! Nǐ zhēn huài! Nǐ xiào
huà wǒ!

A：怎么会呢。我是实话实
说，衷心祝愿你心想事成啊！

Zěn me huì ne. Wǒ shì shí
huà shí shuō, zhōng xīn
zhù yuàn nǐ xīn xiǎng shì
chéng a!

B：明白了，难道我会是"狗

A：Wow! You smart girl!

B：I have both Chinese and
American genes.

A：No wonder you speak and
act in a combining way of Chi-
nese and American. Hahaha!

B：You are kidding of me!

A：Come on. I am just telling
the truth. All I wish is that you
can realize your dream.

B：I knew it! I know you are

91

咬吕洞宾——不识好人心"
吗？哈哈哈！

Míng bai le, nán dào wǒ
huì shì "gǒu yǎo Lǚ Dòng
bīn——bù shí hǎo rén xīn"
ma? Hā ha ha!

A：我俩真是心有灵犀——一
点通啊！

Wǒ liǎ zhēn shì xīn yǒu
líng xī——yī diǎn tōng a!

B：芳芳，我们进去看看吧。
听说里面还有葛洪与其妻子
鲍仙姑的故事介绍呢！

Fāng fang, wǒ men jìn qù
kàn kan ba. Tīng shuō lǐ
mian hái yǒu Gě Hóng yǔ
qí qī zi Bào Xiān gū de gù
shi jiè shào ne!

A：还有老子、庄子、吕洞宾
等人物故事的简介，以及吕
洞宾所题的关于岳阳楼的诗：
朝游北岳暮苍梧，袖里青蛇
胆气粗。三入岳阳人不识，
朗吟飞过洞庭湖。

Hái yǒu Lǎo zǐ、Zhuāng
zǐ、Lǚ Dòng bīn děng rén

a very nice girl.

A：So good to be able to un-
derstand each other.

B：Fangfang, let's get in to
have a look. I hear that there is
an introduction of the story
about Ge Hong and his wife.

A：Yes. There are also
introductions about Laozi,
Zhuangzi and Lu Dongbin, and
we can read the poem by Lu
Dongbin about Yueyang Tower.
"From early morning till late
afternoon, I'm wandering
around the North Mountain

wù gù shi de jiǎn jiè, yǐ jí
Lǚ Dòng bīn suǒ tí de
guān yú Yuè yáng lóu de
shī: Zhāo yóu běi yuè mù
cāng wú, xiù lǐ qīng shé
dǎn qì cū. Sān rù yuè
yáng rén bù shí, lǎng yín
fēi guò Dòng tíng hú.

alone. With my sword in hand,
I feel so powerful of myself.
Unnoticedly I've visited
Yueyang City for 3 times, over
Dongting Lake left my chipper
singing."

B：芳芳，记性这么好，连诗
也背熟了？真行呀，你！

Fāng fang, jì xìng zhè me
hǎo, lián shī yě bèi shú
le? Zhēn xíng ya, nǐ!

B：Fangfang, you are amazing!
You can even remember the
poem.

A：做过功课嘛，小儿科啦。

Zuò guò gōng kè ma,
xiǎo ér kē la.

A：I am well-prepared this
time. It's a snap.

B：芳芳，我记得这附近的旅
游景点不少呢，对吗？

Fāng fang, wǒ jì de zhè
fù jìn de lǚ yóu jǐng diǎn
bù shǎo ne, duì ma?

B：I remember there are quite
a few scenic spots around.
Right?

A：你的记性挺好！它的南边
是中山纪念堂，西边不远是
南越王墓博物馆，北面山上
有五层楼，还有越秀山体育
场和可以眺望全广州市的电

A：You do have a good memory.
There lies the Memorial Hall of
Dr. Sun Yat-Sen to the south of
the temple, Museum of the
Western Han Dynasty

视塔。

Nǐ de jì xìng tǐng hǎo! Tā de nán biān shì Zhōng shān jì niàn táng, xī biān bù yuǎn shì Nán yuè wáng mù bó wù guǎn, běi miàn shān shàng yǒu Wǔ céng lóu, hái yǒu Yuè xiù shān tǐ yù chǎng hé kě yǐ tiào wàng quán Guǎng zhōu shì de diàn shì tǎ.

B：肚子饿了，回中国大酒店吃饭吧。

Dù zi è le, huí Zhōng guó dà jiǔ diàn chī fàn ba.

Mausoleum of Nanyue King to its west, and Yuexiu Mountain to its north, on which there stands the Five -storey Tower, the Yuexiu Mountain stadium, and the TV tower from which you can have a grand view of the whole city of Guangzhou.

B：Oh! I am starving. Let's go back to China Hotel for our meal.

词语替换练习

Pattern Drills

难道……吗？

Nán dào…ma?

Do you think it all right if...?

你去……还是我去……好哇？

Nǐ qù……hái shì wǒ qù…hǎo wa?

You go, or I?

三元宫位于清泉路北边，南边有广东省人民政府办公所在地及中山纪念堂、科学馆。

Sān yuán gōng wèi yú Qīng quán lù běi biān, nán biān yǒu Guǎng dōng shěng rén mín zhèng fǔ bàn gōng suǒ zài dì jí Zhōng shān jì niàn táng、Kē xué guǎn.

Sanyuan Taoist Temple is located in the north of Qingquan Road, and to its south are the Guangdong Provincial People's Government, Memorial Hall of Dr. Sun Yat-sen and Museum of Science.

中国大酒店位于解放北路与流花路拐弯处，北面是中国出口商品交易会，西边是东方宾馆，交通十分方便。

China Hotel is located at the crossing of Jiefangbei Road and Liuhua Road, with the China Import and Export Commodities

Zhōng guó dà jiǔ diàn wèi
yú Jiě fàng běi lù yǔ Liú
huā lù guǎi wān chù, běi
miàn shì Zhōng guó chū
kǒu shāng pǐn jiāo yì huì,
xī biān shì Dōng fāng bīn
guǎn, jiāo tōng shí fēn
fāng biàn.

Fair to its north and Dongfang
Hotel to its west. It's very
convenient to get there.

东方宾馆的西边是流花湖公
园，只隔一条人民北路。

Dōng fāng bīn guǎn de xī
biān shì Liú huā hú gōng
yuán, zhǐ gé yī tiáo Rén
mín běi lù.

To the west of Dongfang Hotel
is Liuhua Park, with Renmin-
bei Road in between.

第 10 课 南海神庙

Lesson 10 Temple of South China Sea God

A：各位团友，我现在给大家简单介绍一下南海神庙。

Gè wèi tuán yǒu, wǒ xiàn zài gěi dà jiā jiǎn dān jiè shào yī xià Nán hǎi shén miào.

南海神庙是我国四大海神庙之一，也是四海神庙中最受尊崇的庙宇，隋文帝、唐玄宗、宋仁宗、明朱元璋、清康熙等多个朝代的皇帝都拜祭过南海神庙，给过它各种封号。明朱元璋加封"南海之神"，"南海神庙"之名始定。

Nán hǎi shén miào shì wǒ guó sì dà hǎi shén miào zhī yī, yě shì sì hǎi shén miào zhōng zuì shòu zūn

A: Ladies and gentlemen, here I would like to introduce a great place to you——Temple of South China Sea God.

It is one of the four sea god temples of China, and is the most admired one. A great lot of emperors including King Wen of the Sui Dynasty, King Xuan of the Tang Dynasty, King Ren of the Song Dynasty, King Zhu Yuanzhang of the Ming Dynasty and King Kangxi of the Qing Dynasty, had ever worshipped the god of this temple and granted it different names. It got its present name

97

chóng de miào yǔ, Suí
wén dì、Táng xuán zōng、
Sòng rén zōng、Míng Zhū
yuán zhāng、Qīng Kāng xī
děng duō ge cháo dài de
huáng dì dōu bài jì guò
Nán hǎi shén miào, gěi
guò tā gè zhǒng fēng hào.
Míng Zhū yuán zhāng jiā
fēng "Nán hǎi zhī shén",
"Nán hǎi shén miào" zhī
míng shǐ dìng.

南海神庙坐北向南，占地三
万平方米，属明代建筑风格，
恢宏壮观，古朴大方，气度
威严。庙外是"海不扬波"
石牌坊。主体建筑从南至北，
依次为五进：头门、仪门、
礼亭、大殿、昭灵宫，一进
高于一进，其附属建筑都以
五进为中心，左右对称排列，
是较典型的中国传统建筑。
仪门庭院至大殿的东西两侧
复廊，陈列了唐、宋、元、
明、清各代碑刻共45块，对
研究我国古代书法艺术、神

in the Ming Dynasty by King
Zhu Yuanzhang.

The Temple of South China Sea
God, facing south, has a floor
area of 30 000 m², of the Ming
Dynasty architectural style. The
temple is both magnificent and
simple and natural. Outside
stands a memorial archway of
" Haibu-yangbo". The main
buildings consists of "five en-
trances": the front gate, the
gate of official mansion, the e-
tiquette pavilion, the Chief
Palace, and the Zhaoling
Palace along the middle axis

庙的历史渊源有重大作用，
被誉为"南方碑林"，是书法
爱好者不可不去之处。简介
到此。待会儿，我社张小姐
会给你们逐一介绍的。

Nán hǎi shén miào zuò běi
xiàng nán, zhàn dì sān
wàn píng fāng mǐ, shǔ
Míng dài jiàn zhù fēng gé,
huī hóng zhuàng guān, gǔ
pǔ dà fāng, qì dù wēi
yán. Miào wài shì "Hǎi bù
yáng bō" shí pái fǎng. Zhǔ
tǐ jiàn zhù cóng nán zhì
běi, yī cì wéi wǔ jìn: Tóu
mén、Yí mén、Lǐ tíng、Dà
diàn、Zhāo líng gōng, yī
jìn gāo yú yī jìn, qí fù shǔ
jiàn zhù dōu yǐ wǔ jìn wéi
zhōng xīn, zuǒ yòu duì
chèng pái liè, shì jiào diǎn
xíng de Zhōng guó chuán
tǒng jiàn zhù. Yí mén tíng
yuàn zhì Dà diàn de dōng
xī liǎng cè fù láng, chén
liè le Táng、Sòng、Yuán、

from south to north, taking as-
cending steps. Appurtenances
are centred on the five-entrance
main architecture and of bilat-
eral symmetry. This is typically
traditional Chinese temple ar-
chitecture indeed. Along the
two corridors from the front
gate to the Chief Palace stand
45 inscribed tablets of different
dynasties of Tang, Song,
Yuan, Ming and Qing. From
these tablets, people can learn
a lot about Chinese calligraphy
in ancient times and the history
of the Sea God Temple. It's re-
ally a good place for people
who love calligraphy. In a
while, Miss Zhang of our a-
gency will tell you more about
them.

99

Míng、Qīng gè dài bēi kè gòng 45 kuài, duì yán jiū wǒ guó gǔ dài shū fǎ yì shù、shén miào de lì shǐ yuān yuán yǒu zhòng dà zuò yòng, bèi yù wéi "Nán fāng bēi lín", shì shū fǎ ài hào zhě bù kě bù qù zhī chù. Jiǎn jiè dào cǐ. Dāi huìr, wǒ shè Zhāng xiǎo jiě huì gěi nǐ men zhú yī jiè shào de.

B：我是导游小张，大家叫我小张、张小姐都可以。今天是农历二月十三日，是南海神诞——波罗诞的正诞。在二月十一至二月十三日这三天内，珠三角居民和外地人，纷纷从海路或陆路涌到南海神庙祭祀。当地人流传一句谚语："第一拜波罗，第二娶老婆。"把人生大事置于海神之后，可见对南海神的顶礼膜拜到了极为虔诚的程度。这与南海神有求必应，有难必救，非常灵验的传说有关。

B：Hi, everyone. I am your guide. My sur name is Zhang, so you might call me Miss Zhang or just Xiao Zhang. Today is Feburary 13 on Chinese lunar calendar, which is the very birthday of the Sea God, Polo. From 11th to 13th, people of the Pearl River Delta Region and from other places rush into the temple to worship the God Polo. Some come by car, some by boat. There is an interesting saying here:

Wǒ shì dǎo yóu Xiǎo
Zhāng, dà jiā jiào wǒ Xiǎo
Zhāng、Zhāng xiǎo jiě dōu
kě yǐ. Jīn tiān shì nóng lì
èr yuè shí sān rì, shì Nán
hǎi shén dàn——Bō luó
dàn de zhèng dàn. Zài èr
yuè shí yī zhì èr yuè shí
sān rì zhè sān tiān nèi,
Zhū sān jiǎo jū mín hé wài
dì rén, fēn fēn cóng hǎi lù
huò lù lù yǒng dào Nán
hǎi shén miào jì sì. Dāng
dì rén liú chuán yī jù yàn
yǔ: "Dì yī bài bō luó, dì
èr qǔ lǎo pó." Bǎ rén
shēng dà shì zhì yú hǎi
shén zhī hòu, kě jiàn duì
Nán hǎi shén de dǐng lǐ
mó bài dào le jí wéi qián
chéng de chéng dù. Zhè
yǔ Nán hǎi shén yǒu qiú
bì yìng, yǒu nàn bì jiù, fēi
cháng líng yàn de chuán
shuō yǒu guān.

"Worshipping Polo comes first, then getting married." People consider worshipping the god as the most important event in their lives. According to some legendaries, God Polo could really fulfill people's demands and bless people with good luck.

101

C：张小姐，你拜过南海神　　C：Miss Zhang, have you ever

吗?

Zhāng xiǎo jiě, nǐ bài guò
Nán hǎi shén ma?

B：曾经拜过。

Céng jīng bài guò.

C：灵验吗?

Líng yàn ma?

B：信者则灵，不信者则不
灵，见仁见智吧。

Xìn zhě zé líng, bù xìn zhě
zé bù líng, jiàn rén jiàn zhì
ba.

C：大概是幸运者则灵，倒霉
者则不灵？

Dà gài shì xìng yùn zhě zé
líng, dǎo méi zhě zé bù
líng ba?

B：我想可能是吧，我也说不
清。

Wǒ xiǎng kě néng shì ba,
wǒ yě shuō bù qīng.

D：看来，在中国宗教信仰是
很自由的，没人强迫你信，
也没人强迫你不信，是吗?

Kàn lái, zài Zhōng guó
zōng jiào xìn yǎng shì hěn

worshipped the god here?

B：Yes, I have.

C：Does it work?

B：It all depends on whether
one believes in gods or not.

C：I guess only lucky guys
may realize their dreams.

B：You might be right. People
have different ideas on
religions.

D：It seems that people enjoy
the freedom in religion in
China.

zì yóu de, méi rén qiǎng
pò nǐ xìn, yě méi rén
qiǎng pò nǐ bù xìn, shì
ma?

B：是的，一切取决于个人而
定。

Shì de, yī qiè qǔ jué yú
gè rén ér dìng.

C：那你信吗?

Nà nǐ xìn ma?

B：无可奉告，哈哈哈!

Wú kě fèng gào, hā ha
ha!

D：你怎么这样健忘呢。张小
姐不早说过了吗?

Nǐ zěn me zhè yàng jiàn
wàng ne. Zhāng xiǎo jiě
bù zǎo shuō guò le ma?

C：哦，我糊涂了!

Ò, wǒ hú tu le!

B：Yes. People have their own
choices.

C：Do you believe in it then?

103

B：It's a secret. Hahaha!

D：What a bad memory you
have! Miss Zhang has told us
about that.

C：Oh! I am a bit confused.

词语替换练习

Pattern Drills

明天你去肇庆（韶关/佛山/汕头/湛江/海口/梅州/长沙）旅游吗？

Míng tiān nǐ qù Zhào qìng (Sháo guān/ Fó shān / Shàn tóu/ Zhàn jiāng/ Hǎi kǒu/Méi zhōu /Cháng shā) lǚ yóu ma?

Are you visiting Zhaoqing/ Shaoguan/ Foshan/ Zhanjiang/ Haikou/ Meizhou/ Changsha tomorrow?

飞机票容易买吗？

Fēi jī piào róng yì mǎi ma?

Is it easy to buy a flight ticket?

旅游旺季难买，淡季好买些。

Lǚ yóu wàng jì nán mǎi, dàn jì hǎo mǎi xiē.

It's not easy to get plane tickets in golden travel season.

机票贵吗？

Jī piào guì ma?

Does it cost a lot by air?

旺季贵些，淡季便宜些。

Wàng jì guì xiē, dàn jì pián yí xiē.

Rather expensive in travel season. It's cheaper at other time.

火车票价钱多少？

How much does it cost by

Huǒ chē piào jià qián duō   train?
shǎo?

比机票便宜多了。   Much cheaper than a plane
Bǐ jī piào pián yí duō le.   ticket.

星级宾馆多吗？   Are there a lot of star hotels?
Xīng jí bīn guǎn duō ma?

105

第 11 课　洪秀全故居

Lesson 11　The Former Residence
of Hong Xiuquan

A：阿丽，你真有眼福和口福哇。

Ā Lì, nǐ zhēn yǒu yǎn fú hé kǒu fú wa。

A：A Li, you are really a lucky dog today.

B：我有什么福哇？早餐还没吃呢，口啥福哇？

Wǒ yǒu shén me fú wa? Zǎo cān hái méi chī ne, kǒu shá fú wa?

B：How come? I don't even have my breakfast.

A：你不觉得你今天福星高照吗？

Nǐ bù jué de nǐ jīn tiān fú xīng gāo zhào ma?

A：Don't you feel that God bless you with good luck today?

B：福星在哪呀？

Fú xīng zài nǎ ya?

B：Where is my god today?

A：在你面前，我就是你的福星。

Zài nǐ miàn qián, wǒ jiù shì

A：The god is just standing in front of you! It's me!

nǐ de fú xīng.

B：你怎么会是福星呢？

Nǐ zěn me huì shì fú xīng
ne?

A：我今天带你去参观太平天
国天王洪秀全的故居，带你
去花都吃荔枝，不是你有眼
福、口福了吗？我不就是你
的福星吗？

Wǒ jīn tiān dài nǐ qù cān
guān Tài píng tiān guó tiān
wáng Hóng Xiù quán de gù
jū, dài nǐ qù Huā dū chī lì
zhī, bù shì nǐ yǒu yǎn fú、
kǒu fú le ma? Wǒ bù jiù shì
nǐ de fú xīng ma?

B：好，福星，我们马上去
吧。

Hǎo, fú xīng, wǒ men mǎ
shàng qù ba。

A：走吧！

Zǒu ba!

B：阿芳，洪秀全故居离广州
市很远吗？

Ā Fāng, Hóng Xiù quán gù
jū lí Guǎng zhōu shì hěn

B：Why？

A：Today we are visiting the
Former Residence of Hong
Xiuquan, King of the Taiping
Heavenly Kingdom. And then
we will have some delicious
lychees in Huadu District. Don't
you think you are lucky today
now?

107

B：Oh! My Goddess! Let's
go now!

A：OK.

B：Is it far away from Guang-
zhou?

yuǎn ma?

A：他的故居，现在属于广州市花都区，不存在离广州市远近的问题。你应该说，离广州市旧市中心区远吗？

Tā de gù jū, xiàn zài shǔ yú Guǎng zhōu shì Huā dū qū, bù cún zài lí Guǎng zhōu shì yuǎn jìn de wèn tí. Nǐ yīng gāi shuō, lí Guǎng zhōu shì jiù shì zhōng xīn qū yuǎn ma?

A：His old residence is now part of Guangzhou City, so you should change your question into this：is it far away from the old city downtown?

B：旧历史书上说，他生于花县福源水村，后全家迁到花县官禄埗村定居。

Jiù lì shǐ shū shang shuō, tā shēng yú Huā xiàn Fú yuán shuǐ cūn, hòu quán jiā qiān dào Huā xiàn Guān lù bù cūn dìng jū.

B：Some old historical books say that he was born in Fuyuanshui Village of Huaxian County and later moved to Guanlubu Village of Huaxian County.

A：是啊，你记得很清楚，但花县现在已改为花都区了，是广州市的一个区了。

Shì a, nǐ jì de hěn qīng chǔ, dàn Huā xiàn xiàn zài yǐ gǎi wéi Huā dū qū le, shì

A：You do have a very good memory, but Huaxian County is one of the districts of Guangzhou City now. It's no more a county.

Guǎng zhōu shì de yī gè qū
le。

B：我明白了。他亲手种的那
棵龙眼树今年结果多吗？

Wǒ míng bai le. Tā qīn
shǒu zhòng de nà kē lóng
yǎn shù jīn nián jiē guǒ
duō ma?

B：I see. Are there many fruits
on the longan tree he planted?

A：听说挺多的，但要到八月
份才可以吃呢。

Tīng shuō tǐng duō de, dàn
yào dào bā yuè fèn cái kě yǐ
chī ne。

A：There are quite a lot, but
it's not in season until August.

109

B：看来，我没有口福了！

Kàn lái, wǒ méi yǒu kǒu fú
le!

B：It seems I am not lucky to
have delicious fruits.

A：待会儿，你就可以做"杨
贵妃"、"苏东坡"了，还说
没口福吗？

Dāi huìr, nǐ jiù kě yǐ zuò
"Yáng guì fēi"、"Sū Dōng
pō" le, hái shuō méi kǒu fú
ma?

A：Come on! You are lucky
enough to taste the famous
fruits that Princess Yang and
the great poet Su Dongpo had
ever tasted in a minute.

B：有福，有福！谢谢你福星
高照，我等到八月再吃龙眼，
那么，就福禄齐全了！

B：Oh, yeah! Thanks, my
dear goddess! I will feel even
better if I can taste longan in

Yǒu fú, yǒu fú! Xiè xie nǐ fú xīng gāo zhào, wǒ děng dào bā yuè zài chī lóng yǎn, nà me, jiù fú lù qí quán le!

August.

A：馋猫！哈哈哈！
Chán māo! Hā ha ha!

A：You greedy girl, hahaha!

B：你馋不馋？你不承认，我就把你的也吃个光。
Nǐ chán bu chán? Nǐ bù chéng rèn, wǒ jiù bǎ nǐ de yě chī gè guāng.

B：Aren't you greedy? If you are not, I'll eat up all the fruits, including your share.

A：你是远方的来客，跟我又是"下雨打伞——死党(挡)"，你吃吧。
Nǐ shì yuǎn fāng de lái kè, gēn wǒ yòu shì "xià yǔ dǎ sǎn —— sǐ dǎng (dǎng)", nǐ chī ba.

A：You are my good friend coming a long way to see me, so you can have them all.

B：你也吃点儿。我担心独吃过不了桥哇！
Nǐ yě chī diǎnr. Wǒ dān xīn dú chī guò bù liǎo qiáo wa!

B：Come on, help yourself to some. I don't want to eat it alone.

A：先吃这些，其他的我给你保管好。你参观完故居后，休息时再吃。
Xiān chī zhè xiē, qí tā de

A：I'll put some aside for you so that you can have some more after we visit the Residence.

wǒ gěi nǐ bǎo guǎn hǎo. Nǐ
cān guān wán gù jū hòu,
xiū xi shí zài chī.

B：谢谢！味道好极了。
Xiè xie! Wèi dao hǎo jí le.

A：当然啦，是刚从树上摘下来的最新鲜的荔枝佳品——桂味和糯米糍，肯定好吃。
Dāng rán la, shì gāng cóng
shù shang zhāi xià lái de zuì
xīn xiān de lì zhī jiā pǐn——
Guì wèi hé Nuò mǐ cí, kěn
dìng hǎo chī.

B：荔枝还有这么多品种啊？
Lì zhī hái yǒu zhè me duō
pǐn zhǒng a?

A：多着呢。明年你从美国再来时，我带你到从化温泉，向果农和农艺师请教，你一定会大有长进的。
Duō zhe ne. Míng nián nǐ
cóng Měi guó zài lái shí,
wǒ dài nǐ dào Cóng huà
wēn quán, xiàng guǒ nóng
hé nóng yì shī qǐng jiào, nǐ
yī dìng huì dà yǒu zhǎng jìn

B：It's so kind of you, dear.
They are really delicious!!

A：They must be tasty since
they are so fresh and belong to
the best types of lychees,
namely Guiwei and Nuomici.

111

B：Are there so many different
kinds of lychees?

A：Absolutely! I'll take you
to Conghua Hot Spring next
year when you come here
again. You can learn more
about lychees from the farmers
and agricultural experts there.

de.

B：好，明年荔枝节时我一定会再来！

Hǎo，míng nián lì zhī jié shí wǒ yī dìng huì zài lái!

A：讲话算数？

Jiǎng huà suàn shù?

B：明年从化荔枝零距离！

Míng nián Cóng huà lì zhī líng jù lí!

A：阿丽，你还记得导游介绍说天王故居离花都市区有多远，占地面积有多大吗？

Ā Lì，nǐ hái jì de dǎo yóu jiè shào shuō Tiān wáng gù jū lí Huā dū shì qū yǒu duō yuǎn，zhàn dì miàn jī yǒu duō dà ma?

B：距花都市区西北约 9 千米，占地面积 4419.27 平方米。

Jù Huā dū shì qū xī běi yuē 9 qiān mǐ，zhàn dì miàn jī 4419.27 píng fāng mǐ.

A：这次参观，真饱眼福和口福了吧？

B：Great! I'll surely come here next Lychee Festival!

A：A promise?

B：A promise!

A：A Li, do you remember how far away is the Former Residence of Hong Xiuquan from Huadu downtown? And how large is it?

B：It's located in the northwest of Huadu downtown, about 9 km away, covering an area of 4419.27 m^2.

A：Do you think you are lucky enough to enjoy great view and

Zhè cì cān guān, zhēn bǎo
yǎn fú hé kǒu fú le ba?

B：双福齐全，谢谢福星啊!

Shuāng fú qí quán, xiè xie
fú xīng a!

food today?

B：It's more than lucky! Thanks
again, my dear goddess!

词语替换练习

Pattern Drills

113

洪秀全青少年时读书和教书
的村塾"书房阁"三字是谁
题的？

Hóng Xiù quán qīng shào
nián shí dú shū hé jiāo shū
de cūn shú "Shū fáng gé"
sān zì shì shéi tí de?

是郭沫若先生题的。

Shì Guō mò ruò xiān sheng
tí de.

"鱼塘倒影"一景叫什么？

"Yú táng dào yǐng" yī jǐng
jiào shén me?

叫"髻山丽影巨帝乡"。

Who wrote the tablet "Study
Cabinet" at the private school
where Hong Xiuquan studied
and taught in his youth?

It was written by Mr. Guo
Moruo.

What is the scene of the pond
called ?

It's called "a beautiful inverted

Jiào "Jì shān lì yǐng jù dì xiāng".

谢觉哉先生在故居题的诗是："天王理想今实现，扫尽不平才太平。留得千载龙眼树，年年展眼看分明。"

Xiè Jué zāi xiān sheng zài gù jū tí de shī shì："Tiān wáng lǐ xiǎng jīn shí xiàn, sǎo jìn bù píng cái tài píng. Liú de qiān zǎi lóng yǎn shù, nián nian zhǎn yǎn kàn fēn míng."

image in water in a great figure's hometown".

Mr. Xie Juezai ever wrote a poem at the Former Residence of Hong Xiuquan：The dream of the King didn't come true until all discontents are removed today. The thousand-year-old longan tree witnesses the history clearly.

第 12 课　三元里人民抗英斗争纪念馆

Lesson 12　Museum of Anti-British Battle by Sanyuanli People

A：朋友们，早上好！

　　按照行程安排，今天我带你们参观三元里。人们之所以到这里来参观、凭吊，是因为这里曾经发生一场侵略与反侵略的战争。1840 年，英国发动了对中国的鸦片战争。第二年 5 月 24 日，英国侵略军进犯广州，占据了四方炮台（越秀山上的炮台）。次日闯到三元里村，恣意抢掠烧杀、奸淫妇女、无恶不作，激起了三元里人民的极大义愤。在菜农韦绍光等人率领下，三元里人民在三元里古庙集会，并联合广州附近 103 个乡的人民奋起抗英，以庙内黑底白色的星旗为指

A：Good morning, my friends!

　　On schedule we are visiting Sanyuanli today. Sanyuanli is a place where people come to pay their mournful respect to those who ever fought bravely against invaders. After the Opium War broke out in 1840, the British invaders continuously launched campaigns against Southeast China's coastal areas. On May 24 1841, the British army approached Guangzhou City, and seized hold of Sifang Emplacement (presently on Yuexiu Mountain). The next day, they plundered in Sanyuanli Village and irritated masses

挥旗，"旗进人进，旗退人退"。5月30日，三元里人民与英军激战于牛栏岗，打死英军200余人，生俘20多人。31日，他们和城西丝织厂工人、打石工人以及邻县的农民数万人，包围了四方炮台。英军急忙派人向广州知府余保纯乞援。余率南海、番禺两县知县赶赴阵前，向群众施加压力，为英军解围。6月14日，英军被迫撤退，离开广州。三元里人民取得了胜利，在中国近代史上谱写了光辉的一页。1950年，广州市政府在三元里村口立三元里抗英烈士纪念碑，上刻："一八四一年广东人民在三元里反对英帝国主义侵略斗争中牺牲的烈士永垂不朽。"三元里古庙已辟为三元里人民抗英斗争史料陈列馆。三元里人民抗英的斗争精神，是伟大的爱国主义斗争精神，是永远值得学习、继承的伟大精神。我们要把这种精神

there, which made the people in Sanyuanli be filled with righteous indignation. Under the leadership of a peasant Wei Shaoguang, the entire village quickly gathered in front of the ancient temple. They resolved to fight against the enemies. Shortly afterwards, they allied with the people from other 103 towns, and fought together with them against the British invaders. On May 30, they had a fierce battle at Niulangang, where they killed over 200 British soldiers and caught over 20 alive. On May 31, the rest enemy fled helter-skelter to Sifang Emplacement where they were sieged by tens of thousands of local peasants, workers and laborers. The British army begged help from the Guangzhou Governor Yu Baochun. Yu Baochun, together with the leaders of two other

代代相传，把祖国建设得更加繁荣富强，国家才不会再受侵略，人民才不会再受欺凌。这是广州市人民的共识、中华民族的共识。为让爱国主义精神代代相传，人民政府把三元里定为爱国主义教育基地，供年轻一代参观、学习；同时，也作为广州市的旅游景点之一，供中外游客观光、游览。简介到此，请大家进去参观。

Péng you men, zǎo shàng hǎo!

Àn zhào xíng chéng ān pái, jīn tiān wǒ dài nǐ men cān guān Sān yuán lǐ. Rén men zhī suǒ yǐ dào zhè lǐ lái cān guān、píng diào, shì yīn wèi zhè lǐ céng jīng fā shēng yī chǎng qīn lüè yǔ fǎn qīn lüè de zhàn zhēng. 1840 nián, Yīng guó fā dòng le duì Zhōng guó de Yā piàn zhàn zhēng. Dì èr nián 5 yuè 24 rì, Yīng guó qīn lüè jūn

towns, arrived at the emplacement and forced the local people to leave. On June 14, the British army reluctantly retreated from Guangzhou.

The battle against the British Army in Sanyuanli was the first brilliant victory of spontaneous fight of Chinese people, which marked a great sign in China's modern history. In 1950, Guangzhou government established a monument to the Anti-British martyrs of Sanyuanli in Sanyuanli Village, on which reads: "Long Live the martyrs at Sanyuanli Anti-British Battle in 1841." The ancient Sanyuanli Temple was set up as a museum for Anti-British historical data. All Chinese people should learn from Sanyuanli people about their great patriotism to the motherland. All Chinese people should devote their hard work to the

jìn fàn Guǎng zhōu, zhàn jù le Sì fāng pào tái (Yuè xiù shān shang de pào tái). Cì rì chuǎng dào Sān yuán lǐ cūn, zì yì qiǎng lüè shāo shā, jiān yín fù nǚ, wú è bù zuò, jī qǐ le Sān yuán lǐ rén mín de jí dà yì fèn. Zài cài nóng Wéi Shào guāng děng rén shuài lǐng xià, Sān yuán lǐ rén mín zài Sān yuán lǐ gǔ miào jí huì, bìng lián hé Guǎng zhōu fù jìn 103 gè xiāng de rén mín fèn qǐ kàng Yīng, yǐ miào nèi hēi dǐ bái sè de xīng qí wéi zhǐ huī qí, "qí jìn rén jìn, qí tuì rén tuì". 5 yuè 30 rì, Sān yuán lǐ rén mín yǔ Yīng jūn jī zhàn yú Niú lán gǎng, dǎ sǐ Yīng jūn 200 yú rén, shēng fú 20 duō rén. 31 rì, tā men hé chéng xī sī zhī chǎng gōng rén, dǎ shí gōng rén yǐ jí lín xiàn de nóng mín shù wàn rén, bāo wéi le Sì fāng pào

prosperity of the country. Only when a country becomes economically strong can it receive relative respect, instead of bully or invasion, from other countries. All Guangzhou citizens and all Chinese people should bear this in mind. To pass on this patriotic spirit to the next generation, the government has established Sanyuanli into a base for patriotic education, where young people can visit and learn about history; and it has also become a scenic spot for visitors from home and abroad. That's all for the introduction. Let's get in for a look.

tái. Yīng jūn jí máng pài rén
xiàng Guǎng zhōu zhī fǔ Yú
Bǎo chún qǐ yuán. Yú shuài
Nán hǎi、Pān yú liǎng xiàn
zhī xiàn gǎn fù zhèn qián,
xiàng qún zhòng shī jiā yā lì,
wèi Yīng jūn jiě wéi. 6 yuè
14 rì, Yīng jūn bèi pò chè
tuì, lí kāi Guǎng zhōu. Sān
yuán lǐ rén mín qǔ dé le
shèng lì, zài Zhōng guó jìn
dài shǐ shàng pǔ xiě le
guāng huī de yī yè. 1950
nián, Guǎng zhōu shì zhèng
fǔ zài Sān yuán lǐ cūn kǒu lì
Sān yuán lǐ kàng Yīng liè shì
jì niàn bēi, shàng kè："yī
bā sì yī nián Guǎng dōng rén
mín zài Sān yuán lǐ fǎn duì
Yīng dì guó zhǔ yì qīn lüè
dòu zhēng zhōng xī shēng
de liè shì yǒng chuí bù xiǔ."
Sān yuán lǐ gǔ miào yǐ pì
wéi Sān yuán lǐ rén mín
kàng Yīng dòu zhēng shǐ liào
chén liè guǎn. Sān yuán lǐ

119

畅游广州

rén mín kàng Yīng de dòu
zhēng jīng shén, shì wěi dà
de ài guó zhǔ yì dòu zhēng
jīng shén, shì yǒng yuǎn zhí
de xué xí、jì chéng de wěi
dà jīng shén. Wǒ men yào
bǎ zhè zhǒng jīng shén dài
dài xiāng chuán, bǎ zǔ guó
jiàn shè de gèng jiā fán róng
fù qiáng, guó jiā cái bù huì
zài shòu qīn lüè, rén mín cái
bù huì zài shòu qī líng. Zhè
shì Guǎng zhōu shì rén mín
de gòng shí、Zhōng huá mín
zú de gòng shí. Wèi ràng ài
guó zhǔ yì jīng shén dài dài
xiāng chuán, rén mín zhèng
fǔ bǎ Sān yuán lǐ dìng wéi ài
guó zhǔ yì jiào yù jī dì, gōng
nián qīng yī dài cān guān、
xué xí; tóng shí, yě zuò
wéi Guǎng zhōu shì de lǚ
yóu jǐng diǎn zhī yī, gōng
zhōng wài yóu kè guān
guāng、yóu lǎn. Jiǎn jiè dào
cǐ, qǐng dà jiā jìn qù cān

guān.

B：对余保纯知府，百姓痛恨吗？

Duì Yú Bǎo chún zhī fǔ, bǎi xìng tòng hèn ma?

A：那还用说吗？历代百姓都痛恨内奸、卖国贼。我想，每个朝代的百姓都如此，每个国家的人民也都如此。你们说呢？

Nà hái yòng shuō ma? Lì dài bǎi xìng dōu tòng hèn nèi jiān、mài guó zéi. Wǒ xiǎng, měi gè cháo dài de bǎi xìng dōu rú cǐ, měi gè guó jiā de rén mín yě dōu rú cǐ. Nǐ men shuō ne?

B，C：我们同意你的看法。

Wǒ men tóng yì nǐ de kàn fǎ.

A：人类的感情是有共性的。否则，不同民族、不同国家怎能相互沟通，世界怎能和谐呢？

Rén lèi de gǎn qíng shì yǒu gòng xìng de. Fǒu zé, bù

B：Do people hate the governor Yu Baochun?

A：Of course, they do. He who betrays his own country is always hated and despised by the masses. And that happens in all dynasties and all countries. Don't you think so?

121

B，C：We can't agree more.

A：I believe all human beings share something in common. Otherwise, how can people of different nations or countries communicate with others? And how can we reach global

tóng mín zú、bù tóng guó jiā zěn néng xiāng hù gōu tōng, shì jiè zěn néng hé xié ne?

C：除此之外，彼此还要学会包容和让步，对吗？

Chú cǐ zhī wài, bǐ cǐ hái yào xué huì bāo róng hé ràng bù, duì ma?

A：没错。时间到了，请上大巴，我们的下一个景点是越秀公园。

Méi cuò. Shí jiān dào le, qǐng shàng dà bā, wǒ men de xià yī gè jǐng diǎn shì Yuè xiù gōng yuán.

B，C：好极了！赶快上车，我们要争取多点时间饱览越秀美景。

Hǎo jí le! Gǎn kuài shàng chē, wǒ men yào zhēng qǔ duō diǎn shí jiān bǎo lǎn Yuè xiù měi jǐng.

A：我们一块儿走吧！

Wǒ men yī kuàir zǒu ba!

peace?

C：Among from other things, compromise is essential, isn't it?

A：Absolutely! Now, time for leaving. Let's get on the coach, and we are going to the next scenic spot, Yuexiu Park.

B，C：Great! Let's get on board quickly so that we can save some time for sightseeing in the park.

A：Let's go.

词语替换练习

Pattern Drills

三元里（黄埔港/花都）离市中心有多远？

Sān yuán lǐ (Huáng pǔ gǎng /Huā dū) lí shì zhōng xīn yǒu duō yuǎn?

How far away is Sanyuanli (Huangpu Port / Huadu) from the city centre?

越秀山景点多吗？

Yuè xiù shān jǐng diǎn duō ma?

Are there many scenic spots on Yuexiu Mountain?

越秀山的主要景点有：五羊石像、五层楼、电视塔等等。上了五层楼，可鸟瞰广州——白天，满目美景看不够；晚上，羊城万家灯火眼底收。

Yuè xiù shān de zhǔ yào jǐng diǎn yǒu: Wǔ yáng shí xiàng、Wǔ céng lóu、diàn shì tǎ děng děng. Shàng le Wǔ céng lóu, kě niǎo kàn

The major scenic spots on Yuexiu Mountain are the Five-ram Stone Statue, Five-storey Tower and the TV Tower. One can have a grand view of Guangzhou City on the Five-storey Tower, and enjoy the wonderful view of Guangzhou both in the daytime and at night.

123

Guǎng zhōu —— bái tiān,
mǎn mù měi jǐng kàn bu
gòu; wǎn shang, Yáng
chéng wàn jiā dēng huǒ yǎn
dǐ shōu.

畅游广州

第13课 大元帅府

Lesson 13　The Former Generalissimo Mansion

A：阿丽，你知道孙中山先生首次在广州建立的革命政权设在什么地方吗？

Ā Lì, nǐ zhī dào Sūn Zhōng shān xiān sheng shǒu cì zài Guǎng zhōu jiàn lì de gé mìng zhèng quán shè zài shén me dì fang ma?

A: A Li, do you know where Dr. Sun Yat-sen first established the revolutionary government in Guangzhou?

125

B：1917年8月，孙中山先生在广州召开国会非常会议，组建护法军政府，与段祺瑞北京政府抗衡。9月1日，孙中山先生被推举为军政府海陆军大元帅。军政府设财政、外交、内务、海军、陆军、交通等部，统率两广、两湖、云、贵、陕、闽等省。大元帅府设在广州士敏土厂。1918年5月，由于桂系军阀

B: In August 1917, Sun Yat-sen convened an emergency conference in Guangzhou to establish a military government to protect the Provisional Constitution against Duan Qirui Government in Beijing. He was elected generalissimo of the army and navy on September 1. The military government was in charge of quite a lot of

和政学会的挟制，孙中山被迫辞职赴沪。1920 年 11 月，孙中山先生由沪返穗，重组军政府。次年 4 月，召开国会非常会议，成立中华民国政府。5 月，孙中山先生任非常大总统，总统府设在越秀山南麓，即今中山纪念堂。

1917 nián 8 yuè, Sūn Zhōng shān xiān sheng zài Guǎng zhōu zhào kāi guó huì fēi cháng huì yì, zǔ jiàn hù fǎ jūn zhèng fǔ, yǔ Duàn Qí ruì Běi jīng zhèng fǔ kàng héng. 9 yuè 1 rì, Sūn Zhōng shān xiān sheng bèi tuī jǔ wéi jūn zhèng fǔ hǎi lù jūn dà yuán shuài. Jūn zhèng fǔ shè cái zhèng、wài jiāo、nèi wù、hǎi jūn、lù jūn、jiāo tōng děng bù, tǒng shuài liǎng Guǎng、liǎng Hú、Yún、Guì、Shǎn、Mǐn děng shěng. Dà yuán shuài fǔ shè zài Guǎng zhōu shì mǐn tǔ chǎng. 1918 nián 5 yuè,

provinces like Guangdong, Guangxi, Hunan, Hubei, Yunnan, Guizhou, Shanxi and Fujian, with departments of Finance, Domestic Affairs, Foreign Affairs, Army, Navy and Communication respectively. The Generalissimo Mansion was established at the site of former Guangzhou Cement Factory. In May 1918, Sun Yat-sen was forced to resign by the warlord of Guangxi Province and left for Shanghai. Two years later in November 1920, Sun Yat-sen came back to Guangzhou to restore the military government. He convened an emergency congress and set up the Republic of China Government in April 1921. Sun assumed presidency in May and had his mansion built at the south foot of Yuexiu Mountain, where the present Dr. Sun Yat-Sen

yóu yú Guì xì jūn fá hé
zhèng xué huì de xié zhì,
Sūn Zhōng shān bèi pò cí
zhí fù Hù. 1920 nián 11 yuè,
Sūn Zhōng shān xiān sheng
yóu Hù fǎn Suì, chóng zǔ
jūn zhèng fǔ. Cì nián 4 yuè,
zhào kāi guó huì fēi cháng
huì yì, chéng lì Zhōng huá
mín guó zhèng fǔ. 5 yuè,
Sūn Zhōng shān xiān sheng
rèn fēi cháng dà zǒng tǒng,
Zǒng tǒng fǔ shè zài Yuè
xiù shān nán lù, jí jīn Zhōng
shān jì niàn táng.

Memorial Hall is located.

127

A：阿丽，今天的功课做得挺
早的嘛。

Ā Lì, jīn tiān de gōng kè
zuò de tǐng zǎo de ma.

A： A Li, you are well-
prepared today!

B：中国古语云，"未雨绸缪"，
"有备无患"嘛。哈哈哈！

Zhōng guó gǔ yǔ yún,
"wèi yǔ chóu móu", "yǒu
bèi wú huàn" ma. Hā ha
ha!

B： We should always dry the
firewood in sunny days. Haha!

A：你越来越聪明了。本小姐

A： You are so smart now! I

佩服、佩服！

Nǐ yuè lái yuè cōng míng le.

Běn xiǎo jiě pèi fu、pèi fu!

B：我向你爷爷和你学来的，还达不到青出于蓝呢。

Wǒ xiàng nǐ yé ye hé nǐ xué lái de, hái dá bu dào qīng chū yú lán ne.

A：哇！你这位公主，其志不在小也！好样的！

Wa! Nǐ zhè wèi gōng zhǔ, qí zhì bù zài xiǎo yě! Hǎo yàng de!

B：雕虫小技，何志之有？只不过要了解祖国的历史罢了。

Diāo chóng xiǎo jì, hé zhì zhī yǒu? Zhǐ bù guò yào liǎo jiě zǔ guó de lì shǐ bà le.

A：古汉语常识也用上了，可见功夫不负有心人哪。看来，你已经向既定目标前进了。

Gǔ hàn yǔ cháng shí yě yòng shàng le, kě jiàn gōng fū bù fù yǒu xīn rén na. Kàn lái, nǐ yǐ jīng xiàng jì dìng mù biāo qián jìn le.

really admire you a lot!

B：I just learn it from Grandpa and you. However, there is still a long way ahead to know better about Guangzhou than you two.

A：Wow! You pretty ambitious girl!

B：It's just a piece of cake. I just want to learn more about the history of our country.

A：No pain, no gain. It seems you are approaching your goal now.

B：你一定要做个好红娘啊。要不，我向爷爷告状的！

Nǐ yī dìng yào zuò gè hǎo hóng niáng a. Yào bù, wǒ xiàng yé ye gào zhuàng de!

A：放心吧，本小姐包你满意。

Fàng xīn ba, běn xiǎo jiě bāo nǐ mǎn yì.

B：我相信你的能干，更相信我天生丽质、聪明伶俐！

Wǒ xiāng xìn nǐ de néng gàn, gèng xiāng xìn wǒ tiān shēng lì zhì、cōng míng líng lì!

A：中国人办事，很重视天时、地利、人和，这些你都遇上了。我想你梦想成真的可能性有百分之八十左右。

Zhōng guó rén bàn shì, hěn zhòng shì tiān shí、dì lì、rén hé, zhè xiē nǐ dōu yù shàng le. Wǒ xiǎng nǐ mèng xiǎng chéng zhēn de kě néng xìng yǒu bǎi fēn zhī bā shí zuǒ yòu.

B：You must introduce a nice guy to me, or I'll tell Grandpa about it.

A：Come on! I mean what I say!

B：I know you can make it. And I am sure I can attract some nice guy with my beauty and wit.

A：In the Chinese custom, it is considered crucial to have a good timing, a right place and nice social relationship for achieving something. Since you've got them all, I believe you might have 80% possibility of realizing your dream.

129

B：你跑题了，"话说大元帅府"成了"话说我的婚事"了，哈哈哈！

Nǐ pǎo tí le，"huà shuō Dà yuán shuài fǔ" chéng le "huà shuō wǒ de hūn shì" le，hā ha ha！

A：好，我们转回旅游的话题吧。

Hǎo，wǒ men zhuǎn huí lǚ yóu de huà tí ba.

B：总统府与大元帅府在广州市两个不同的地方。千万不要弄错。

Zǒng tǒng fǔ yǔ Dà yuán shuài fǔ zài Guǎng zhōu shì liǎng gè bù tóng de dì fang. Qiān wàn bù yào nòng cuò.

A：大元帅府在现在的河南海珠区纺织路附近。

Dà yuán shuài fǔ zài xiàn zài de Hé nán Hǎi zhū qū Fǎng zhī lù fù jìn.

B：参观完大元帅府，还可以去珠江夜游。

Cān guān wán Dà yuán

B：Come on! What are we talking about? My marriage instead of the Generalissimo Mansion? Haha!

A：Ok, let's get right back to our topic on travel.

B：The President Mansion and the Generalissimo Mansion are two different places in Guangzhou. Don't mistake them.

A：The Generalissimo Mansion is located around Fangzhi Road in Haizhu District.

B：We can go for the Night Cruise on the Pearl River after visiting the Mansion.

shuài fǔ, hái kě yǐ qù Zhū
jiāng yè yóu.

A：这就太妙了!

Zhè jiù tài miào le!

A：That's terrific!

B：珠江两岸灿烂辉煌，流光
溢彩，美不胜收吧?

Zhū jiāng liǎng àn càn làn
huī huáng, liú guāng yì cǎi,
měi bù shèng shōu ba?

B：Isn't it a wonderful night
view along the river bank with
so many dazzling colored lights
around?

131

A：是啊，还有江风习习，凉
爽宜人，令人陶醉呀。

Shì a, hái yǒu jiāng fēng xí
xí, liáng shuǎng yí rén, lìng
rén táo zuì ya.

A：Yeah! And the mild breeze
from the river is also enjoyable.

B：参观了大元帅府和总统
府，我们更尊敬、热爱孙中
山先生了，也更了解孙中山
先生的伟大人格和高尚情操
了。

Cān guān le Dà yuán shuài
fǔ hé Zǒng tǒng fǔ, wǒ
men gèng zūn jìng、rè ài
Sūn Zhōng shān xiān sheng
le, yě gèng liǎo jiě Sūn
Zhōng shān xiān sheng de
wěi dà rén gé hé gāo shàng

B：After visiting the Generali-
ssimo Mansion and the Presi-
dent Mansion, we respect and
love Dr. Sun Yat-sen a lot
more. And we also learn a lot
more about his great personality
and noble sentiment than
before.

qíng cāo le.

A：孙中山是我国近代民主革命的先行者，是位伟人！

Sūn zhōng shān shì wǒ guó jìn dài mín zhǔ gé mìng de xiān xíng zhě, shì wèi wěi rén!

B：海内外的中国人都尊敬的伟人。

Hǎi nèi wài de Zhōng guó rén dōu zūn jìng de wěi rén.

A：喂，阿丽，奶奶在广州酒家等我们去吃饭呢。珠江夜游过几天再去吧。

Wèi, Ā Lì, nǎi nai zài Guǎng zhōu jiǔ jiā děng wǒ men qù chī fàn ne. Zhū jiāng yè yóu guò jǐ tiān zài qù ba.

B：好，现在打的去吧。

Hǎo, xiàn zài dǎ dí qù ba.

A：Sun Yat-sen is a pioneer in the early democratic revolution in modern China. He is a distinguished personage.

B：A distinguished personage respected by all Chinese people, home and abroad.

A：Hey, A Li! Maybe we can go for the Night Cruise on the Pearl River some days later. Granny is waiting for us right at Guangzhou Restaurant for dinner now.

B：Ok. Let's take a taxi there.

词语替换练习

Pattern Drills

你去哪儿参观（旅游/学习/工作）?

Nǐ qù nǎr cān guān (lǚ yóu / xué xí / gōng zuò)?

Where do you visit / go sightseeing / study / work?

133

要买门票（入场券）。

Yào mǎi mén piào (rù chǎng quàn).

Ticket, please.

买门票（入场券）要多少钱?

Mǎi mén piào (rù chǎng quàn) yào duō shǎo qián?

How much is a ticket?

大概 80 元（100 元/150 元）吧。

Dà gài 80 yuán (100 yuán/ 150 yuán) ba.

About 80 / 100 / 150 *yuan*, I think.

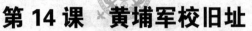

第14课 黄埔军校旧址

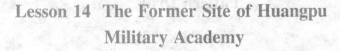

Lesson 14 The Former Site of Huangpu Military Academy

134

A：世界四大著名军校是：美国西点军校、日本士官学校、英国皇家军事学校、中国黄埔军校。

Shì jiè sì dà zhù míng jūn xiào shì: Měi guó Xī diǎn jūn xiào、Rì běn Shì guān xué xiào、Yīng guó Huáng jiā jūn shì xué xiào、Zhōng guó Huáng pǔ jūn xiào.

A: The most famous four military academies in the world are West Point of the US, Military Academy of Japan, Imperial Military School of England, and Huangpu Military Academy of China.

B：黄埔军校是由谁创办的?

Huáng pǔ jūn xiào shì yóu shéi chuàng bàn de?

B: Who established Huangpu Military Academy?

A：由孙中山先生创办的。

Yóu Sūn Zhōng shān xiān sheng chuàng bàn de.

A: Dr. Sun Yat-sen.

B：校长是蒋介石，政治部主任是周恩来。

B: Jiang Jieshi was the principal of the Academy and Zhou

Xiào zhǎng shì Jiǎng Jiè shí, zhèng zhì bù zhǔ rèn shì Zhōu Ēn lái.

A：中华人民共和国十大元帅中有五位出自黄埔军校。他们是：徐向前、叶剑英、聂荣臻、陈毅和林彪。十位大将中有三位也来自黄埔军校。他们是：陈赓、许光达和罗瑞卿。国民党军队中，从黄埔军校毕业的著名将领有：李济深、杜聿明、胡宗南、邓演达、宋希濂、陈诚等。

Zhōng huá rén mín gòng hé guó shí dà yuán shuài zhōng yǒu wǔ wèi chū zì Huáng pǔ jūn xiào. Tā men shì：Xú Xiàng qián、Yè Jiàn yīng、Niè Róng zhēn、Chén Yì hé Lín Biāo. Shí wèi dà jiàng zhōng yǒu sān wèi yě shì lái zì Huáng pǔ jūn xiào. Tā men shì：Chén Gēng、Xǔ Guāng dá hé Luó ruì qīng. Guó mín dǎng jūn duì zhōng, cóng Huáng pǔ jūn

Enlai was the director of the Political Department.

A：Among the ten marshals in Chinese People's Liberation Army, five came from Huangpu Military Academy. They were Xu Xiangqian, Ye Jianying, Nie Rongzhen, Chen Yi and Lin Biao. Three out of the ten senior generals of the People's Liberation Army graduated from the Huangpu Military Academy as well. They were Chen Geng, Xu Guangda and Luo Ruiqing. Among Kuomintang army military officers, some famous generals graduated from Huangpu Military Academy, such as Li Jishen, Du Yuming, Hu Zongnan, Deng Yanda, Song Xilian, Chen Cheng and so on.

135

xiào bì yè de zhù míng jiàng
lǐng yǒu：Lǐ Jì shēn、Dù Yù
míng、Hú Zōng nán、Dèng
Yǎn dá、Sòng Xī lián、
Chén Chéng děng.

B：黄埔军校于 1924 年 6 月
16 日举行开学典礼，校总理
孙中山先生在开学演讲中提
出："创造革命军，挽救中
国危亡。"

Huáng pǔ jūn xiào yú 1924
nián 6 yuè 16 rì jǔ xíng kāi
xué diǎn lǐ，xiào zǒng lǐ Sūn
Zhōng shān xiān sheng zài
kāi xué yǎn jiǎng zhōng tí
chū："Chuàng zào gé mìng
jūn，wǎn jiù Zhōng guó wēi
wáng."

A："创造革命军，挽救中国危
亡"便是学校的办校宗旨。

"Chuàng zào gé mìng jūn，
wǎn jiù Zhōng guó wēi
wáng"biàn shì xué xiào de
bàn xiào zōng zhǐ.

B：国民党"三大书法家"是
元老谭延闿、于右任、张静

B：On June 16，1924 at the
Academy's opening ceremony,
Sun Yat-sen proposed "Create
revolutionary army to save
China from peril".

A：That was the objective of
the Academy.

B：Tan Yankai, Yu Youren
and Zhang Jingjiang were "the

江。门匾上"陆军军官学校"
六个苍劲有力的大字，就是
谭老先生的手笔。

Guó mín dǎng "sān dà shū
fǎ jiā" shì yuán lǎo Tán Yán
kǎi、Yú Yòu rèn、Zhāng
Jìng jiāng. Mén biǎn shang
"Lù jūn jūn guān xué xiào"
liù gè cāng jìng yǒu lì de dà
zì, jiù shì Tán lǎo xiān
sheng de shǒu bǐ.

A：有副对联真实地写出了当
时军校学生投军报国的心愿。
上联是"升官发财，请往他
处"，下联是"贪生怕死，勿
入斯门"。横批是"革命者
来"。

Yǒu fù duì lián zhēn shí de
xiě chū le dāng shí jūn xiào
xué sheng tóu jūn bào guó
de xīn yuàn. Shàng lián shì
"shēng guān fā cái, qǐng
wǎng tā chù", xià lián shì
"tān shēng pà sǐ, wù rù sī
mén". Héng pī shì "gé mìng
zhě lái".

three most famous calligra-
phers" in Kuomintang. The six
powerful Chinese characters
"陆军军官学校" were written
by Tan Yankai.

137

A：There is a couplet truly
expressing the Academy
students' wish to serve the
country. The first scroll is "No
way here to promotion or
wealth", the second goes like
"Wrong place for cowardice",
and the streamer is "Revolu-
tionists only".

B：看到孙中山先生的铜像，我们不能不提起中山先生的好友，日本友人梅屋庄吉先生。他珍惜与中山先生的30年不渝情谊，得知孙先生病逝后，十分悲痛。想到孙先生伟大的一生，梅屋庄吉先生原想铸7尊铜像分放在日本和中国。由于经营的生意不景，破了产，且他又患病在身，为解决铸像经费，他病了还到处筹款，连女儿准备结婚的储蓄也挪用了。他委托雕刻家牧田祥哉铸造铜像。由于经费不够，只铸成4尊并运到中国。现在这4尊铜像，一尊放在黄埔军校，一尊在中山大学，一尊在南京中山陵，还有一尊在澳门国父纪念馆。这4尊铜像印证了先生与日本友人的深厚情谊，也印证了日本友人对孙中山先生的革命人生和伟大人格的崇敬。

Kàn dào Sūn Zhōng shān xiān sheng de tóng xiàng,

B：The bronze of Dr. Sun Yat-sen always reminds us of his Japanese good friend, Umeya Syokichi. They had known each other for 30 years. Umeya Syokichi was deeply grieved over Sun Yat-sen's death and wanted to cast seven bronzes and put them in Japan and China respectively. However, he went bankrupted and suffered from illness. He went around to raise money despite his illness, and even diverted his daughter's savings for marriage. He entrusted the sculptor Makita Mitsuya to cast the bronzes. Due to lack of money, only four bronzes were eventually finished and delivered to China. Now one is set up here in the Academy, the other three in Zhongshan University, Nanjing Mausoleum of Dr. Sun Yat-Sen and Macao Dr. Sun Yat-Sen

wǒ men bù néng bù tí qǐ
Zhōng shān xiān sheng de
hǎo yǒu, Rì běn yǒu rén
Méi wū Zhuāng jí xiān
sheng. Tā zhēn xī yǔ Zhōng
shān xiān sheng de 30 nián
bù yú qíng yì, dé zhī Sūn
xiān sheng bìng shì hòu, shí
fēn bēi tòng. Xiǎng dào Sūn
xiān sheng wěi dà de yī
sheng, Méi wū Zhuāng jí
xiān sheng yuán xiǎng zhù 7
zūn tóng xiàng fēn fàng zài
Rì běn hé Zhōng guó. Yóu
yú jīng yíng de shēng yì bù
jǐng, pò le chǎn, qiě tā
yòu huàn bìng zài shēn,
wèi jiě jué zhù xiàng jīng
fèi, tā bìng le hái dào chù
chóu kuǎn, lián nǚ ér zhǔn
bèi jié hūn de chǔ xù yě nuó
yòng le. Tā wěi tuō diāo kè
jiā Mù tián Xiáng zāi zhù zào
tóng xiàng. Yóu yú jīng fèi
bù gòu, zhǐ zhù chéng sì
zūn bìng yùn dào Zhōng

Museum respectively. The four
bronzes symbolize the true
friendship between Dr. Sun
Yat-sen and Japanese people,
and represent the deep
admiration for Sun Yat-sen
from Japanese people.

139

guó. Xiàn zài zhè sì zūn
tóng xiàng, yī zūn fàng zài
Huáng pǔ jūn xiào, yī zūn
zài Zhōng shān dà xué, yī
zūn zài Nán jīng Zhōng shān
líng, hái yǒu yī zūn zài Ào
mén Guó fù jì niàn guǎn.
Zhè sì zūn tóng xiàng yìn
zhèng le xiān sheng yǔ Rì
běn yǒu rén de shēn hòu
qíng yì, yě yìn zhèng le Rì
běn yǒu rén duì Sūn Zhōng
shān xiān sheng de gé
mìng rén shēng hé wěi dà
rén gé de chóng jìng.

A：黄埔军校是中国近代革命
的教科书，我们通过参观，
可以学到不少东西。怪不得
海内外的华人、外国友人都
喜欢到此参观呢。

Huáng pǔ jūn xiào shì Zhōng
guó jìn dài gé mìng de jiào
kē shū, wǒ men tōng guò
cān guān, kě yǐ xué dào bù
shǎo dōng xi. Guài bu de hǎi
nèi wài de huá rén、wài

A：Huangpu Military Academy
is a textbook on Chinese
modern revolutionary history.
We can learn a lot from this
visit. No wonder it attracts so
many overseas Chinese and
foreign visitors.

guó yǒu rén dōu xǐ huan dào
cǐ cān guān ne.

B：据说，有一年海峡两岸的
黄埔学生在母校聚会，回首
往事，他们对孙中山先生的
教诲"革命尚未成功，同志
仍需努力"感慨良多。有人
说："祖国尚未统一，后辈
仍需努力。"这表达了两岸黄
埔军人的共同心声，也表达
了海内外华夏儿女的共同心
声。

Jù shuō, yǒu yī nián hǎi xiá
liǎng àn de Huáng pǔ xué
sheng zài mǔ xiào jù huì,
huí shǒu wǎng shì, tā men
duì Sūn Zhōng shān xiān
sheng de jiào huì "gé mìng
shàng wèi chéng gōng,
tóng zhì réng xū nǔ lì" gǎn
kǎi liáng duō. Yǒu rén shuō：
"Zǔ guó shàng wèi tǒng yī,
hòu bèi réng xū nǔ lì." Zhè
biǎo dá le liǎng àn Huáng pǔ
jūn rén de gòng tóng xīn
shēng, yě biǎo dá le hǎi nèi

B：Once when the old students
from Taiwan and mainland
returned to the Academy, they
couldn't help recalling the old
days. Dr. Sun Yat-sen ever
said, "The revolution has not
yet succeeded, comrades must
strive diligently." And the
situation now goes like "The
motherland has not yet been
reunited, the posterity must
strive diligently". It is the
shared wish of Huangpu
students from both Taiwan and
the mainland, and it is the
shared wish of all Chinese
people all over the world.

141

wài huá xià ér nǚ de gòng
tóng xīn shēng.

A：祖国的统一、中华民族的
伟大复兴，是孙中山先生未
竟的事业，也是全世界中华
儿女的共同愿望。我们深信，
这一天一定会到来！

Zǔ guó de tǒng yī、Zhōng
huá mín zú de wěi dà fù
xìng, shì Sūn Zhōng shān
xiān sheng wèi jìng de shì
yè, yě shì quán shì jiè
Zhōng huá ér nǚ de gòng
tóng yuàn wàng. Wǒ men
shēn xìn, zhè yī tiān yī dìng
huì dào lái!

A：The reunification of the
motherland and the prosperity
of China were the goals of Dr.
Sun Yat-sen and now are the
goals of all us Chinese people.
We are sure someday we will
attain these goals.

词语替换练习

Pattern Drills

黄埔军校在长洲岛。
Huáng pǔ jūn xiào zài Cháng
zhōu dǎo.

Huangpu Military Academy is
located in Changzhou Island.

它的西边是广州大学城。

Tā de xī bian shì Guǎng zhōu dà xué chéng.

长洲岛是珠江出海口江中的一个美丽小岛。

Cháng zhōu dǎo shì Zhū jiāng chū hǎi kǒu jiāng zhōng de yī gè měi lì xiǎo dǎo.

廖仲恺先生在军校的声望很高，被誉为"党军慈母"。

Liào Zhòng kǎi xiān sheng zài jūn xiào de shēng wàng hěn gāo, bèi yù wéi "dǎng jūn cí mǔ".

To its west is Guangzhou Higher Education Mega Centre.

Changzhou Island is a nice small islet at the estuary of the Pearl River.

143

Liao Zhongkai won high prestige at the Military Academy, and was called "the kindhearted mother of the Kuomingtang Army".

第15课 沙 面

Lesson 15 Shamian Island

A：沙面，又名拾翠洲。面积
0.3 平方千米，岛上古木参
天，环境幽雅，有宾馆、饭
店、银行、教堂、小学、网
球场、公园、领事馆等。岛
上绝大多数为欧陆风情的古
典西方建筑。沙面在鸦片战
争后沦为英法租界，现在被
国务院定为国家级重点文物
保护单位。

Shā miàn, yòu míng Shí cuì
zhōu. Miàn jī 0.3 píng fāng
qiān mǐ, dǎo shang gǔ mù
cān tiān, huán jìng yōu yǎ,
yǒu bīn guǎn、fàn diàn、yín
háng、jiào táng、xiǎo xué、
wǎng qiú chǎng、gōng
yuán、lǐng shì guǎn děng.
Dǎo shang jué dà duō shù

A：Shamian, also called Shi-
cuizhou, is a small island of
0.3 km². It is a quiet and nice
place with many big old trees
around. There are hotels,
restaurants, banks, consulates,
tennis courts, a church, a
school and a park on the
island. Most of the buildings
are of Western classical
architecture style. The island
was awarded to the British and
French as a concession after
the Opium Wars. Now it is an
important cultural relic of the
country.

wéi ōu lù fēng qíng de gǔ
diǎn xī fāng jiàn zhù. Shā
miàn zài Yā piàn zhàn zhēng
hòu lún wéi Yīng Fǎ zū jiè,
xiàn zài bèi guó wù yuàn
dìng wéi guó jiā jí zhòng
diǎn wén wù bǎo hù dān
wèi.

岛的北面是六二三路，南边
是美丽的白鹅潭，东、西、
北面有桥与荔湾区的爱群大
厦、黄沙地铁站等处相连。
北边本与六二三路相连，后
因挖掘人工河与陆地分开，
成为四面环水的小岛。

Dǎo de běi mian shì Liù èr
sān lù, nán bian shì měi lì
de Bái é tán, dōng、xī、běi
mian yǒu qiáo yǔ Lì wān qū
de Ài qún dà shà、Huáng
shā dì tiě zhàn děng chù
xiāng lián. Běi bian běn yǔ
Liù èr sān lù xiāng lián, hòu
yīn wā jué rén gōng hé yǔ lù
dì fēn kāi, chéng wéi sì
miàn huán shuǐ de xiǎo dǎo.

145

To the north of the island is
Liuersan Road, and the
beautiful White Goose Pool is
to its south. There are bridges
connecting Aiqun Mansion to
the east, Huangsha Metro
Station to the north. The island
used to be connected with
Liuersan Road in the north.
Later a waterway was built to
separate the island from
Liuersan Road. Thus, it has
become surrounded by water
from all sides.

1925 年 6 月 23 日，广东各界群众 10 多万人举行游行示威，声援上海"五卅"爱国运动，帝国主义罪恶的子弹便是从沙面岛东边的欧式建筑物中射向和平示威的中国民众的。事件酿成 25 人死亡，伤人无数的惨案。1950 年，政府在大钟楼西南方的珠江岸边立"沙基惨案烈士纪念碑"。每年 6 月 23 日到此献花凭吊的人络绎不绝，沿江西至黄沙地铁站这段路便易名为六二三路。

1925 nián 6 yuè 23 rì, Guǎng dōng gè jiè qún zhòng 10 duō wàn rén jǔ xíng yóu xíng shì wēi, shēng yuán Shàng hǎi "Wǔ sà" ài guó yùn dòng, dì guó zhǔ yì zuì è de zǐ dàn biàn shì cóng Shā miàn dǎo dōng bian de ōu shì jiàn zhù wù zhōng shè xiàng hé píng shì wēi de Zhōng guó mín zhòng de. Shì jiàn niàng

On June 23, 1925, all walks of people in Guangdong went on a demonstration, supporting the May 30th Patriotic Movement in Shanghai. Many people were shot by the imperialist soldiers on the island. 25 people died, and numerous were injured in the incident. In 1950, a monument was established to the southwest of the big bell tower by the Pearl River by our government to memorize the martyrs. Every year on June 23, people come to mourn the death, and consequently the road from Yanjiangxi to Huangsha Metro Station was changed into Liuersan Road which means June 23 in Chinese.

chéng 25 rén sǐ wáng,
shāng rén wú shù de cǎn
àn. 1950 nián, zhèng fǔ zài
Dà zhōng lóu xī nán fāng de
Zhū jiāng àn biān lì "Shā jī
cǎn àn liè shì jì niàn bēi".
Měi nián 6 yuè 23 rì dào cǐ
xiàn huā píng diào de rén
luò yì bù jué, yán jiāng xī
zhì Huáng shā dì tiě zhàn
zhè duàn lù biàn yì míng wéi
Liù èr sān lù.

147

白天鹅宾馆是一间中外合资
的五星级宾馆，楼高34层，
102.7米，是广东改革开放初
期始建的，因地处白鹅潭而
得名。整座大厦为白色，好
似白鹅潭边展翅而飞的白天
鹅。

Bái tiān é bīn guǎn shì yī
jiān Zhōng wài hé zī de wǔ
xīng jí bīn guǎn, lóu gāo
34 céng, 102.7 mǐ, shì
Guǎng dōng gǎi gé kāi fàng
chū qī shǐ jiàn de, yīn dì chù
Bái é tán ér dé míng. Zhěng

White Swan Hotel is a 5-star
hotel. It was set up after the
opening and reform in
Guangdong and got its name
because it was near White
Goose Pool. The 34-storey
white building is 102.7 m tall,
standing on the bank of the
Pearl River like a white swan
flying up to the sky.

zuò dà shà wéi bái sè, hǎo
sì Bái é tán biān zhǎn chì ér
fēi de bái tiān é.

沙面，旧社会时是中国人伤
心落泪的耻辱之地；在新社
会则是中国人扬眉吐气的荣
耀之地。沙面，不再是帝国
主义为所欲为的地方，沙面
从五星红旗升起时已经回到
了祖国的怀抱。沙面不再是
帝国主义者的乐园，而是中
国人的幸福家园。

Shā miàn, jiù shè huì shí
shì Zhōng guó rén shāng xīn
luò lèi de chǐ rǔ zhī dì; zài
xīn shè huì, Shā miàn zé
shì Zhōng guó rén yáng méi
tǔ qì de róng yào zhī dì. Shā
miàn, bù zài shì dì guó zhǔ
yì wéi suǒ yù wéi de dì
fang, Shā miàn cóng wǔ
xīng hóng qí shēng qǐ shí yǐ
jīng huí dào le zǔ guó de
huái bào. Shā miàn bù zài
shì dì guó zhǔ yì zhě de lè
yuán, ér shì Zhōng guó rén

Shamian, which used to be
reigned by the imperialists,
has returned to its motherland.
It's no more a paradise for the
imperialists. It has become a
peaceful home for Chinese
people.

de xìng fú jiā yuán.

B: "鹅潭月夜"是羊城八景之一，沙面被誉为"羊城第九景"。

"É tán yuè yè" shì Yáng chéng bā jǐng zhī yī, Shā miàn bèi yù wéi "Yáng chéng dì jiǔ jǐng".

B: "Moonlight over White Goose Pool" is one of the 8 sceneries of Guangzhou while Shamian is called the 9th scenery.

C: 沙面晨眺、沙面晚霞、鹅潭月夜、鹅潭旭日都各有特色。每逢这些时段，沙面岛上都聚集了不少人来晨运或赏景。

Shā miàn chén tiào、Shā miàn wǎn xiá、É tán yuè yè、É tán xù rì dōu gè yǒu tè sè. Měi féng zhè xiē shí duàn, Shā miàn dǎo shang dōu jù jí le bù shǎo rén lái chén yùn huò shǎng jǐng.

C: In the early morning, late afternoon and evening, many people come to Shamian for exercise or sightseeing. The sunrise, sunset and moonlight over White Goose Pool are all amazingly beautiful sceneries.

149

D: 沙面交通十分方便，打的、坐地铁 1 号线、大巴等都可以到沙面。

Shā miàn jiāo tōng shí fēn fāng biàn, dǎ dí、zuò dì tiě 1 hào xiàn、dà bā děng dōu

D: It is very convenient to get to Shamian. One can take a taxi, Metro Line 1 or a bus to get there.

kě yǐ dào Shā miàn.

A：晚上珠江夜游，也会经过白鹅潭，可欣赏到美丽的鹅潭月色。

Wǎn shang Zhū jiāng yè yóu, yě huì jīng guò Bái é tán, kě xīn shǎng dào měi lì de É tán yuè sè.

C：从沙面岛步行到爱群大厦，也不过30分钟。

Cóng Shā miàn dǎo bù xíng dào Ài qún dà shà, yě bù guò 30 fēn zhōng.

D：沙面岛上的欧陆式西方古典建筑，尽显异国风情，吸引了不少外地游客。

Shā miàn dǎo shang de ōu lù shì xī fāng gǔ diǎn jiàn zhù, jìn xiǎn yì guó fēng qíng, xī yǐn le bù shǎo wài dì yóu kè.

A：沙面也是进行爱国主义教育的基地。

Shā miàn yě shì jìn xíng ài guó zhǔ yì jiào yù de jī dì.

B：不少外国领导人曾参观过

A：The Night Cruise on the Pearl River covers White Goose Pool, so we can enjoy the wonderful moonlight over the pool.

C：It takes no more than 30 minutes from Shamian Island to Aiqun Mansion on foot.

D：The Western style architectures on the island attract a lot of visitors.

A：Shamian is an educational base of patriotism as well.

B：Quite a few of foreign

沙面。
Bù shǎo wài guó lǐng dǎo
rén céng cān guān guò Shā
miàn.

C：我国的领导人中不少人也
到过这里视察、参观。
Wǒ guó de lǐng dǎo rén
zhōng bù shǎo rén yě dào
guò zhè lǐ shì chá、cān
guān.

leaders have visited Shamian.

C：So have many leaders of
our country.

151

词语替换练习

Pattern Drills

你到过沙面（海珠广场/二沙
岛/芳村/长隆夜间动物园/莲
花山/余荫山房/从化温泉/中
信广场/广州博物馆/广州兰
圃/星海音乐厅/天河公园/广
州起义烈士陵园/中山大学/
华南理工大学）吗？
Nǐ dào guò Shā miàn（Hǎi
zhū guǎng chǎng/Èr shā

Have you ever been to
Shamian/Haizhu Square / Ersha
Island / Fangcun / Changlong
Night Zoo / Lotus Mountain /
Yuyin Mountain House /
Conghua Hot Spring / Zhongxin
Plaza / Guangzhou Museum /
Guangzhou Orchid Park /
Xinghai Concert Hall / Tianhe

dǎo/Fāng cūn/Cháng lóng yè jiān dòng wù yuán/Lián huā shān/Yú yīn shān fáng/ Cóng huà wēn quán/Zhōng xìn guǎng chǎng/Guǎng zhōu bó wù guǎn /Guǎng zhōu lán pǔ/Xīng hǎi yīn yuè tīng/Tiān hé gōng yuán/ Guǎng zhōu qǐ yì liè shì líng yuán/Zhōng shān dà xué/ Huá nán lǐ gōng dà xué) ma?

Park / Memorial Park to the Martyrs of Guangzhou Uprising / Zhongshan University / South China University of Technology?

白天鹅宾馆是沙面岛上的一颗明珠。

Bái tiān é bīn guǎn shì Shā miàn dǎo shang de yī kē míng zhū.

White Swan Hotel is a pearl on Shamian Island.

第16课 骑楼步行街

Lesson 16 The Terrace Pedestrian Mall

A：骑楼步行街，指的就是广州十大美景之一的广州西关商业步行街。它位于广州西城区——荔湾区的下九路和第十甫路地段。东起德星路和杨巷路，西至大同路，全长800米。全街共有店铺商户288间。这里商品齐全、琳琅满目、应有尽有，是南国最大的购物天堂。

Qí lóu bù xíng jiē, zhǐ de jiù shì Guǎng zhōu shí dà měi jǐng zhī yī de Guǎng zhōu Xī guān shāng yè bù xíng jiē. Tā wèi yú Guǎng zhōu xī chéng qū——Lì wān qū de Xià jiǔ lù hé Dì shí fǔ lù dì duàn. Dōng qǐ Dé xīng lù hé Yáng xiàng lù, xī zhì Dà

A: The terrace pedestrian mall refers to the commercial area in Xiguan, which is located in Xiajiu Road and Dishifu Road of Liwan District. It streches from Dexing Road and Yangxiang Road in the east to Datong Road in the west, covering 800 metres. It is the largest shopping paradise in South China with 288 stores selling all kinds of commodities.

153

154

tóng lù, quán cháng 800
mǐ. Quán jiē gòng yǒu diàn
pù shāng hù 288 jiān. Zhè lǐ
shāng pǐn qí quán、lín láng
mǎn mù, yīng yǒu jìn yǒu,
shì Nán guó zuì dà de gòu
wù tiān táng.

骑楼步行街的得名，缘于步
行街两边的商铺均为骑楼式
建筑。骑楼适合岭南多雨水、
多阳光的天气，可遮风挡雨。
人们走在骑楼下购物，风雨
无阻。这是一条最具南国风
情、又最繁华的商业步行街，
是广州市第一商业街。

Qí lóu bù xíng jiē de dé
míng, yuán yú bù xíng jiē
liǎng biān de shāng pù jūn
wéi qí lóu shì jiàn zhù. Qí lóu
shì hé Lǐng nán duō yǔ shuǐ、
duō yáng guāng de tiān qì,
kě zhē fēng dǎng yǔ. Rén
men zǒu zài qí lóu xià gòu
wù, fēng yǔ wú zǔ. Zhè shì
yī tiáo zuì jù Nán guó fēng
qíng、yòu zuì fán huá de

It got the name because terrace architectures are constructed over the sidewalk and form a pedestrian corridor, which might keep people from sunshine and rain. This is the most prosperous commercial mall full of folk style of Lingnan and it is considered as the No.1 shopping mall of Guangzhou.

shāng yè bù xíng jiē, shì
Guǎng zhōu shì dì yī shāng
yè jiē.

B：到骑楼街，重点要去哪几
个地方？

Dào Qí lóu jiē, zhòng diǎn
yào qù nǎ jǐ gè dì fang?

A：要去荔湾广场、广州酒
家、莲香楼、妇儿商店、永
安公司、友谊商店、玉器街
和清平饭店。

Yào qù Lì wān guǎng
chǎng、Guǎng zhōu jiǔ jiā、
Lián xiāng lóu、Fù ér shāng
diàn、Yǒng'ān gōng sī、Yǒu
yì shāng diàn、Yù qì jiē hé
Qīng píng fàn diàn.

广州第一商业街除了购物方
便之外，交通也十分方便。
你可以坐地铁 1 号线、102 路
无轨电车等交通工具从不同
方向到达步行街附近。你可
以领略西关风情，一睹西关
小姐的芳容；可以一饱耳福，
欣赏广东粤剧；还可以一饱
口福，品尝"中国第一鸡"

B：What can we see there?

A：We can visit Liwan Plaza,
Guangzhou Restaurant, Lian-
xiang Restaurant, Department
Store of Women and Children,
Yongan Company, Friendship
Department Store, Jade Street,
Dishifu Store and Qingping
Restaurant.

It's very convenient to get to
the No.1 shopping mall of
Guangzhou. You can take
Metro Line 1, buses and
trolley buses like No.102 to get
there. Besides shopping, you
can also enjoy the folk customs
of Xiguan; you can see Miss
Xiguan here too; you can

155

——清平鸡和驰名世界的粤菜、各地的名菜小吃以及一流的西餐，亲身感受"食在广州"、"购物在广州"。

Guǎng zhōu dì yī shāng yè jiē chú le gòu wù fāng biàn zhī wài, jiāo tōng yě shí fēn fāng biàn. Nǐ kě yǐ zuò dì tiě 1 hào xiàn、102 lù wú guǐ diàn chē děng jiāo tōng gōng jù cóng bù tóng fāng xiàng dào dá bù xíng jiē fù jìn. Nǐ kě yǐ lǐng lüè Xī guān fēng qíng, yī dǔ Xī guān xiǎo jiě de fāng róng; kě yǐ yī bǎo ěr fú, xīn shǎng Guǎng dōng Yuè jù; hái kě yǐ yī bǎo kǒu fú, pǐn cháng "Zhōng guó dì yī jī"—— Qīng píng jī hé chí míng shì jiè de Yuè cài、gè dì de míng cài xiǎo chī yǐ jí yī liú de xī cān. Qīn shēn gǎn shòu "shí zài Guǎng zhōu"、"gòu wù zài Guǎng zhōu".

各位朋友，你们购物之后请

listen to Cantonese Opera, and you can try food of various flavors. Don't forget to try the chicken dish in Qingping Restaurant, as it is considered No.1 Chicken in China. In this mall, you will truly understand what a paradise is for both shopping and eating.

Ladies and gentlemen, please

去广州酒家用午餐。

Gè wèi péng you, nǐ men gòu wù zhī hòu qǐng qù Guǎng zhōu jiǔ jiā yòng wǔ cān.

go to Guangzhou Restaurant for lunch after you finish shopping.

C：广州酒家离荔湾广场远吗？

Guǎng zhōu jiǔ jiā lí Lì wān guǎng chǎng yuǎn ma?

C：Is it far from Liwan Plaza?

A：步行大概20分钟。

Bù xíng dà gài 20 fēn zhōng.

A：About 20 minutes' walk.

157

C：导游，我想跟西关小姐一起拍张照可以吗？

Dǎo yóu, wǒ xiǎng gēn Xī guān xiǎo jiě yī qǐ pāi zhāng zhào kě yǐ ma?

C：Can I take a photo with Miss Xiguan?

A：可以的。

Kě yǐ de.

A：Sure.

C：谢谢小姐！谢谢导游！

Xiè xie xiǎo jiě! Xiè xie dǎo yóu!

C：Thanks, miss. And thank you, Mr. Li.

D：别客气，欢迎以后再到广州西关来！

Bié kè qì, huān yíng yǐ hòu zài dào Guǎng zhōu Xī guān lái!

D：My pleasure. You are always welcome to Xiguan.

C：导游，这里的商场会有假货吗？

Dǎo yóu, zhè lǐ de shāng chǎng huì yǒu jiǎ huò ma?

C：Are there any fakes here?

A：请你们放心，如假包退、包赔。你们保管好发票。

Qǐng nǐ men fàng xīn, rú jiǎ bāo tuì、bāo péi. Nǐ men bǎo guǎn hǎo fā piào.

A：Don't worry. You can get a refund in case of that. Just keep your invoice.

E：看来，这里经商挺讲诚信的。

Kàn lái, zhè lǐ jīng shāng tǐng jiǎng chéng xìn de.

E：It seems that the business-men here are honest.

A：欺骗上帝，等于欺骗自己。

Qī piàn shàng dì, děng yú qī piàn zì jǐ.

A：One deceives himself when he tries to deceive the consumers.

E：诚信是做人之本，经商之魂。

Chéng xìn shì zuò rén zhī běn, jīng shāng zhī hún.

E：Honesty is vital for busi-nesses.

B：没有上帝光顾，就要破产，就要喝西北风！

Méi yǒu shàng dì guāng gù, jiù yào pò chǎn, jiù yào hē xī běi fēng!

B：A businessman will surely go bankrupt without consumers.

A：对了，聪明的商家讲诚信，愚蠢的商家靠骗人。

Duì le, cōng míng de shāng jiā jiǎng chéng xìn, yú chǔn de shāng jiā kào piàn rén.

C：生意越兴隆的商店，诚信度越高。

Shēng yì yuè xīng lóng de shāng diàn, chéng xìn dù yuè gāo.

A：当然，适销对路、物美价廉、服务态度好也很重要，但最重要的还是诚信为本。

Dāng rán, shì xiāo duì lù、wù měi jià lián、fú wù tài dù hǎo yě hěn zhòng yào, dàn zuì zhòng yào de hái shì chéng xìn wéi běn.

C：是啊，能骗人一时，不能骗人一辈子嘛。

Shì a, néng piàn rén yī shí, bù néng piàn rén yī bèi zi ma.

B：看来，学会经商，首先得先学会做人哪！

Kàn lái, xué huì jīng shāng,

A：Absolutely right! A smart businessman is always honest to his consumers, while stupid businessmen will try to play tricks on consumers for money.

C：The number of customers in a shop can tell whether a businessman is honest or not.

159

A：Qualities, prices and services are all important for sales. However, honesty is the basic requirement for businesses.

C：Exactly right. Consumers would not be cheated all the time.

B：One should learn about life first, and business second.

shǒu xiān děi xiān xué huì
zuò rén na!

A：所以，孔夫子说："人而
无信，不知其可。"道理是一
样的。

Suǒ yǐ, kǒng fū zi shuō:
"Rén ér wú xìn, bù zhī qí
kě." Dào lǐ shì yī yàng de.

B：人类社会就应该讲诚信，
大人要讲，小孩要讲，国内
要讲，国外也要讲。

Rén lèi shè huì jiù yīng gāi
jiǎng chéng xìn, dà rén yào
jiǎng, xiǎo hái yào jiǎng,
guó nèi yào jiǎng, guó wài
yě yào jiǎng.

A：We can learn it from
Confucius' remarks："Dishonest
guys are not reliable."

B：Honesty should be consi-
dered extremely important by
all walks of life in human
society.

词语替换练习

Pattern Drills

旧社会时说，"东山少爷，
西关小姐"。这是什么意思
呢?

What does it mean by the
old saying "young masters in
Dongshan while young ladies in

Jiù shè huì shí shuō, "Dōng shān shào yé, Xī guān xiǎo jiě". Zhè shì shén me yì si ne?

意思是："东山住的是达官贵人，西关住的是富家小姐。"言下之意是：东山多是当官的，西关多是经商的。

Yì si shì: "Dōng shān zhù de shì dá guān guì rén, Xī guān zhù de shì fù jiā xiǎo jiě." Yán xià zhī yì shì: Dōng shān duō shì dāng guān de, Xī guān duō shì jīng shāng de.

Xiguan" in those days?

It refers to the high officials living in Dongshan and the rich people living in Xiguan then. In other words, many government officials lived in Dongshan while businessmen mostly lived in Xiguan.

161

第17课 北京路步行街

Lesson 17 Beijing Road Pedestrian Mall

A：朋友，你到过广州第二步行街吗？

Péng you, nǐ dào guò Guǎng zhōu dì èr bù xíng jiē ma?

B：你指的是哪条街呀？

Nǐ zhǐ de shì nǎ tiáo jiē ya?

A：指的是北京路商业步行街。

Zhǐ de shì Běi jīng lù shāng yè bù xíng jiē.

B：为什么叫第二步行街呢？

Wèi shén me jiào dì èr bù xíng jiē ne?

A：因为广州市第一条步行街是西关商业步行街，不但路长、商店多，开办也最早。北京路步行街，路短——不到五百米，开办也比较迟，

A：Have you ever been to the No. 2 shopping mall of Guangzhou?

B：Which mall do you refer to?

A：Beijing Road Pedestrian Mall.

B：Why is it No. 2?

A：No.1 shopping mall is Xiguan Pedestrian Mall since it was the oldest and longest mall in Guangzhou. With a length of no more· than 500 metres,

所以，有人叫它第二商业步
行街。

Yīn wèi Guǎng zhōu shì dì yī
tiáo bù xíng jiē shì Xī guān
shāng yè bù xíng jiē, bù
dàn lù cháng、 shāng diàn
duō, kāi bàn yě zuì zǎo. Běi
jīng lù bù xíng jiē, lù duǎn
—— bù dào wǔ bǎi mǐ, kāi
bàn yě bǐ jiào chí, suǒ yǐ,
yǒu rén jiào tā dì èr shāng
yè bù xíng jiē.

B：哦，原来如此。

Ò, yuán lái rú cǐ.

A：北京路虽然短，但这是一
条既古老又年轻，既有商业
气息又有文化底蕴的名街。
你到北京路去参观，除了可
以买到称心如意的商品之外，
还可以看到北京路地下的历
史。

Běi jīng lù suī rán duǎn, dàn
zhè shì yī tiáo jì gǔ lǎo yòu
nián qīng, jì yǒu shāng yè qì
xī yòu yǒu wén huà dǐ yùn
de míng jiē. Nǐ dào Běi jīng

Beijing Road Pedestrian Mall
was established much later, so
it is called No.2.

163

B：Oh, I see.

A：Short as it is, Beijing
Road is famous for its
commercial prosperity and
cultural foundation with a long
history in a new look. Apart
from shopping, you can see
the underground history of
Beijing Road.

lù qù cān guān, chú le kě yǐ
mǎi dào chèn xīn rú yì de
shāng pǐn zhī wài, hái kě yǐ
kàn dào Běi jīng lù dì xià de
lì shǐ.

C：北京路地下可以看到什么？

Běi jīng lù dì xià kě yǐ kàn
dào shén me?

A：你可以看到宋朝时的古街，明朝时的古街、古井等。

Nǐ kě yǐ kàn dào Sòng cháo
shí de gǔ jiē, Míng cháo shí
de gǔ jiē、 gǔ jǐng děng.

广州百货大厦装修布局新颖，商品系列组合，方便购买。开架售货面积率达75%以上。

Guǎng zhōu bǎi huò dà shà
zhuāng xiū bù jú xīn yǐng,
shāng pǐn xì liè zǔ hé, fāng
biàn gòu mǎi. Kāi jià shòu
huò miàn jī lǜ dá 75% yǐ
shàng.

北京路是广州市书店最多的一条街，有最早最大的新华书店、外文书店、儿童书店、

C： What can we see there
underground?

A： You may see the ancient
streets of the Song Dynasty.
Old streets and wells of the
Ming Dynasty.

Grandbuy is a fashionably
decorated department store,
over 75% of its goods are sold
open-shelf.

Beijing Road has the most
bookstores in Guangzhou,
including the biggest and oldest

古籍书店和科技书店。还有
一家百年老药店——陈李济。

Běi jīng lù shì Guǎng zhōu
shì shū diàn zuì duō de yī
tiáo jiē, yǒu zuì zǎo zuì dà
de Xīn huá shū diàn、Wài
wén shū diàn、Ér tóng shū
diàn、Gǔ jí shū diàn hé Kē jì
shū diàn. Hái yǒu yī jiā bǎi
nián lǎo yào diàn——Chén lǐ
jì.

北京路北端是新旧财政厅，
南端是珠江边的天字码头。
你们晚上可以去江边走一走。

Běi jīng lù běi duān shì xīn
jiù cái zhèng tīng, nán duān
shì Zhū jiāng biān de Tiān zì
mǎ tóu. Nǐ men wǎn shang
kě yǐ qù jiāng biān zǒu yi
zǒu.

D：对呀，我们可以漫步珠江
边，欣赏两岸的灯饰美景，
又可以享受习习江风的凉爽
呢。

Duì ya, wǒ men kě yǐ màn
bù Zhū jiāng biān, xīn

Xinhua Bookstore, Foreign
Languages Bookstore, Chil-
dren's Bookstore, Antique
Bookstore, and Science and
Technology Bookstore. And
also a century-old drugstore,
Chenliji.

165

Beijing Road stretches
northward to the Guangdong
Finance Department Building,
and southward to Tianzi Wharf
along the Pearl River. You can
have a walk along the river at
night.

D：Good idea! We can enjoy
the wonderful night view as
well as the breeze along the
Pearl River.

shăng liăng àn de dēng shì
měi jĭng, yòu kě yĭ xiăng
shòu xí xí jiāng fēng de liáng
shuăng ne.

C：谢谢导游指点，真是个好
主意呀！

Xiè xie dăo yóu zhĭ diăn,
zhēn shì gè hăo zhŭ yì ya!

D：导游，待会儿几点、在哪
儿集中啊？

Dăo yóu, dāi huìr jĭ diăn、
zài năr jí zhōng a?

A：不用集中了，晚上 11 点
30 分准时回到广州宾馆大堂
报到就行了。我准时在那儿
等你们，不见不散。

Bù yòng jí zhōng le, wăn
shang 11 diăn 30 fēn zhŭn
shí huí dào Guăng zhōu bīn
guăn dà táng bào dào jiù
xíng le. Wŏ zhŭn shí zài nàr
dĕng nĭ men, bù jiàn bù
sàn.

D：好，到时见！
Hăo, dào shí jiàn!

A：祝大家玩得开心，买得满

C：It sounds cool!

D：Where and what time shall
we get together?

A：You just need to be back
to the lobby of Guangzhou
Hotel at 11：30. I will be there
waiting for you guys.

D：Great! See you then.

A：Have a nice shopping trip.

意，安全回到宾馆！

Zhù dà jiā wán de kāi xīn,
mǎi de mǎn yì, ān quán huí
dào bīn guǎn!

C：丽莎，我们一块儿到陈李
济去买点中药给爷爷奶奶，
然后去书店买些学中文的书，
好吗？

Lì shā, wǒ men yī kuàir
dào Chén lǐ jì qù mǎi diǎn
zhōng yào gěi yé ye nǎi nai,
rán hòu qù shū diàn mǎi xiē
xué Zhōng wén de shū,
hǎo ma?

C：Lisa, shall we go to
Chenliji to buy some Chinese
traditional medicine for my
grandparents? And then we
can buy some books on
Chinese language learning,
too.

167

E：小姐，有什么可以帮你
的？

Xiǎo jiě, yǒu shén me kě yǐ
bāng nǐ de?

E：Can I help you, miss?

D：我想买些冬虫草、吉林
参、云南白药。

Wǒ xiǎng mǎi xiē dōng
chóng cǎo、Jí lín shēn、Yún
nán bái yào.

D：I need some aweto, Jilin
ginseng and some Yunnan
white medicine powder.

E：每样要多少？

Měi yàng yào duō shǎo?

E：How much do you want for
each?

D：冬虫草 2 斤，吉林参 1

D：1 kilogram of aweto, half

斤，云南白药8盒。

Dōng chóng cǎo 2 jīn, Jí lín shēn 1 jīn, Yún nán bái yào 8 hé.

a kilogram of Jilin ginseng and 8 boxes of white medicine powder.

E：共86 800元。

Gòng 86 800 yuán.

E：That comes to be RMB 86 800 *yuan*.

D：请给发票。

Qǐng gěi fā piào.

D：Here you are. Invoice Please.

E：多谢惠顾！

Duō xiè huì gù!

E：Thanks. Have a nice day.

词语替换练习

Pattern Drills

我要买本《三语通》（《广州话一月通》/《汉英现代汉语词典》/《红楼梦》/《水浒传》/《三国演义》/《西游记》/《金瓶梅》/《古文观止》/《金瓶梅鉴赏辞典》/《唐宋词鉴赏辞典》/《唐诗鉴赏辞典》/《古代散文鉴赏辞典》/《中国成语大辞典》/《古文观止释

I'd like to buy a *Learning Three Languages in One / Learning Cantonese in One Month / Modern Chinese-English Dictionary / Dream of the Red Mansion / Outlaws of the Marsh / Romance of Three Kingdoms / Journey to the West / The Plum in Gold Vase /*

注》/《全唐诗典故辞典》/
《康熙字典通解》/《王羲之书
法字典》/《辞海》)。

Wǒ yào mǎi běn 《 Sān yǔ
tōng》 (《 Guǎng zhōu huà
yī yuè tōng》/《 Hàn yīng
xiàn dài hàn yǔ cí diǎn》/
《Hóng lóu mèng》 / 《Shuǐ
hǔ zhuàn》/《Sān guó yǎn
yì》/《 Xī yóu jì》/《Jīn píng
méi》/《 Gǔ wén guān zhǐ》/
《Jīn píng méi jiàn shǎng cí
diǎn》/《Táng Sòng cí jiàn
shǎng cí diǎn》/《Táng shī jiàn
shǎng cí diǎn》/《Gǔ dài sǎn
wén jiàn shǎng cí diǎn》/
《Zhōng guó chéng yǔ dà cí
diǎn》/《 Gǔ wén guān zhǐ
shì zhù》/《Quán Táng shī
diǎn gù cí diǎn》/《Kāng xī zì
diǎn tōng jiě》/《Wáng xī zhī
shū fǎ zì diǎn》/《Cí hǎi》)。

买工具书最有用。

Mǎi gōng jù shū zuì yǒu
yòng.

我最喜欢买工具书（自然科

Classical Chinese Prose / An Appreciative Dictionary on the Plum in Gold Vase / An Appreciative Dictionary on Song Ci / An Appreciative Dictionary on Tang Poetry / An Appreciative Dictionary on Classical Chinese Prose / Chinese Idioms Dictionary / An Explanatory Dictionary on Classical Chinese Prose / Literary Quotations of Tang Poetry / General Explanations of Kangxi Dictionary / A Dictionary on Calligraphy of Wang Xizhi / Grand Dictionary.

169

Reference books are most helpful to buy.

I love reference books/books on

学类书/社会科学类书）。
Wǒ zuì xǐ huan mǎi gōng jù
shū（zì rán kē xué lèi shū /
shè huì kē xué lèi shū）。

natural science/books on social
science.

第18课 广交会

Lesson 18 Chinese Import and Export Commodities Fair

A：朋友们，春秋两季到广州参观、旅游，不可不去的地方是什么？

Péng you men, chūn qiū liǎng jì dào Guǎng zhōu cān guān、lǚ yóu, bù kě bù qù de dì fang shì shén me?

B：中国进出口商品交易会，对吗？

Zhōng guó jìn chū kǒu shāng pǐn jiāo yì huì, duì ma?

A：真聪明，有经验！

Zhēn cōng míng, yǒu jīng yàn!

B：我是听别人说的，所以这次一定安排在秋交会时到广州。

Wǒ shì tīng bié ren shuō

A：There is a place in Guangzhou that all tourists would not miss in every spring and autumn. You know what it is?

171

B：Is it the Chinese Import and Export Commodities Fair?

A：Absolutely right!

B：Some people told me about it, so I decide to come during the autumn fair.

de，suǒ yǐ zhè cì yī dìng ān
pái zài qiū jiāo huì shí dào
guǎng zhōu.

A：我想，你一定想去看看交
易会吧？

Wǒ xiǎng，nǐ yī dìng xiǎng
qù kàn kan jiāo yì huì ba?

B：是啊，你带我去看看吧！

Shì a，nǐ dài wǒ qù kàn kan
ba!

A：好的，我现在先给你作个
简单介绍：广交会是广州中
国进出口商品交易会的简称。
第一届交易会于 1956 年召
开，地点是现在的海珠广场。
它是我国为打破外国经济封
锁而举办的。旧交易会会址
于 1980 年搬到流花路，亦即
东方宾馆北面、友谊剧院南
面，现在还在海珠区琶洲会
展中心同时设置分会场。交
易会的场地越来越大，规模
越来越宏伟，成交额逐年上
升。我们参观完流花馆之后，
第二天可以坐地铁 2 号线直
抵琶洲国际会展中心参观新

A：You must be eager to visit
it.

B：Sure! Can you take me
there?

A：Sure. But first let me tell
you something about it.
Guangzhou Fair, is the
shortened form for Chinese
Import and Export Commodities
Fair (CIECF) in Guangzhou.
The first trade fair was held in
the existing Haizhu Square in
1956. It was originally
established to break down the
foreign economic blockage in
China. The site was changed to
Liuhua Road in 1980, with
Dongfang Hotel to its north and
Friendship Theatre to its south.
And there is a new site for the

广交会。

Hǎo de, wǒ xiàn zài xiān gěi nǐ zuò gè jiǎn dān jiè shào: Guǎng jiāo huì, shì Guǎng zhōu Zhōng guó jìn chū kǒu shāng pǐn jiāo yì huì de jiǎn chēng. Dì yī jiè jiāo yì huì yú 1956 nián zhào kāi, dì diǎn shì xiàn zài de Hǎi zhū guǎng chǎng. Tā shì wǒ guó wèi dǎ pò wài guó jīng jì fēng suǒ ér jǔ bàn de. Jiù jiāo yì huì huì zhǐ yú 1980 nián bān dào Liú huā lù, yì jí Dōng fāng bīn guǎn běi mian、Yǒu yì jù yuàn nán mian, xiàn zài hái zài Hǎi zhū qū Pá zhōu huì zhǎn zhōng xīn tóng shí shè zhì fēn huì chǎng. Jiāo yì huì de chǎng dì yuè lái yuè dà, guī mó yuè lái yuè hóng wěi, chéng jiāo é zhú nián shàng shēng. Wǒ men cān guān wán Liú huā guǎn zhī hòu, dì èr tiān kě yǐ zuò dì

fair in the Exhibition Centre in Pazhou, Haizhu District since it is developing rapidly these years and needs more space for exhibitions. We are visiting the Liuhua Fair today and we'll visit the new Pazhou Fair tomorrow by Metro Line 2.

173

tiě 2 hào xiàn zhí dǐ Pá
zhōu guó jì huì zhǎn zhōng
xīn cān guān xīn Guǎng jiāo
huì.

B：交易会的商品真是琳琅满
目，美不胜收，品种繁多，
包装精美，质量一流。
Jiāo yì huì de shāng pǐn
zhēn shì lín láng mǎn mù,
měi bù shèng shōu, pǐn
zhǒng fán duō, bāo zhuāng
jīng měi, zhì liàng yī liú.

A：交易会交通十分方便，其
北边是广州流花火车站，西
边是人民北路，东边是解放
北路，无论坐地铁、无轨电
车、大巴或是的士都可抵达。
只是中国经济飞速发展，参
展单位越来越多，场地不够
用，才决定另觅新址的。
Jiāo yì huì jiāo tōng shí fēn
fāng biàn, qí běi bian shì
Guǎng zhōu Liú huā huǒ chē
zhàn, xī bian shì Rén mín
běi lù, dōng bian shì Jiě
fàng běi lù, wú lùn zuò dì

B：At the Fair, you can find
numerous kinds of goods, all
of good quality in delicate
packaging.

A：It's very convenient to get
to the Fair. With Guangzhou
Railway Station to its north,
Renminbei Road to its west
and Jiefangbei Road to its
east, one can take either a
bus, the metro or a taxi to get
there. It partly moved to the
new site just because of lack of
space for exhibitions since
more and more companies
attend the Fair with the rapid
economic development of
China.

tiě、wú guǐ diàn chē、dà bā
huò shì dí shì dōu kě dǐ dá.
Zhǐ shì Zhōng guó jīng jì fēi
sù fā zhǎn, cān zhǎn dān
wèi yuè lái yuè duō, chǎng
dì bù gòu yòng, cái jué dìng
lìng mì xīn zhǐ de.

B：广交会对中国经济的腾飞
立下汗马功劳，它的丰功伟
绩永载史册。展望未来，广
交会一定会越办越好。

B：Guangzhou Fair has made a
great contribution to the
prosperity of Chinese economy.
It will surely have a bright
future.

175

Guǎng jiāo huì duì Zhōng
guó jīng jì de téng fēi lì xià
hàn mǎ gōng láo, tā de
fēng gōng wěi jì yǒng zài shǐ
cè. Zhǎn wàng wèi lái,
Guǎng jiāo huì yī dìng huì
yuè bàn yuè hǎo.

C：丽莎，你买了什么?
Lì shā, nǐ mǎi le shén me?

C：Lisa, what have you
bought today?

D：有吃的、穿的、用的，太
多了。晚上你来看看吧。
Yǒu chī de、chuān de、
yòng de, tài duō le. Wǎn
shang nǐ lái kàn kan ba.

D：Well, I've bought a lot of
food, clothes and other stuff.
I'll show you tonight.

C：买这么多东西，一共用了

C：How much did they cost?

多少钱啊？

Mǎi zhè me duō dōng xi, yī gòng yòng le duō shǎo qián a?

D：买了 3 万多块钱。

Mǎi le 3 wàn duō kuài qián.

D：Over RMB 30 000 *yuan*.

C：你真会买东西。中国的商品价廉物美，见了动心，让人不得不变成购物狂啊。

Nǐ zhēn huì mǎi dōng xi. Zhōng guó de shāng pǐn jià lián wù měi, jiàn le dòng xīn, ràng rén bù dé bù biàn chéng gòu wù kuáng a.

C：They are really good buys. Chinese goods are mostly of good quality but sold at low prices. Everybody will get crazy about shopping here.

D：那你准备买多少钱的东西呢？

Nà nǐ zhǔn bèi mǎi duō shǎo qián de dōng xi ne?

D：How much are you going to spend on shopping then?

C：跟你差不多，大约 4～5 万块钱吧。

Gēn nǐ chà bu duō, dà yuē 4～5 wàn kuài qián ba.

C：40 000 to 50 000 *yuan*, I think.

D：你留点儿钱，新馆、旧馆都买些。中国人不是有句话叫"货比三家"吗？

Nǐ liú diǎnr qián, xīn guǎn、

D：You'd better save some money for shopping at the new fair site. As the old Chinese saying goes, "Make compa-

jiù guǎn dōu mǎi xiē. Zhōng
guó rén bù shì yǒu jù huà
jiào "huò bǐ sān jiā" ma?

C：对呀，你真是一语惊醒梦
中人哪！你对中国文化研究
得挺深的。

Duì ya, nǐ zhēn shì yī yǔ
jīng xǐng mèng zhōng rén
na! Nǐ duì zhōng guó wén
huà yán jiū de tǐng shēn de.

D：哪里，哪里，只是学到点
皮毛罢了，哪谈得上研究呢？

Nǎ li, nǎ li, zhǐ shì xué dào
diǎn pí máo bà le, nǎ tán
de shàng yán jiū ne?

C：你倒是中央电视台——实
话实说。

Nǐ dào shì Zhōng yāng diàn
shì tái —— shí huà shí shuō.

D：难道你教我打肿脸充胖子
吗？哈哈哈！

Nán dào nǐ jiāo wǒ dǎ zhǒng
liǎn chōng pàng zi ma? Hā
ha ha!

A：你们俩谈什么呀？这么开
心！

risons before you decide to buy
something."

C：Oh, you are right! You
have really learned a lot about
Chinese culture!

177

D：Thanks. There is still much
more to learn.

C：You are just on the CCTV
Show — "Telling the Truth".

D：Come on! I am not
boasting.

A：What are you two talking
about? You look so happy.

Nǐ men liǎ tán shén me ya?

Zhè me kāi xīn!

C：谈中国文化。

Tán Zhōng guó wén huà.

C：We are talking about Chinese culture.

A：你们真有中国心，真有中国文化！

Nǐ men zhēn yǒu Zhōng guó xīn, zhēn yǒu Zhōng guó wén huà!

A：You do love Chinese culture a lot.

D：我们有一半中国血统嘛！

Wǒ men yǒu yī bàn Zhōng guó xuè tǒng ma!

D：Because we are half Chinese-blooded.

A：怪不得你们都有一颗中国心。

Guài bu de nǐ men dōu yǒu yī kē Zhōng guó xīn.

A：No wonder you both love China.

词语替换练习

Pattern Drills

坐地铁 2 号线可以到新、旧交易会。

Zuò dì tiě 2 hào xiàn kě yǐ

One may take Metro Line 2 to the old and new Fair.

dào xīn、jiù jiāo yì huì.

琶洲国际会展中心，位于海珠区东部、珠江南岸，环境优美，设计新潮时尚，是功能齐全的现代化建筑群。

Pá zhōu guó jì huì zhǎn zhōng xīn, wèi yú Hǎi zhū qū dōng bù、Zhū jiāng nán àn, huán jìng yōu měi, shè jì xīn cháo shí shàng, shì gōng néng qí quán de xiàn dài huà jiàn zhù qún.

Pazhou International Conference and Exhibition Centre, located at the southern bank of the Pearl River of east Haizhu District, consists of a group of modern fashionable buildings with beautiful surroundings.

179

国际会展中心东边是广州大学城。

Guó jì huì zhǎn zhōng xīn dōng bian shì Guǎng zhōu dà xué chéng.

To the east of the International Conference and Exhibition Centre lies Guangzhou Higher Education Mega Centre.

大学城有十所高等院校——中山大学、华南理工大学、华南师范大学、广东外语外贸大学、广东工业大学、广州中医药大学、广州大学、星海音乐学院、广东药学院和广州美术学院。

Dà xué chéng yǒu shí suǒ gāo děng yuàn xiào——

There are 10 universities and colleges in Guangzhou Higher Education Mega Centre. They are Zhongshan University, South China University of Technology, South China Normal University, Guangdong University of Foreign Studies, Guangdong Industrial Univer-

Zhōng shān dà xué、Huá nán lǐ gōng dà xué、Huá nán shī fàn dà xué、Guǎng dōng wài yǔ wài mào dà xué、Guǎng dōng gōng yè dà xué、Guǎng zhōu zhōng yī yào dà xué、Guǎng zhōu dà xué、Xīng hǎi yīn yuè xué yuàn、Guǎng dōng yào xué yuàn hé Guǎng zhōu měi shù xué yuàn.

sity, Guangzhou University of Traditional Chinese Medicine, Guangzhou University, Xing hai Conservatory of Music, Guangdong Medical College and Guangzhou Academy of Fine Arts.

第 19 课 琶洲会展中心

Lesson 19 Pazhou Conference and Exhibition Centre

A：各位朋友，我们现在要去参观广州市的一颗璀璨明珠，一座集建筑艺术与现代科技于一身，高科技、智能化、生态化完美结合的现代建筑——广州国际会议展览中心。因地处琶洲岛，故又名琶洲会展中心。

Gè wèi péng you, wǒ men xiàn zài yào qù cān guān Guǎng zhōu shì de yī kē cuǐ càn míng zhū, yī zuò jí jiàn zhù yì shù yǔ xiàn dài kē jì yú yī shēn, gāo kē jì、zhì néng huà、shēng tài huà wán měi jié hé de xiàn dài jiàn zhù——Guǎng zhōu guó jì huì yì zhǎn lǎn zhōng xīn.

A：My dear friends, today we are visiting a magnificent modern construction complex, Guangzhou International Conference and Exhibition Centre. It's a great work in both architecture and modern technology, a great combination of high-tech, intelligentization and ecologicalization. It is called Pazhou Conference and Exhibition Centre as well, since it's located in Pazhou Island.

181

Yīn dì chǔ Pá zhōu dǎo, gù yòu míng Pá zhōu huì zhǎn zhōng xīn.

B：离我们的住地远吗？

Lí wǒ men de zhù dì yuǎn ma?

A：不远。我们现在住的地方是天河北路市长大厦。我们登上顶层往南眺望，便可以隐隐约约地看到琶洲会展中心，直线距离大约就 8 千米吧。

Bù yuǎn. Wǒ men xiàn zài zhù de dì fang shì Tiān hé běi lù Shì zhǎng dà shà. Wǒ men dēng shàng dǐng céng wǎng nán tiào wàng, biàn kě yǐ yǐn yǐn yuē yuē de kàn dào Pá zhōu huì zhǎn zhōng xīn, zhí xiàn jù lí dà yuē jiù 8 qiān mǐ ba.

C：那散步不是可以走到了吗？

Nà sàn bù bù shì kě yǐ zǒu dào le ma?

A：虽然它在珠江新城的南

B：Is it far from here?

A．No，it isn't．We live in Mayor Mansion in Tianhebei Road. We can see the blurry Pazhou Conference and Exhibition Centre from top of the mansion. It's about 8 km away from here.

C：Then we can take a walk there.

A．Not exactly. It is located to

边，但隔江与珠江新城相望，现在还没有直达的桥相连。我们要么走琶洲大桥去，要么走番禺大桥去，但这两座桥离会展中心都有几千米的路程。因此，我们从住地去，得有 17~19 千米路程。

Suī rán tā zài Zhū jiāng xīn chéng de nán bian, dàn gé jiāng yǔ Zhū jiāng xīn chéng xiāng wàng, xiàn zài hái méi yǒu zhí dá de qiáo xiāng lián. Wǒ men yào me zǒu Pá zhōu dà qiáo qù, yào me zǒu Pān yú dà qiáo qù, dàn zhè liǎng zuò qiáo lí huì zhǎn zhōng xīn dōu yǒu jǐ qiān mǐ de lù chéng. Yīn cǐ, wǒ men cóng zhù dì qù, děi yǒu 17~19 qiān mǐ lù chéng.

the south of the Pearl River New Town, but there is the river in between. Since there is no bridge connecting them, we have to drive along either Pazhou Bridge or Panyu Bridge. And the Exhibition Centre is some kilometres away from either bridge. So it's about 17 to 19 km away from here.

183

C：哦，明白了。它在两桥南边平行线的中间，是吗？

Ò, míng bái le. Tā zài liǎng qiáo nán bian píng xíng xiàn de zhōng jiān, shì ma?

C: Oh, I see. It's in the middle of the road to the south of the two bridges.

A：我们走华南快速干线，经

A: We'll take the South China

过番禺大桥，左拐便可直达会展中心。现在，我们的车子走在番禺大桥上，我们的左前方便是会展中心了。

Wǒ men zǒu Huá nán kuài sù gàn xiàn, jīng guò Pān yú dà qiáo, zuǒ guǎi biàn kě zhí dá huì zhǎn zhōng xīn. Xiàn zài, wǒ men de chē zi zǒu zài Pān yú dà qiáo shang, wǒ men de zuǒ qián fāng biàn shì huì zhǎn zhōng xīn le.

C：远看像珠江的波浪，真美！

Yuǎn kàn xiàng Zhū jiāng de bō làng, zhēn měi!

A：好，现在，我给大家介绍一下琶洲会展中心：它总用地面积 70 万平方米，总建筑面积 58 000 平方米，绿地面积 128 656 平方米，道路、广场、停车场用地 180 248 平方米。停车位：架空层 1800 个，室外 400 个。展厅：128 米×90 米，架空层 3 个，

Expressway to get there. Now we are on Panyu Bridge. Look! The Centre is just on our left ahead.

C. It looks so beautiful, just like river waves from afar.

A: Ok, now let me say something about Pazhou Conference and Exhibition Centre. It covers 700 000 m² with 580 000 m² of construction area. Greenery covers 128 656 m², and 180 248 m² are used for pathways, squares and parking lots. The overhead parking

首层7个，2层5个，共15个。展位：3米×3米，10 200个。景观气势宏大。它东邻主干道科韵路和琶洲塔公园，西临体育健身公园和华南快速干线，南临快速路新港东路和万亩生态果园，北临滨江环岛路和珠江，环境优美，交通顺畅，是广州市一个美丽的新景点。

Hǎo, xiàn zài, wǒ gěi dà jiā jiè shào yī xià Pá zhōu huì zhǎn zhōng xīn: Tā zǒng yòng dì miàn jī 70 wàn píng fāng mǐ, zǒng jiàn zhù miàn jī 58 000 píng fāng mǐ, lǜ dì miàn jī 128 656 píng fāng mǐ, dào lù、guǎng chǎng、tíng chē chǎng yòng dì 180 248 píng fāng mǐ. Tíng chē wèi: jià kōng céng 1800 gè, shì wài 400 gè. Zhǎn tīng: 128 mǐ×90 mǐ, jià kōng céng 3 gè, shǒu céng 7 gè, 2 céng 5 gè, gòng 15 gè. Zhǎn wèi: 3

structure can hold 1800 cars, while the outdoor parking lots 400 cars. With an area of 128 m×90 m, there are totally 15 exhibition halls, 3 on the flying-over structure, 7 on the 1st floor and 5 on the 2nd floor. And there are totally 10 2000 exhibition stands, 3 m × 3 m for each. The Centre is really a magnificent sight on Pazhou Island. With Keyun Road and Pazhou Pagoda Park to the east, South China Expressway and Sports Park to the west, Xingangdong Road and the ecological orchard to the south, and the Pearl River to the north, it enjoys great traffic and geographic advantages and has become a new scenic spot in Guangzhou.

mǐ × 3 mǐ, 10 200 gè. Jǐng guān qì shì hóng dà. Tā dōng lín zhǔ gàn dào Kē yùn lù hé Pá zhōu tǎ gōng yuán, xī lín Tǐ yù jiàn shēn gōng yuán hé Huá nán kuài sù gàn xiàn, nán lín kuài sù lù Xīn gǎng dōng lù hé Wàn mǔ shēng tài guǒ yuán, běi lín Bīn jiāng huán dǎo lù hé Zhū jiāng, huán jìng yōu měi, jiāo tōng shùn chàng, shì Guǎng zhōu shì yī gè měi lì de xīn jǐng diǎn.

众：哦，到了。真漂亮，真雄伟，不愧是珠江边上的一颗璀璨明珠！

Ò, dào le. Zhēn piào liang, zhēn xióng wěi, bù kuì shì Zhū jiāng biān shang de yī kē cuǐ càn míng zhū!

All：Oh! Here we are! What a gorgeous building! It looks so beautiful on the river bank!

A：对呀。现在你们可以自由参观、购物、拍照，12点在这个地方上车回宾馆用餐。

Duì ya. Xiàn zài nǐ men kě yǐ zì yóu cān guān、gòu wù、

A：Yeah! Now you may go visiting or shopping or take some photos. Remember to get back here at 12 o'clock. We'll go back to the hotel for lunch.

pāi zhào, 12 diǎn zài zhè gè
dì fang shàng chē huí bīn
guǎn yòng cān.

B：丽莎，你给我在这拍张照
好吗？

Lì shā, nǐ gěi wǒ zài zhè pāi
zhāng zhào hǎo ma?

C：好的。

Hǎo de.

B：谢谢！

Xiè xie!

C：别客气，你也给我拍一
张。

Bié kè qi, nǐ yě gěi wǒ pāi
yī zhāng.

B：好，你的姿势美极了，加
上人漂亮，风景也美，真是
美上加美，美得叫人羡慕，
美得叫人妒忌呀！哈哈哈！

Hǎo, nǐ de zī shì měi jí le,
jiā shàng rén piào liang,
fēng jǐng yě měi, zhēn shì
měi shàng jiā měi, měi de
jiào rén xiàn mù, měi de
jiào rén dù jì ya! Hā ha ha!

C：你这位大美人，真会说

B：Lisa, can you take a photo
of me here?

C：Sure!

187

B：Thank you.

C：You're welcome. Take one
for me, too.

B. Ok. What a great pose!
You look so terrific in this
pretty wonderful background
scenery. Oh! How much I am
jealous of your beauty!

C：Come on! Stop teasing me,

话!

Nǐ zhè wèi dà měi rén, zhēn huì shuō huà!

B：我们一块儿进去参观购物吧。

Wǒ men yī kuàir jìn qù cān guān gòu wù ba.

C：好，走吧。

Hǎo, zǒu ba.

B：商品真多啊!

Shāng pǐn zhēn duō a!

C：据介绍，展位总面积逾55万平方米，展出商品逾15万种，参展企业约1.2万家呢。

Jù jiè shào, zhǎn wèi zǒng miàn jī yù 55 wàn píng fāng mǐ, zhǎn chū shāng pǐn yù 15 wàn zhǒng, cān zhǎn qǐ yè yuē 1.2 wàn jiā ne.

B：记性这么好，了解这么多，你可以做导游了。哈哈哈!

Jì xing zhè me hǎo, liǎo jiě zhè me duō, nǐ kě yǐ zuò dǎo yóu le. Hā ha ha!

C：好，你开个旅游公司。我

you pretty lady!

B：Let's go in for a visit and do some shopping.

C：Ok, let's go.

B：Wow! There are so many goods here.

C：According to the introduction, the exhibition area reaches 550 000 m². And there are more than 150 000 kinds of commodities from 12 000 exhibitors.

B：Good memory! You might work as a tour guide now. Haha.

C：Fine. Run your own travel

到你公司做导游!

Hǎo, nǐ kāi gè lǚ yóu gōng
sī. Wǒ dào nǐ gōng sī zuò
dǎo yóu!

B：我在中国开旅游公司时，
一定请你做导游!

Wǒ zài Zhōng guó kāi lǚ yóu
gōng sī shí, yī dìng qǐng nǐ
zuò dǎo yóu!

C：谢谢你，我等着。

Xiè xie nǐ, wǒ děng zhe.

B：导游在那边等我们上车
呢!

Dǎo yóu zài nà biān děng
wǒ men shàng chē ne!

C：只顾着说话，差点忘了上
车呢。

Zhǐ gù zhe shuō huà, chà
diǎn wàng le shàng chē ne.

B：快走吧，要不然，对不起
大家了。

Kuài zǒu ba, yào bu rán,
duì bu qǐ dà jiā le.

agency, and I will be a tour
guide there.

B：If I had my travel agency
in China, I would surely have
you work for me.

189

C：I am looking forward to that
day.

B：Our guide is waiting for us
to get on the coach there.

C：We nearly forget to get on
board.

B：Come on! Let's run!

Pattern Drills

我们去越秀公园（白云山公园/琶洲会展中心/中信广场/南沙港/黄埔港）参观。

Wǒ men qù Yuè xiù gōng yuán（Bái yún shān gōng yuán / Pá zhōu huì zhǎn zhōng xīn / Zhōng xìn guǎng chǎng / Nán shā gǎng / Huáng pǔ gǎng）cān guān.

We visit Yuexiu Park / Baiyun Mountain Park / Pazhou Conference and Exhibition Centre / Zhongxin Plaza / Nansha Port / Huangpu Port.

我要买张机票（车票/门票/邮票）。

Wǒ yào mǎi zhāng jī piào（chē piào / mén piào / yóu piào）.

I'd like to buy a flight ticket / a bus ticket / an admission ticket / a stamp.

找你 1（2/3/4/5/6/7/8/9/10/20/30/35/55）块钱。

Zhǎo nǐ 1（2/3/4/5/6/7/8/9/10/20/30/35/55）kuài qián.

Here is your change of 1/2/3/4/5/6/7/8/9/10/20/30/35/55 *yuan*.

请你喝茶（吃饭/看电影/看舞蹈表演/看歌舞演出/看篮球比赛/看女排比赛/看足球比赛/看芭蕾舞表演/跳舞/打羽毛球/打网球/打高尔夫球）。

Qǐng nǐ hē chá (chī fàn / kàn diàn yǐng / kàn wǔ dǎo biǎo yǎn / kàn gē wǔ yǎn chū / kàn lán qiú bǐ sài / kàn nǚ pái bǐ sài / kàn zú qiú bǐ sài / kàn bā léi wǔ biǎo yǎn / tiào wǔ / dǎ yǔ máo qiú / dǎ wǎng qiú / dǎ gāo ěr fū qiú).

I'd like to invite you for tea/ dinner/ a movie; I'd like to invite you to a dancing performance / a singing and dancing show; I'd like to invite you to watch a basketball game / a women volleyball game / ballet; I'd like to invite you to play badminton / tennis / golf.

191

第20课　地铁1号线

Lesson 20　Metro Line 1

A：各位朋友，今天，我带大家参观的是广州地铁1号线。现在的地铁站是广州东站。车来了，我们先上车，然后到第3节车厢集中。

Gè wèi péng you, jīn tiān, wǒ dài dà jiā cān guān de shì Guǎng zhōu dì tiě 1 hào xiàn. Xiàn zài de dì tiě zhàn shì Guǎng zhōu dōng zhàn. Chē lái le, wǒ men xiān shàng chē, rán hòu dào dì 3 jié chē xiāng jí zhōng.

A：各位朋友，让我介绍一下1号线。1号线于1993年12月28日动工，1998年12月28日全线建成，历时五年。1999年6月28日正式投入商业运营，使广州市在2000年

A：My dear friends, today we are visiting Guangzhou Metro Line 1. Here we are at Guangzhou East Railway Station, the first eastern station of Line 1. Here comes the train. Let's get on board and get together at the 3rd car.

A：Now, let me give you a brief introduction of Metro Line 1. The construction of Line 1 lasted 5 years from December 28, 1993 to December 28, 1998. It was put into

之前，成为我国第三个有地铁的大都市。

Gè wèi péng you, ràng wǒ jiè shào yī xià 1 hào xiàn. 1 hào xiàn yú 1993 nián 12 yuè 28 rì dòng gōng, 1998 nián 12 yuè 28 rì quán xiàn jiàn chéng, lì shí wǔ nián. 1999 nián 6 yuè 28 rì zhèng shì tóu rù shāng yè yùn yíng, shǐ Guǎng zhōu shì zài 2000 nián zhī qián, chéng wéi wǒ guó dì sān gè yǒu dì tiě de dà dū shì.

1 号线全长 18.48 千米，设 16 个站，东起广州火车东站，西南至芳村的西朗。这 16 个站依次是：广州火车东站——体育中心站——体育西站——杨箕站——东山口站——烈士陵园站——农讲所站——公园前站——西门口站——陈家祠站——长寿路站——黄沙站——芳村站——花地湾站——坑口站——西朗终点站。

service on June 28, 1999, making Guangzhou the 3rd city with metro in China before the year 2000.

193

Metro Line 1 covers a course of 18.84 km of 16 stations from Guangzhou East Railway Station in the east to Xilang Station in the southwest in Fangcun District. The other 14 stations are Tiyuzhongxin — Tiyuxi— Yangji — Dongshankou — Lieshiling yuan — Nongjiangsuo — Gong yuanqian — Ximenkou — Chenjiaci — Changshoulu — Huangsha —

1 hào xiàn quán cháng 18.48 qiān mǐ, shè 16 gè zhàn, dōng qǐ Guǎng zhōu huǒ chē dōng zhàn, xī nán zhì Fāng cūn de Xī lǎng. Zhè 16 gè zhàn yī cì shì: Guǎng zhōu huǒ chē dōng zhàn——Tǐ yù zhōng xīn zhàn——Tǐ yù Xī zhàn——Yáng jī zhàn——Dōng shān kǒu zhàn——Liè shì líng yuán zhàn——Nóng jiǎng suǒ zhàn——Gōng yuán qián zhàn——Xī mén kǒu zhàn——Chén jiā cí zhàn——Cháng shòu lù zhàn——Huáng shā zhàn——Fāng cūn zhàn——Huā dì wān zhàn——Kēng kǒu zhàn——Xī lǎng zhōng diǎn zhàn.

Fangcun—Huadiwan—Kengkou from east to west.

1 号线主要设备从德国、日本、美国、英国等国家引进，整个系统达到 80 年代末 90 年代初国际先进水平。

1 hào xiàn zhǔ yào shè bèi cóng Dé guó、Rì běn、Měi

With its chief equipments imported from France, Japan, the USA and the UK, Metro Line 1 has reached the world advanced level in the early 90'.

guó、Yīng guó děng guó jiā
yǐn jìn, zhěng gè xì tǒng dá
dào 80 nián dài mò 90 nián
dài chū guó jì xiān jìn shuǐ
píng.

每个站设有空调和通风系统，
自动售票系统，自动扶梯，
自动防灾报警系统和消防系
统，供电系统，通信 2 号系
统以及残疾人专用设施，盲
人指引地砖，残疾人专用电
梯等。地铁站内还设有银行、
磁卡电话、自动提款机等。
站内的站名牌、路标等各类
指示牌十分清晰、醒目。

Měi gè zhàn shè yǒu kōng
tiáo hé tōng fēng xì tǒng, zì
dòng shòu piào Xì tǒng, zì
dòng fú tī, zì dòng fáng zāi
bào jǐng xì tǒng hé xiāo fáng
xì tǒng, gōng diàn xì tǒng,
tōng xìn 2 hào xì tǒng yǐ jí
cán jí rén zhuān yòng shè
shī, máng rén zhǐ yǐn dì
zhuān, cán jí rén zhuān
yòng diàn tī děng. Dì tiě

Air-conditioning, ventilation
system, automatic ticket ma-
chines, escalators, automatic
alarm and control system for
dizaster and fire, power supply,
telecommunication system and
special facilities for the
disabled are all in good service.
There are also banks, public
telephones and automatic teller
machines within the line.
Passengers will never get lost
with the help of direction signs.

zhàn nèi hái shè yǒu yín
háng、cí kǎ diàn huà、zì
dòng tí kuǎn jī děng. Zhàn
nèi de zhàn míng pái、lù
biāo děng gè lèi zhǐ shì pái
shí fēn qīng xī、xǐng mù.

1 号线总造价 122.616 亿元，
平均每千米造价 6.6 亿元。运
营以来，一年赚回 2 个亿，
客流量 113 万人次，可疏导
地面客流的 10%~15%，减轻
了广州市地面交通压力。

1 hào xiàn zǒng zào jià
122.616 yì yuán，píng jūn
měi qiān mǐ zào jià 6.6 yì
yuán. Yùn yíng yǐ lái，yī nián
zhuàn huí 2 gè yì，kè liú
liàng 113 wàn rén cì，kě
shū dǎo dì miàn kè liú de
10% zhì 15%，jiǎn qīng le
Guǎng zhōu shì dì miàn jiāo
tōng yā lì.

好，简介到此。朋友们，我
们从头到尾走马观花走一遍，
但到终点站不下车。回程时，
我们在公园前站下车，到北

The total investment of Line
1 is RMB 12.2616 billion
yuan, hence the average cost
per kilometer is RMB 0.66
billion *yuan*. The annual
revenue of Metro Line 1
reaches RMB 0.2 billion *yuan*
with its 1.13 million passen-
gers daily. It carries 10~15%
ground passengers every day,
relieving the ground traffic
pressure in Guangzhou.

That's all for Metro Line 1 of
Guangzhou. Now let's get on for
a glance of all its 16 stations,
but we are not getting off at the

京路商业步行街参观购物。

Hǎo, jiǎn jiè dào cǐ. Péng you men, wǒ men cóng tóu dào wěi zǒu mǎ guān huā zǒu yī biàn, dàn dào zhōng diǎn zhàn bù xià chē. Huí chéng shí, wǒ men zài Gōng yuán qián zhàn xià chē, dào Běi jīng lù shāng yè bù xíng jiē cān guān huò gòu wù.

B：导游，几点集中啊?

Dǎo yóu, jǐ diǎn jí zhōng a?

A：六点半前，你们回到住地广州宾馆就可以了。晚上 7 点整吃晚餐。这里离我们住地很近，从北京路往南走，在北京路与泰康路交会处往右拐，沿着泰康路西走，约 10 分钟时间就到了。

Liù diǎn bàn qián, nǐ men huí dào zhù dì Guǎng zhōu bīn guǎn jiù kě yǐ le. Wǎn shang 7 diǎn zhěng chī wǎn cān. Zhè lǐ lí wǒ men zhù dì hěn jìn, cóng Běi jīng lù

last station. Instead, we will get off at Gongyuanqian Station on our way back, where we can visit the Beijing Road Pedestrian Mall and do some shopping.

197

B：What time are we expected to get back?

A：You may get back to Guangzhou Hotel before 6：30. Dinner is at 7 at the hotel. It's not far from here. Just walk along Beijing Road to the south, then turn right at the first crossing, and keep walking westward along Tai-kang Road for about 10 minutes. You won't miss it.

wǎng nán zǒu, zài Běi jīng
lù yǔ Tài kāng lù jiāo huì chù
wǎng yòu guǎi, yán zhe Tài
kāng lù xī zǒu, yuē 10 fēn
zhōng shí jiān jiù dào le.

C：导游，晚餐时见。

C：See you at dinner then.

Dǎo yóu, wǎn cān shí jiàn.

A：好，到时见。祝你们好
运！

A：See you.

Hǎo, dào shí jiàn. Zhù nǐ
men hǎo yùn!

C：丽莎，我们到新华书店买
张广州地图或买本广州指南，
好吗?

C：Lisa, shall we go to
Xinhua Bookstore to buy a map
or a guidebook of Guangzhou?

Lì shā, wǒ men dào Xīn
huá shū diàn mǎi zhāng
Guǎng zhōu dì tú huò mǎi
běn Guǎng zhōu zhǐ nán,
hǎo ma?

B：你真聪明。好的，去吧！

B：Good idea! Let's go.

Nǐ zhēn cōng míng. Hǎo
de, qù ba!

玛丽，你看，这里有本《三
语通》，是英语、粤语、普通
话对照的，配有录音带、光
碟，对学习普通话、广州话

B：Look, Mary. Here is a
book named *Learning Three
Languages in One*. It's written
in English, Cantonese and

很有帮助。买吗？

Mǎ lì, nǐ kàn, zhè lǐ yǒu
běn 《Sān yǔ tōng》, shì
Yīng yǔ、Yuè yǔ、Pǔ tōng
huà duì zhào de, pèi yǒu lù
yīn dài、guāng dié, duì xué
xí Pǔ tōng huà、Guǎng zhōu
huà hěn yǒu bāng zhù. Mǎi
ma?

Chinese Mandarin plus a tape
and a CD. It can help us learn
Mandarin and Cantonese. Shall
we buy one?

C：先看看再说。

Xiān kàn kan zài shuō.

C：Let me see.

B：蛮好的。每人买一本吧。
小姐，给你钱。

Mán hǎo de. Měi rén mǎi yī
běn ba. Xiǎo jiě, gěi nǐ qián.

B：It's a nice book. Let's buy
it. Here is the money, miss.

D：总共 138 块。谢谢光顾，
找您 2 块钱。

Zǒng gòng 138 kuài. Xiè xie
guāng gù, zhǎo nín 2 kuài
qián.

D：That comes to 138 *yuan*.
Thanks. Here is the change of
2 *yuan*.

C：迪克，你买了什么好东
西？

Dí kè, nǐ mǎi le shén me
hǎo dōng xi?

C：What have you bought,
Dick?

E：我买了些中国工艺品，还
买了中国的丝绸夏装。你呢？

E：I've bought some Chinese
handicrafts and silk clothes for

Wǒ mǎi le Zhōng guó gōng yì pǐn, hái mǎi le xiē Zhōng guó de sī chóu xià zhuāng. Nǐ ne?

C：我刚买了书，还没来得及买中国工艺品和中国的丝绸旗袍呢！

Wǒ gāng mǎi le shū, hái méi lái de jí mǎi Zhōng guó gōng yì pǐn hé Zhōng guó de sī chóu qí páo ne!

E：玛丽，你知道在哪间商店能买到好的吗？

Mǎ lì, nǐ zhī dào zài nǎ jiān shāng diàn néng mǎi dào hǎo de ma?

C：你刚才不是从广州百货大厦出来吗？你是在那儿买的吧？

Nǐ gāng cái bù shì cóng Guǎng zhōu bǎi huò dà shà chū lái ma? Nǐ shì zài nàr mǎi de ba?

E：是的，三、四、五、六楼都有。我是在六楼买的。

Shì de, sān、 sì、 wǔ、 liù

summer. And you?

C：I've bought some books and I still need some Chinese handicrafts and some silk *chipao*.

E：Mary, where do you think we can buy some nice ones?

C：Didn't you buy them from Grandbuy Department Store?

E：Yes, I've bought some on the 6th floor. There are clothes on other floors like 3rd, 4th

lóu dōu yǒu. Wǒ shì zài liù
lóu mǎi de.

C：你觉得合算吗？
Nǐ jué de hé suàn ma？

E：原产地当然比我们美国便
宜多了。如果你不多买几套，
回到美国时，一定会十分后
悔的。
Yuán chǎn dì dāng rán bǐ wǒ
men Měi guó pián yi duō le.
Rú guǒ nǐ bù duō mǎi jǐ
tào， huí dào Měi guó shí，
yī dìng huì shí fēn hòu huǐ
de.

C：谢谢你的提醒，我现在就
去。丽莎，我们一定不做后
悔的人，走吧。快！快！
Xiè xie nǐ de tí xǐng， wǒ
xiàn zài jiù qù. Lì shā， wǒ
men yī dìng bù zuò hòu huǐ
de rén，zǒu ba. Kuài! Kuài!

and 5th ones.

C：Is it a real buy?

E：You can save a lot for these
Chinese products in China.
They are sold at much higher
prices in the USA. You will
surely regret if you don't buy
some more.

201

C：Thanks for your advice. We
are leaving for shopping now.
We don't want any regrets for
this shopping trip. Lisa， let's
run!

Pattern Drills

玛丽，你买了些什么？

Mǎ lì, nǐ mǎi le xiē shén me?

What have you bought, Mary?

我买了中国陶瓷（佛山公仔/
苏州刺绣/中国旗袍/中国茶
叶/中国国画/中国邮票/中国
木雕）。

Wǒ mǎi le Zhōng guó táo cí
(Fó shān gōng zǎi/Sū zhōu
cì xiù/Zhōng guó qí páo/
Zhōng guó chá yè/Zhōng
guó guó huà/Zhōng guó yóu
piào /Zhōng guó mù diāo).

I've bought some Chinese
pottery/Foshan pottery/Suzhou
embroidery/ Chinese *chi-pao* /
Chinese tea leaves/ traditional
Chinese paintings/ Chinese
stamps/Chinese woodcarvings.

请你唱首歌（跳个舞/帮个
忙/捎个信/打羽毛球）好吗？

Qǐng nǐ chàng shǒu gē (tiào
ge wǔ/ bāng ge máng /
shāo ge xìn / dǎ yǔ máo
qiú) hǎo ma?

Would you...?

Would you sing a song/dance/
do me a favor/take a message
for me/play badminton?

第21课　地铁2号线

Lesson 21　Metro Line 2

A：各位朋友，我们昨天参观了地铁1号线，也购了物。大家玩得开心吗？

Gè wèi péng you, wǒ men zuó tiān cān guān le dì tiě 1 hào xiàn, yě gòu le wù. Dà jiā wán de kāi xīn ma?

众：蛮开心的。

Mán kāi xīn de.

B：今天有什么好安排呀？

Jīn tiān yǒu shén me hǎo ān pái ya?

A：今天，让你们成为广州地铁通——带你们参观地铁2号线和琶洲国际会展中心。怎么样？

Jīn tiān, ràng nǐ men chéng wéi Guǎng zhōu dì tiě tōng——dài nǐ men cān guān dì

A: We visited Metro Line 1 and went shopping yesterday. Did you guys have a good time?

203

All：We did enjoy ourselves a lot yesterday.

B: What are we visiting today?

A: Today I'm going to make you guys into a Mr.-know-all about Guangzhou Metro. We'll visit Metro Line 2 and Pazhou International Conference and Exhibition Centre today. What do you say?

tiě 2 hào xiàn hé Pá zhōu
guó jì huì zhǎn zhōng xīn.
Zěn me yàng?

众：那太好了！正好赶上广
交会。

Nà tài hǎo le! Zhèng hǎo
gǎn shàng Guǎng jiāo huì.

A：现在，让我介绍一下2号
线吧。2号线北起白云区的江
夏站。往南经过10个站抵达
海珠区江南西站，转向东经
过8个站，抵达海珠区的琶
洲站，全程20个站。线路全
长23.21千米，其中高架线路
10.68千米，地下线路长
11.10千米。总投资为113亿
元，平均每千米造价5亿元，
比1号线降低1.6亿元。车
辆、通信等机电设备达到
70%的国产化，大大减低了造
价成本。简介到此。现在大
家可以比较一下坐1号线和2
号线的感受。到下一站琶洲
国际会展中心，我会通知大
家下车集中的。

Xiàn zài, ràng wǒ jiè shào

All：Terrific! It's just the
right time for the autumn fair
these days.

A：Now let me say something
about Metro Line 2. Starting
from Jiangxia Station of Baiyun
District in the north, it runs
southwards to Jiangnanxi
Station in Haizhu District,
with 10 stations in between;
and then goes eastwards for
another 8 stations till Pazhou
Station. The line covers 23.21
km of 20 stations with 10.68
km above the ground and 11.10
km under the ground. 11.3
billion *yuan* has been invested
into the construction of Line 2,
hence 0.5 billion *yuan* per km,
which is 0.16 billion *yuan* less
than the average cost of Line 1.
70% of the cars and telecom-

yī xià 2 hào xiàn ba. 2 hào xiàn běi qǐ Bái yún qū de Jiāng xià zhàn, wǎng nán jīng guò 10 gè zhàn dǐ dá Hǎi zhū qū Jiāng nán xī zhàn, zhuǎn xiàng dōng jīng guò 8 gè zhàn, dǐ dá Hǎi zhū qū de Pá zhōu zhàn, quán chéng 20 gè zhàn. Xiàn lù quán cháng 23.21 qiān mǐ, qí zhōng gāo jià xiàn lù 10.68 qiān mǐ, dì xià xiàn lù cháng 11.10 qiān mǐ. Zǒng tóu zī wéi 113 yì yuán, píng jūn měi qiān mǐ zào jià 5 yì yuán, bǐ 1 hào xiàn jiàng dī 1.6 yì yuán. Chē liàng、tōng xīn děng jī diàn shè bèi dá dào 70% de guó chǎn huà, dà dà jiǎn dī le zào jià chéng běn. Jiǎn jiè dào cǐ. Xiàn zài dà jiā kě yǐ bǐ jiào yī xià zuò 1 hào xiàn hé 2 hào xiàn de gǎn shòu. Dào xià yī zhàn Pá zhōu guó jì huì zhǎn zhōng xīn, wǒ

munication equipments are made in China, reducing a great lot in the production cost of Line 2. Now you may try the 2 lines and see whether there are any differences between them. I will tell you to get off at the next station, Pazhou International Conference and Exhibition Centre.

205

huì tōng zhī dà jiā xià chē jí zhōng de.

B：导游，我们在会展中心参观多久呢？

Dǎo yóu, wǒ men zài Huì zhǎn zhōng xīn cān guān duō jiǔ ne?

A：参观、拍照、购物总共三个小时。

Cān guān、pāi zhào、gòu wù zǒng gòng sān gè xiǎo shí.

各位团友，现在到会展中心地铁站了，我们下车吧。

Gè wèi tuán yǒu, xiàn zài dào Huì zhǎn zhōng xīn dì tiě zhàn le, wǒ men xià chē ba.

现在是下午 1 点，4 点还是在这里集中。祝你们玩得开心，买到合意的商品。

Xiàn zài shì xià wǔ 1 diǎn, 4 diǎn hái shì zài zhè lǐ jí zhōng. Zhù nǐ men wán de kāi xīn, mǎi dào hé yì de shāng pǐn.

B：How long can we stay in the Exhibition Centre?

A：Three hours for sightseeing, shopping and photo taking.

Here we are at the Exhibition Centre Station now. Let's get off.

It's 1 o'clock now, and you are supposed to get back here at 4 o'clock. Have a good time, everyone!

B：安娜，我们先去拍照，然后去购物。

Ān nà, wǒ men xiān qù pāi zhào, rán hòu qù gòu wù.

B：Let's take some photos first, Anna.

C：丽莎，你的主意真好，真聪明！

Lì shā, nǐ de zhǔ yì zhēn hǎo, zhēn cōng míng!

C：Good idea, Lisa! It's very smart of you!

B：常识问题，谈不上聪明。

Cháng shí wèn tí, tán bu shang cōng míng.

B：Well, it's actually common sense.

207

C：真谦虚！

Zhēn qiān xū!

C：You're such a humble girl!

B：少说废话，快点拍照，争取多点时间购物。

Shǎo shuō fèi huà, kuài diǎn pāi zhào, zhēng qǔ duō diǎn shí jiān gòu wù.

B：Come on! After we take some photos, we will go shopping.

C：把美丽的珠江、琶洲塔作背景美极了。在这里拍一张。

Bǎ měi lì de Zhū jiāng、Pá zhōu tǎ zuò bèi jǐng měi jí le. zài zhè lǐ pāi yī zhāng.

C：Wow! I'll take a photo here with the beautiful Pazhou Pagoda and the Pearl River as my photo background.

B：我也在这里拍一张。

Wǒ yě zài zhè lǐ pāi yī zhāng.

B：Take one for me, too.

C：以会展中心为背景也来一张。

Yǐ Huì zhǎn zhōng xīn wéi bèi jǐng yě lái yī zhāng.

B：请别人给我俩拍两张合照好吗？

Qǐng bié rén gěi wǒ liǎ pāi liǎng zhāng hé zhào hǎo ma?

C：好的。

Hǎo de.

B：小姐，请帮我们拍两张照好吗？

Xiǎo jiě, qǐng bāng wǒ men pāi liǎng zhāng zhào hǎo ma?

D：没问题。

Méi wèn tí.

B：谢谢您！

Xiè xie nín!

D：别客气！

Bié kè qi!

B：好了，买东西去吧！

Hǎo le, mǎi dōng xi qù ba!

C：你准备买什么？

Nǐ zhǔn bèi mǎi shén me?

C：Another one for the Conference and Exhibition Centre as background.

B：We should ask someone to take a photo of us two.

D：Ok.

B：Excuse me, miss. Can you take a photo for us two?

D：Sure!

B：Thank you.

D：You're welcome.

B：Ok! Shopping time now! Let's go.

C：What are you going to buy?

B：我要买中国丝绸、中国旗袍、中国工艺品、中国针织品、中国茅台酒、苏州刺绣、广州刺绣、湖南湘绣。

Wǒ yào mǎi Zhōng guó sī chóu、Zhōng guó qí páo 、Zhōng guó gōng yì pǐn、Zhōng guó zhēn zhī pǐn、Zhōng guó máo tái jiǔ、Sū zhōu cì xiù、Guǎng zhōu cì xiù、Hú nán xiāng xiù.

C：我今天不准备买太多。我改天自己来慢慢看、慢慢选，买些称心如意的中国产品。

Wǒ jīn tiān bù zhǔn bèi mǎi tài duō. Wǒ gǎi tiān zì jǐ lái màn man kàn、màn man xuǎn，mǎi xiē chèn xīn rú yì de Zhōng guó chǎn pǐn.

B：好吧，我明天陪你一块儿来。

Hǎo ba，wǒ míng tiān péi nǐ yī kuàir lái.

C：那太好了!

Nà tài hǎo le!

A：各位团友，你们买东西多

B：I want to buy some Chinese silk cloth, Chinese *chi -pao*, Chinese handicrafts, Chinese knitgoods, Maotai wine, Suzhou embroideries, Guangzhou embroideries and Hunan embroideries.

209

C：I am not going to buy too many things today. I plan to come again for another day and take the time to buy some Chinese goods that I like.

B：Fine. I'll come with you tomorrow.

C：It's very kind of you.

A：Time for leaving now,

的，请上大巴回宾馆；买东
西少的，跟我一块坐 2 号线。

Gè wèi tuán yǒu, nǐ men
mǎi dōng xi duō de, qǐng
shàng dà bā huí bīn guǎn;
mǎi dōng xi shǎo de, gēn
wǒ yī kuài zuò 2 hào xiàn.

B：导游，谢谢你的周全安
排。

Dǎo yóu, xiè xie nǐ de zhōu
quán ān pái.

A：这是我的工作，不用谢。

Zhè shì wǒ de gōng zuò,
bù yòng xiè.

B：导游，请问 2 号线沿线有
哪些景点可以参观呢？

Dǎo yóu, qǐng wèn 2 hào
xiàn yán xiàn yǒu nǎ xiē jǐng
diǎn kě yǐ cān guān ne?

A：好，我来给大家简介一
下。除了刚才大家参观的琶
洲站地面上的国际会展中心
之外，还有中大站附近的中
山大学，海珠广场站地面上
的海珠广场、英雄纪念雕像
和广交会旧址，纪念堂站地

everyone. Get on board the
coach to the hotel if you have
many things to carry; and the
rest may take Metro Line 2
with me.

B：You are so considerate.
Thanks.

A：My pleasure.

B：Can you introduce some
scenic spots along Line 2?

A：Sure. Besides the Interna-
tional Conference and Exhibi-
tion Centre you've just visited,
there are Zhongshan Univer-
sity, Haizhu Square, Martyrs
Monument, the old site for
Guangzhou Fair, Dr. Sun Yat-

面上的中山纪念堂、三元宫，
越秀公园站地面上的越秀公
园、人民北路上的广交会、
兰圃、东方宾馆、中国大酒
店、流花公园，广州火车站
地面上的广州火车站。在此
坐火车，可通全国各地。三
元里站地面上有三元里抗英
斗争英雄纪念碑、三元里纪
念馆，往东边走 1 到 2 千米
地就到了广东外语外贸大学
和白云山公园。以上便是 2
号线沿线的主要风景点。简
介完毕，谢谢大家。

Hǎo, wǒ lái gěi dà jiā jiǎn
jiè yī xià. Chú le gāng cái dà
jiā cān guān de Pá zhōu
zhàn dì miàn shang de Guó jì
huì zhǎn zhōng xīn zhī wài,
hái yǒu Zhōng dà zhàn fù jìn
de Zhōng shān dà xué, Hǎi
zhū guǎng chǎng zhàn dì
miàn shang de Hǎi zhū
guǎng chǎng、Yīng xióng jì
niàn diāo xiàng hé Guǎng
jiāo huì jiù zhǐ, Jì niàn táng

Sen Memorial Hall, Sanyuan
Taoist Temple, Yuexiu Park,
Guangzhou Fair, Orchid Park,
Dongfang Hotel, China Hotel,
Liuhua Park and Guangzhou
Railway Station from south to
the north. Up above the
Sanyuanli Station, there is
Memorial to the Anti-British
Martyrs and Sanyuanli Mu-
seum. And 1 or 2 km eastward
are Guangdong University of
Foreign Studies and Baiyun
Mountain Park. That's all for
the scenic spots along Metro
Line 2. Thanks.

211

zhàn dì miàn shang de
Zhōng shān jì niàn táng、
Sān yuán gōng, Yuè xiù
gōng yuán zhàn dì miàn
shang de Yuè xiù gōng
yuán、Rén mín běi lù shang
de Guǎng jiāo huì、Lán pǔ、
Dōng fāng bīn guǎn、Zhōng
guó dà jiǔ diàn、Liú huā
gōng yuán, Guǎng zhōu
huǒ chē zhàn dì miàn shang
de Guǎng zhōu huǒ chē
zhàn. Zài cǐ zuò huǒ chē, kě
tōng quán guó gè dì. Sān
yuán lǐ zhàn dì miàn shang
yǒu Sān yuán lǐ kàng Yīng
dòu zhēng yīng xióng jì niàn
bēi、Sān yuán lǐ jì niàn
guǎn, wǎng dōng bian zǒu
1 dào 2 qiān mǐ jiù dào le
Guǎng dōng wài yǔ wài
mào dà xué hé Bái yún
shān gōng yuán. Yǐ shàng
biàn shì 2 hào xiàn yán xiàn
de zhǔ yào fēng jǐng diǎn.
Jiǎn jiè wán bì, xiè xie dà

jiā.

B：导游，你的服务太好了。我们明年再游广州时，还请你为我们做导游，可以吗？

Dǎo yóu, nǐ de fú wù tài hǎo le. Wǒ men míng nián zài yóu Guǎng zhōu shí, hái qǐng nǐ wèi wǒ men zuò dǎo yóu, kě yǐ ma?

A：当然可以。欢迎你们明年再来。明年见！

Dāng rán kě yǐ. Huān yíng nǐ men míng nián zài lái. Míng nián jiàn!

B：You are such a great guide! Would you like to be our guide again when we visit Guangzhou next year?

A：Sure! Hope we can meet next year! Good-bye!

词语替换练习

Pattern Drills

广州地铁设备先进。
Guǎng zhōu dì tiě shè bèi xiān jìn.

上海（深圳）地铁设备也先进。

Guangzhou metro is advancedly equipped.

Metro in Shanghai / Shenzhen is advancedly equipped as well.

Shàng hǎi（Shēn zhèn）dì
tiě shè bèi yě xiān jìn.

坐地铁（大巴/飞机/气垫船/
快速火车）舒服吗？

Zuò dì tiě（dà bā / fēi jī /qì
diàn chuán / kuài sù huǒ
chē）shū fu ma?

Is it comfortable to get around
by metro / coach / plane /
steamer / express train?

地铁沿线有文化风景点（商
业风景点/历史古迹）吗？

Dì tiě yán xiàn yǒu wén huà
fēng jǐng diǎn（shāng yè
fēng jǐng diǎn / lì shǐ gǔ jì）
ma?

Are there any cultural spots /
business centres / historic relics
along the metro course?

地铁交通快捷、便利，但造
价高。

Dì tiě jiāo tōng kuài jié、biàn
lì，dàn zào jià gāo.

The metro may save time and
bring people more convenience，
but it's costly to build one.

第22课　地铁3号线

Lesson 22　Metro Line 3

A：各位游客，早上好!

Gè wèi yóu kè, zǎo shang hǎo!

B：导游小姐好!

Dǎo yóu xiǎo jiě hǎo!

A：昨天，我们参观了2号线，还购了物。我想你们很开心吧?

Zuó tiān wǒ men cān guān le 2 hào xiàn, hái gòu le wù. Wǒ xiǎng nǐ men hěn kāi xīn ba?

B，C：很开心!

Hěn kāi xīn!

A：今天，我带你们参观广州市最长的地铁线——3号线，好吗?

Jīn tiān, wǒ dài nǐ men cān guān Guǎng zhōu shì zuì

A：Good morning, everyone!

B：Good morning.

A：We visited Metro Line 2 yesterday and did some shopping. Did you have a good time?

B，C：We did have a great time yesterday.

A：Today, we are visiting Metro Line 3, the longest metro line in Guangzhou.

215

cháng de dì tiě xiàn——3
hào xiàn, hǎo ma?

B，C：好的！
Hǎo de!

A：现在，让我简单介绍一下
3 号线。3 号线北接新白云机
场，南到番禺广场，是一条
贯穿南北的骨干线。它由三
部分组成：广州东站——客
村，6.7 千米，6 个站；客
村——番禺广场，29.6 千米，
12 个站；新机场——广州东
站，28.9 千米，11 个站（其
中包括天河客运站——体育
西的部分重叠线）。总长 65.2
千米，29 个站。3 号线使用 B
型车，车身宽 2.8 米，长
19.98 米。列车的速度惊人，
是世界地铁列车的领跑冠军。
全线通车之后，最高运行速
度可达每小时 120 千米。3 号
线是国内第一条 "Y" 字形运
行的地铁线路，首通段最高
时速为每小时 80 千米，投资
60 多亿元。简介到此，现在
请大家下车，转乘 3 号线。

B，C：That's cool!

A: Now let me introduce
something about Line 3. Line 3
runs from the north of
Guangzhou to the south,
connecting the new Baiyun
Airport in the north and Panyu
Square in the south. It consists
of three parts: the first part
covers 6.7 km of 6 stations
from Guangzhou East Railway
Station to Kecun; the second
part covers 29.6 km of 12
stations from Kecun to Panyu
Square; while the third part
covers 28.9 km of 11 stations
from the new airport to East
Railway Station (covering the
line from Tianhe Coach
Terminal to Tiyuxi). Line 3 is
65.2 km long, made up of 29
stations. B type cars have
been used in the train, each

Xiàn zài, ràng wǒ jiǎn dān jiè shào yī xià 3 hào xiàn. 3 hào xiàn běi jiē xīn Bái yún jī chǎng, nán dào Pān yú guǎng chǎng, shì yī tiáo guàn chuān nán běi de gǔ gàn xiàn. Tā yóu sān bù fen zǔ chéng: Guǎng zhōu dōng zhàn——Kè cūn, 6.7 qiān mǐ, 6 gè zhàn; Kè cūn——Pān yú guǎng chǎng, 29.6 qiān mǐ, 12 gè zhàn; Xīn jī chǎng——Guǎng zhōu dōng zhàn, 28.9 qiān mǐ, 11 gè zhàn(qí zhōng bāo kuò Tiān hé kè yùn zhàn——Tǐ yù xī de bù fen chóng dié xiàn). Zǒng cháng 65.2 qiān mǐ, 29 gè zhàn. 3 hào xiàn shǐ yòng B xíng chē, chē shēn kuān 2.8 mǐ, cháng 19.98 mǐ. Liè chē de sù dù jīng rén, shì shì jiè dì tiě liè chē de lǐng pǎo guàn jūn. Quán xiàn tōng chē zhī hòu, zuì gāo yùn xíng sù dù kě dá

is 2.8 m wide and 19.98 m long. It is the fastest subway train in the world, with the highest speed of 120 km/h. Line 3 is the first Y-shaped subway in China, and it can reach a speed of 80 km/h after the first operating section was put into service. The total cost of Line 3 is estimated to be more than 6 billion *yuan*. That's the introduction. Now let's get off the bus and take Line 3.

217

měi xiǎo shí 120 qiān mǐ. 3 hào xiàn shì guó nèi dì yī tiáo "Y" zì xíng yùn xíng de dì tiě xiàn lù, shǒu tōng duàn zuì gāo shí sù wéi měi xiǎo shí 80 qiān mǐ, tóu zī 60 duō yì yuán. Jiǎn jiè dào cǐ, xiàn zài qǐng dà jiā xià chē, zhuǎn chéng 3 hào xiàn.

B：导游小姐，我们在哪个站下车？

Dǎo yóu xiǎo jiě, wǒ men zài nǎ gè zhàn xià chē?

B：Which station shall we get off, Miss Guide?

A：在番禺广场站下车。

Zài Pān yú guǎng chǎng zhàn xià chē.

A：Panyu Square.

C：下车后有什么安排？

Xià chē hòu yǒu shén me ān pái?

C：And then?

A：我们会先游览番禺区政府的所在地，然后自由购物。时间是两小时，11点50分请准时到番禺宾馆用餐。1点30分，在宾馆门口坐大巴去莲花山风景区观光游览。

A：And then we'll pay a visit to the local government of Panyu, and shopping as well. You'll have 2 hours there, then you are expected to have lunch at Panyu Hotel at 11:50. At

Wǒ men huì xiān yóu lǎn
Pān yú qū zhèng fǔ de suǒ
zài dì, rán hòu zì yóu gòu
wù. Shí jiān shì liǎng xiǎo
shí, 11 diǎn 50 fēn qǐng
zhǔn shí dào Pān yú bīn
guǎn yòng cān. 1 diǎn 30
fēn, zài bīn guǎn mén kǒu
zuò dà bā qù Lián huā shān
fēng jǐng qū guān guāng yóu
lǎn.

1:30, we will get on board the
coach at the hotel gate and go
to the Lotus Mountain Scenic
Spots.

C：太好了!
Tài hǎo le!

C：Terrific!

A：在莲花山上大家可以鸟瞰
内零丁洋，在莲花塔上用望
远镜可以眺望香港。

Zài Lián huā shān shang dà
jiā kě yǐ niǎo kàn nèi Líng
dīng yáng, zài Lián huā tǎ
shang yòng wàng yuǎn jìng
kě yǐ tiào wàng Xiāng gǎng.

A：On the top of the Lotus
Mountain, we can have a grand
view of the inner Lingding
Ocean, and you can even see
Hong Kong through a telescope
on the Lotus Pagoda.

C：谢谢导游为我们安排得这
么好!

Xiè xie dǎo yóu wèi wǒ men
ān pái de zhè me hǎo!

C：Thanks for your great ar-
rangement.

A：别客气，这是我的职责。

A：It's my pleasure.

Bié kè qi, zhè shì wǒ de zhí zé.

B：你处处为游客着想，心地好，又有敬业精神。祝你步步高升！

Nǐ chù chù wèi yóu kè zhuó xiǎng, xīn dì hǎo, yòu yǒu jìng yè jīng shén. Zhù nǐ bù bù gāo shēng!

A：谢谢你的祝福！我会继续努力的。

Xiè xie nǐ de zhù fú! Wǒ huì jì xù nǔ lì de.

B：You are so kind and considerate for us tourists. Hope you can get a promotion!

A：Thanks a lot. I'll keep working hard.

词语替换练习

Pattern Drills

地铁 1 号线、2 号线、3 号线、4 号线……，哪一条线最长？

Dì tiě 1 hào xiàn、2 hào xiàn、3 hào xiàn、4 hào xiàn…，nǎ yī tiáo xiàn zuì

Which is the longest metro line, Line 1, 2, 3 or 4?

cháng?

张三、李四、王五，哪一个跑得最快？

Who runs fastest, Zhang San, Li Si or Wang Wu?

Zhāng sān、Lǐ sì、Wáng wǔ, nǎ yī gè pǎo de zuì kuài?

3 号线的大站有：新机场南站、新机场北站、广州东站、珠江新城站、体育西站、天河客运站等。

The major stations of Line 3 are New Airport South, New Airport North, Guangzhou East Railway Station, Zhujiang New Town, Tiyuxi, Tianhe Coach Terminal, and so on.

3 hào xiàn de dà zhàn yǒu：Xīn jī chǎng nán zhàn、Xīn jī chǎng běi zhàn、Guǎng zhōu dōng zhàn、Zhū jiāng xīn chéng zhàn、Tǐ yù xī zhàn、Tiān hé kè yùn zhàn děng.

221

第23课 地铁4号线

Lesson 23 Metro Line 4

A：各位游客，早上好！
Gè wèi yóu kè, zǎo shang hǎo!

A：Good morning, everyone.

B：导游好！
Dǎo yóu hǎo!

B：Good morning, Miss Guide.

A：昨天大家玩了一天，累了吧？
Zuó tiān dà jiā wán le yī tiān, lèi le ba?

A：Are you tired after yesterday's trip?

B，C：不累！
Bù lèi!

B，C：No, we are not.

A：今天将参观4号线。大家有兴趣吗？
Jīn tiān jiāng cān guān 4 hào xiàn. Dà jiā yǒu xìng qù ma?

A：Good. We are visiting Metro Line 4 today. Are you interested in that?

B，C：有！
Yǒu!

B，C：Sure!

A：现在，我先给各位简单介绍一下4号线。

A：Now, let me tell you something about Line 4 first.

Xiàn zài wǒ xiān gěi gè wèi
jiǎn dān jiè shào yī xià 4 hào
xiàn.

4 号线北起罗岗新区科学城，
经奥林匹克中心站、大学城
北亭站、南亭站、石基镇站、
东涌镇站、黄阁北站、黄阁
站等 18 个站，最后到达南沙
港的冲尾站，全长 58 千米。
在不久的将来，将北延至罗
岗区政府所在地，南延至南
沙港各个站点。该线连通大
学城、高新产业区、广州新
城、亚运村等地。它的通车，
对 2010 年亚运会将具有重大
的意义和作用。目前的通车
段由以下几部分组成：科学
城——奥林匹克中心——万
胜围，万胜围——新造，新
造——黄阁，以及黄阁——
冲尾。延长线正在施工中。
值得一提的是，4 号线很有特
色。该线跨越天河区、海珠
区、番禺区的共 27 个车站，
其中 13 个地下站，14 个高架
站。运行该线的列车是我国

Line 4 covers a total length of
58 km, running from the
Science Town in Luogang
District in the north to the final
station of Chongwei in Nansha
Port, with 18 other stations in
between, like Olympic Center,
north Higher Education Mega
Center, south Higher Education
Mega Center, Shijizhen,
Dongchongzhen, Huanggebei,
Huangge, and so on. In the
near future, Line 4 will extend
to the site of the local Luogang
government in the north and
other stations in Nansha Port in
the south. Line 4 connects the
Higher Education Mega Centre,
High-tech Production Zone,
Guangzhou New Town and
Asian Games Village. It will
play a very important role in
the 2010 Asian Games after it

223

首列的直线电机列车，具有"上天入地"的本领，可以钻地底、上高架、爬陡坡、转急弯。乘坐4号线，在高架路段，可以观赏到番禺区海滨平原的乡村风光：既有万亩葵园，又有数十万亩的蕉园、果园、藕田和稻田。简介到此，待会儿，请大家留意欣赏。谢谢大家的合作。

4 hào xiàn běi qǐ Luó gǎng xīn qū Kē xué chéng, jīng Ào lín pǐ kè zhōng xīn zhàn、Dà xué chéng běi tíng zhàn、Nán tíng zhàn、Shí jī zhèn zhàn、Dōng chōng zhèn zhàn、Huáng gé běi zhàn、Huáng gé zhàn děng 18 gè zhàn, zuì hòu dào dá Nán shā gǎng de Chōng wěi zhàn, quán cháng 58 qiān mǐ. Zài bù jiǔ de jiāng lái, jiāng běi yán zhì Luó gǎng qū zhèng fǔ suǒ zài dì, nán yán zhì Nán shā gǎng gè gè zhàn diǎn. Gāi xiàn lián tōng

is put into service. Some sections are currently in service. They are: Science Town—Olympics Centre—Wan shengwei, Wanshengwei—Xinzao, Xinzao—Huangge, and Huangge—Chongwei. The extension section is under construction. Line 4 is very special. Among its 27 stations through Tianhe, Haizhu and Panyu Districts, 13 are underground while 14 are elevated. It is the first time to use linear motor in subway trains in China, which enables the train to run underground and elevated railway, climb up steep slope and go round sharp corners. On the elevated section of Line 4, passengers can enjoy the wonderful countryside view of the strand plain in Panyu, like the Million-Sunflower Garden, and millions of lands for banana

Dà xué chéng、Gāo xīn chǎn yè qū、Guǎng zhōu xīn chéng、Yà yùn cūn děng dì. Tā de tōng chē, duì 2010 nián Yà yùn huì jiāng jù yǒu zhòng dà de yì yì hé zuò yòng. Mù qián de tōng chē duàn yóu yǐ xià jǐ bù fen zǔ chéng: Kē xué chéng——Ào lín pǐ kè zhōng xīn —— Wàn shèng wéi, Wàn shèng wéi——Xīn zào, Xīn zào——Huáng gé, yǐ jí Huáng gé——Chōng wěi. Yán cháng xiàn zhèng zài shī gōng zhōng. Zhí dé yī tí de shì, 4 hào xiàn hěn yǒu tè sè. Gāi xiàn kuà yuè Tiān hé qū、Hǎi zhū qū、Pān yú qū de gòng 27 gè chē zhàn, qí zhōng 13 gè dì xià zhàn, 14 gè gāo jià zhàn. Yùn xíng gāi xiàn de liè chē shì wǒ guó shǒu liè de zhí xiàn diàn jī liè chē, jù yǒu "shàng tiān rù dì" de běn lǐng, kě

trees, fruits trees, lotus roots and crops. You can see all these later. That's all for the introduction. Thanks.

225

畅游广州

yǐ zuān dì dǐ、shàng gāo jià、
pá dǒu pō、zhuǎn jí wān.
Chéng zuò 4 hào xiàn, zài
gāo jià lù duàn, kě yǐ guān
shǎng dào Pān yú qū hǎi bīn
píng yuán de xiāng cūn fēng
guāng：jì yǒu wàn mǔ kuí
yuán, yòu yǒu shù shí wàn
mǔ de jiāo yuán、guǒ yuán、
ǒu tián hé dào tián. Jiǎn jiè
dào cǐ, dāi huìr, qǐng dà jiā
liú yì xīn shǎng. Xiè xie dà
jiā de hé zuò.

B：这辆列车时速多少千米？
Zhè liàng liè chē shí sù duō
shǎo qiān mǐ?

A：每小时 120 千米。
Měi xiǎo shí qiān mǐ.

C：真爽！
Zhēn shuǎng!

A：你太厉害了，连"真爽"
也说得这么标准！
Nǐ tài lì hai le, lián "zhēn
shuǎng" yě shuō de zhè me
biāo zhǔn!

B：你不知道，她经常收看中

B：How fast can this train
run?

A：120km/h.

C：Zhen shuang!

A：You are so cool! You can
speak standard Chinese
mandarin "zhen shuang"!

B：Don't you know that she

央电视台学普通话节目的。

Nǐ bù zhī dào, tā jīng cháng shōu kàn Zhōng yāng diàn shì tái xué pǔ tōng huà jié mù de.

often learns Mandarin by watching CCTV?

A：哦，怪不得普通话说得这么好！

Ò, guài bu de pǔ tōng huà shuō dé zhè me hǎo!

A：Oh! No wonder she speaks so good Mandarin.

B：导游小姐，她可以得几分哪？

Dǎo yóu xiǎo jiě, tā kě yǐ dé jǐ fēn na?

B：How many marks can she get for her Mandarin, Miss Guide?

A：一百分没问题！

Yī bǎi fēn méi wèn tí!

A：100!!

C：谢谢鼓励。我要继续努力，争取做个中国通！

Xiè xie gǔ lì. Wǒ yào jì xù nǔ lì, zhēng qǔ zuò gè Zhōng guó tōng!

C：Thanks a lot! I will work harder and try to become a Miss-know-all of China!

A：预祝你梦想成真！

Yù zhù nǐ mèng xiǎng chéng zhēn!

A：Hope you can realize your dream.

C：哦！田园风光区到了！

Ò! Tián yuán fēng guāng qū dào le!

C：Oh! Look at the countryside view!

B：多漂亮啊！我们一块儿照张相吧！

Duō piào liang a! Wǒ men yī kuàir zhào zhāng xiàng ba!

B：How beautiful! Let's take a photo here.

C：这里的荷花好美呀！

Zhè lǐ de hé huā hǎo měi ya!

C：How beautiful these lotuses are!

B：这里的莲藕也闻名世界呢！

Zhè lǐ de lián ǒu yě wén míng shì jiè ne!

B：The lotus root here is very famous!

C：我在加拿大、美国都吃过这里的藕呢！

Wǒ zài Jiā ná dà、Měi guó dōu chī guò zhè lǐ de ǒu ne!

C：I have ever had this kind of lotus root in Canada and USA.

A：是啊。这里的水果也很不错的。

Shì a. Zhè lǐ de shuǐ guǒ yě hěn bù cuò de.

A：Right. And fruits here are very good as well.

B：看，虎门大桥真壮观！

Kàn, Hǔ mén dà qiáo zhēn zhuàng guān!

B：Look! Humen Bridge looks splendid!

C：今天安排购物的时间吗？

Jīn tiān ān pái gòu wù de shí jiān ma?

C：Do we have time for shopping today?

A：这要看各位游客的需求而定。如果大家不要求，我们一般不主动安排购物时间的。

zhè yào kàn gè wèi yóu kè de xū qiú ér dìng. Rú guǒ dà jiā bù yāo qiú, wǒ men yī bān bù zhǔ dòng ān pái gòu wù shí jiān de.

A：It all depends. If you don't want so, we won't arrange shopping time.

B：你们公司真好，下次来中国旅游还找你们公司。

Nǐ men gōng sī zhēn hǎo, xià cì lái Zhōng guó lǚ yóu hái zhǎo nǐ men gōng sī.

B：Very nice company. We need your service next time when we come to China again.

229

A：无任欢迎！

Wú rèn huān yíng!

A：You are always welcome!

C：很多美景还没来得及看呢，看来又要留下点遗憾美了。下次还要到广东来！

Hěn duō měi jǐng hái méi lái de jí kàn ne, kàn lái yòu yào liú xià diǎn yí hàn měi le. Xià cì hái yào dào Guǎng dōng lái!

C：We feel sorry that we haven't had enough time for many other beautiful sceneries. Anyway, this is the beauty of regrets. We can come for them next time.

A：你们下次来，或许可以带你们坐 5 号线、6 号线、8 号线、9 号线列车观光了。

A：Next time when you come, you might take Line 5, 6, 8 or 9 for sightseeing.

Nǐ men xià cì lái, huò xǔ kě yǐ dài nǐ men zuò 5 hào xiàn、6 hào xiàn 8 hào xiàn、9 hào xiàn liè chē guān guāng le.

C：怎么没有 7 号线呢？

Zěn me méi yǒu 7 hào xiàn ne?

C：No Line 7?

A：当然有哇！我不是跟你们一样，想留下一点遗憾美吗？哈哈哈！

Dāng rán yǒu wa! Wǒ bù shì gēn nǐ men yī yàng, xiǎng liú xià yī diǎn yí hàn měi ma? Hā ha ha!

A：Come on! Line 7 will surely be ready then. I just want to feel the beauty of regrets as well. Hahaha!

B：你真幽默！

Nǐ zhēn yōu mò!

B：You are so humorous!

A：过奖了！过奖了！

Guò jiǎng le! Guò jiǎng le!

A：Thank you!

词语替换练习

Pattern Drills

我对参观地铁 4 号线（地铁 5 号线/地铁 6 号线/博物馆/百万葵园/香江动物园）有兴趣。

Wǒ duì cān guān dì tiě 4 hào xiàn（dì tiě 5 hào xiàn / dì tiě 6 hào xiàn / bó wù guǎn / Bǎi wàn kuí yuán / Xiāng jiāng dòng wù yuán）yǒu xìng qù.

I'd like to visit Metro Line 4 / Metro Line 5 / Metro Line 6 / the Museum / Million-Sunflower Garden / Xiangjiang Wild Animal World.

231

欢迎下次再到香港（广州/北京/上海/南京/杭州/深圳/大连/青岛）来。

Huān yíng xià cì zài dào Xiāng gǎng（Guǎng zhōu / Běi jīng / Shàng hǎi / Nán jīng / Háng zhōu / Shēn zhèn / Dà lián / Qīng dǎo）lái.

Welcome to HongKong / Guang-zhou / Beijing / Shanghai / Nanjing / Hangzhou / Dalian / Qingdao next time.

我喜欢旅游（打排球/踢足球/打乒乓球/跳水/体操/武术/中

I love traveling / volleyball / football / pingpong / diving /

国功夫)。

Wǒ xǐ huān lǚ yóu（dǎ pái
qiú / tī zú qiú / dǎ pīng pāng
qiú / tiào shuǐ / tǐ cāo / wǔ
shù / Zhōng guó gōng fu）。

gymnastics / martial art /
Chinese-kungfu.

第24课 黄 埔 港

Lesson 24 Huangpu Port

A：各位朋友，我们现在要参观的是黄埔港，位于广州市东边的黄埔区。

Gè wèi péng you, wǒ men xiàn zài yào cān guān de shì Huáng pǔ gǎng, wèi yú Guǎng zhōu shì dōng bian de Huáng pǔ qū.

现在，让我简介一下黄埔港。它是我国对外对内贸易的重要口岸之一。港区铁路与广深、京广线相连，内河航道与珠江水系相通，经济腹地包括广东、广西、湖南、湖北、云南、贵州、四川、江西等省区，与世界的多个国家和地区的300多个港口有贸易往来。

Xiàn zài, ràng wǒ jiǎn jiè yī

A: Ladies and gentlemen, today we are visiting Huangpu Port, which is located in Huangpu District of east Guangzhou.

233

A: Now let me say something about Huangpu Port, one of the key ports for domestic and foreign trade in China. The railway within the port area is linked with Guang-Shen and Jing-Guang Railways, and its waterway forms a part of the Pearl River waters. Goods from Guangdong, Guangxi, Hunan, Hubei, Yunnan, Guizhou,

xià Huáng pǔ gǎng. Tā shì wǒ guó duì wài duì nèi mào yì de zhòng yào kǒu àn zhī yī. Gǎng qū tiě lù yǔ Guǎng shēn、Jīng guǎng xiàn xiāng lián, nèi hé háng dào yǔ Zhū jiāng shuǐ xì xiāng tōng, jīng jì fù dì bāo kuò Guǎng dōng、Guǎng xī、Hú nán、Hú běi、Yún nán、Guì zhōu、Sì chuān、Jiāng xī děng shěng qū, yǔ shì jiè de duō gè guó jiā hé dì qū de 300 duō gè gǎng kǒu yǒu mào yì wǎng lái.

黄埔港区不等于广州港。广州港位于东经113°36′, 北纬23°06′, 港区分布在广州、东莞、中山、深圳、珠海等市的珠江沿岸或水域。从广州市区到珠江口分为五个港区, 分别是广州港区、黄埔港区、新沙港区、虎门港区和南沙港区。黄埔港是广州港五个港区之一。

Huáng pǔ gǎng qū bù děng

Sichuan and Jiangxi are exported through Huangpu Port to more than 300 ports in different nations and areas worldwide.

Huangpu Port Area is different from Guangzhou Port. Guang-zhou Port is located at longitude 113° 36′ east and latitude 23° 06′ north. It is the biggest comprehensive port in South China with the port area's distribution along the Pearl River coasts and water areas in the cities of Guang-zhou, Dongguan, Zhongshan,

yú Guǎng zhōu gǎng. Guǎng zhōu gǎng wèi yú dōng jīng 113° 36′, běi wěi 23° 06′, gǎng qū fēn bù zài Guǎng zhōu、Dōng guǎn、Zhōng shān、Shēn zhèn、Zhū hǎi děng shì de Zhū jiāng yán àn huò shuǐ yù. Cóng Guǎng zhōu shì qū dào Zhū jiāng kǒu fēn wéi wǔ gè gǎng qū, fēn bié shì Guǎng zhōu gǎng qū、Huáng pǔ gǎng qū、Xīn shā gǎng qū、Hǔ mén gǎng qū hé Nán shā gǎng qū. Huáng pǔ gǎng shì Guǎng zhōu gǎng wǔ gè gǎng qū zhī yī.

要进一步了解黄埔港，参观时，港区工作人员会同你们全方位讲解的。我的讲解完毕。现在下车，两个小时之后到此集中，谢谢大家合作。

Yào jìn yī bù liǎo jiě Huáng pǔ gǎng, cān guān shí, gǎng qū gōng zuò rén yuán huì tóng nǐ men quán fāng

Shen-zhen, Zhuhai, etc. From Guangzhou City to the entrance of the Pearl River, there are five port areas, namely Guangzhou Port Area, Huang-pu Port Area, Xinsha Port Area, Humen Port Area, and Nansha Port Area.

235

You can learn more about this port from the working staff of the port area later. Now let's get off. You are supposed to be back here in 2 hours. Thanks.

wèi jiǎng jiě de. Wǒ de jiǎng jiě wán bì. Xiàn zài xià chē, liǎng gè xiǎo shí zhī hòu dào cǐ jí zhōng, xiè xie dà jiā hé zuò.

B：导游，到黄埔港参观，可顺路参观南海神庙，是吗？

Dǎo yóu, dào Huáng pǔ gǎng cān guān, kě shùn lù cān guān Nán hǎi shén miào, shì ma?

A：是的，到了那里，你会更加了解黄埔港与海外港口的关系，黄埔港的历史，它的过去、现在和将来。

Shì de, dào le nà li, nǐ huì gèng jiā liǎo jiě Huáng pǔ gǎng yǔ hǎi wài gǎng kǒu de guān xì, Huáng pǔ gǎng de lì shǐ, tā de guò qù、xiàn zài hé jiāng lái.

B：听说黄埔的得名，还有一个美丽的传说呢，是吗？

Tīng shuō Huáng pǔ de dé míng, hái yǒu yī gè měi lì de chuán shuō ne, shì ma?

B：Can we visit the Temple of South China Sea God in Huangpu Port Area?

A：Yes. You may learn more about the relation between Huangpu Port and overseas ports, as well as the history of the port—its past, present and future.

B：Is it true that Huangpu got its name from a fairy tale?

A：是的。听说古时有许多凤凰飞到这里来觅食、洗澡，因此，得名"凤浦"。因当地方言中，"凤浦"与"黄埔"音相近，人们热爱这片土地，就把这个地方称为"黄埔"了。

Shì de. Tīng shuō gǔ shí yǒu xǔ duō fèng huáng fēi dào zhè lǐ lái mì shí、xǐ zǎo, yīn cǐ, dé míng "Fèng pǔ".Yīn dāng dì fāng yán zhōng, "Fèng pǔ" yǔ "Huáng pǔ" yīn xiāng jìn, rén men rè ài zhè piàn tǔ dì, jiù bǎ zhè gè dì fang chēng wéi " Huáng pǔ" le.

B：真有意思！
Zhēn yǒu yì si!

A：到了黄埔港，我们可以到黄埔军校去参观，也可以坐船游狮子洋和零丁洋。

Dào le Huáng pǔ gǎng, wǒ men kě yǐ dào Huáng pǔ jūn xiào qù cān guān, yě kě yǐ zuò chuán yóu Shī zi yáng

A： Yes. It is said that in ancient times, many phoenixes stayed here for food or bath, and the place was named Fengpu, which sounds similar to Huangpu in dialect, and later it was called Huangpu.

237

B： That's interesting!

A： We can visit Huangpu Military Academy in the area, or take a cruise around Lion Ocean and Lingding Ocean.

hé Líng dīng yáng.

B：听说黄埔军校西边的小谷围岛上有座十分漂亮的大学城，是吗？

Tīng shuō Huáng pǔ jūn xiào xī bian de Xiǎo gǔ wéi dǎo shàng yǒu zuò shí fēn piāo liang de Dà xué chéng, shì ma?

A：是的，大学城建在珠江口的江心岛上，有 10 所大学。

Shì de, Dà xué chéng jiàn zài Zhū jiāng kǒu de jiāng xīn dǎo shang, yǒu 10 suǒ dà xué.

B：我们现在是游零丁洋还是参观大学城呢？

Wǒ men xiàn zài shì yóu Líng dīng yáng hái shì cān guān Dà xué chéng ne?

A：我们先游零丁洋吧，改天再参观大学城。

Wǒ men xiān yóu Líng dīng yáng ba, gǎi tiān zài cān guān Dà xué chéng.

好，我们上游船吧。

B：Is there a beautiful Higher Education Mega Centre in Xiaoguwei Island west of Huangpu Military Academy?

A：Absolutely right! It is a higher education mega centre with 10 universities on the island in the estuary of the Pearl River.

B：Are we going to the Mega Centre or the cruise to Lingding Ocean?

A：Take the cruise today, and we'll visit the Mega Centre for another day.

Ok. Let's get on board the

Hǎo, wǒ men shàng yóu
chuán ba.

各位团友，在我们右前方，
可以依稀看见莲花山大观音
像和莲花塔。

Gè wèi tuán yǒu, zài wǒ
men yòu qián fāng, kě yǐ yī
xī kàn jiàn Lián huā shān dà
guān yīn xiàng hé Lián huā
tǎ.

yacht now.

Look on your right ahead! Can
you see the Kwan-yin statue
and the Lotus Pagoda on Lotus
Mountain?

239

黄埔港是一个不冻港，巨轮
一年四季都可以进出港。它
跟世界上一百多个港口都有
业务联系，是一个繁忙的港
口。

Huáng pǔ gǎng shì yī gè bù
dòng gǎng, jù lún yī nián sì
jì dōu kě yǐ jìn chū gǎng. Tā
gēn shì jiè shàng yī bǎi duō
gè gǎng kǒu dōu yǒu yè wù
lián xì, shì yī gè fán máng
de gǎng kǒu.

Huangpu Port is an ice-free
port, with large vessels and
ships passing in and out all
year round. It is one of the
busiest ports transporting goods
to over 100 ports in the world.

B: 据说它还是中国历史最悠
久的港口之一，是吗？

Jù shuō tā hái shì Zhōng
guó lì shǐ zuì yōu jiǔ de gǎng

B: Is it one of the oldest ports
in China?

kǒu zhī yī, shì ma?

A：是的，它还是海上丝绸之路首发港之一。在许多外国旅行家和船长的日记里都有它的名字。

Shì de, tā hái shì hǎi shang sī chóu zhī lù shǒu fā gǎng zhī yī. Zài xǔ duō wài guó lǚ xíng jiā hé chuán zhǎng de rì jì li dōu yǒu tā de míng zi.

B：目前，它还是中国四大港口之一，是吗？

Mù qián, tā hái shì Zhōng guó sì dà gǎng kǒu zhī yī, shì ma?

A：是啊，这个古老而年轻的港口，现在仍生气勃勃，一片繁忙的景象，仍在为中国和世界的经济繁荣作贡献。

Shì a, zhè ge gǔ lǎo ér nián qīng de gǎng kǒu, xiàn zài réng shēng qì bó bó, yī piàn fán máng de jǐng xiàng, réng zài wèi Zhōng guó hé shì jiè de jīng jì fán róng zuò gòng xiàn.

A：Yes, and it's also one of the starting ports of the Sea Silk Road, which is mentioned in the diaries of many foreign travelers and captains.

B：Is it still one of the four major ports of China?

A：Yes. This century-old port remains energetic and prosperous, making great contributions to the global development in economy.

各位团友，现在，游船到了外零丁洋了。在你们的前方可以看到香港的高楼大厦，左右两边是香港开往广东各港口的气垫船。

Gè wèi tuán yǒu, xiàn zài, yóu chuán dào le wài líng dīng yáng le. Zài nǐ men de qián fāng kě yǐ kàn dào Xiāng gǎng de gāo lóu dà shà, zuǒ yòu liǎng biān shì Xiāng gǎng kāi wǎng Guǎng dōng gè gǎng kǒu de qì diàn chuán.

Here we are in the outer Lingding Ocean now. In front of our yacht are high buildings and large mansions in Hong Kong. On your either side are steamers running from Hong Kong to different ports in Guangdong.

241

好，现在我们回到黄埔港码头了。上岸吧。

Hǎo, xiàn zài wǒ men huí dào Huáng pǔ gǎng mǎ tou le. Shàng àn ba.

Here we are back to Huangpu Port Wharf. Let's get off the yacht.

众：船长，再见！

Chuán zhǎng, zài jiàn!

All：Good-bye, Captain!

Pattern Drills

客运港/货运港/码头 kè yùn gǎng / huò yùn gǎng / mǎ tou	passenger harbor / cargo harbor / wharf
船长/船员/大副/领航员 chuán zhǎng / chuán yuán / dà fù / lǐng háng yuán	captain / crew / chief officer / pilot
航标/航标灯/海员 háng biāo / háng biāo dēng / hǎi yuán	navigation mark / pharos / sailor
海员俱乐部/海员医院 hǎi yuán jù lè bù / hǎi yuán yī yuàn	Sailors' Club / Sailors' Hospital

第25课　南 沙 港

Lesson 25　Nansha Port

A：各位朋友，我们现在要去参观的是广州南沙港。现在，让我简介一下南沙开发区及南沙港。

Gè wèi péng you, wǒ men xiàn zài yào qù cān guān de shì Guǎng zhōu Nán shā gǎng. Xiàn zài, ràng wǒ jiǎn jiè yī xià Nán shā kāi fā qū jí Nán shā gǎng.

广州南沙开发区，位于广州市的东南部，面积797平方千米，近期重点开发面积536平方千米。它的地形像一片舒展的大芭蕉叶，平铺在珠江的出海口，位于整个珠三角的几何中心。方圆60千米范围内，囊括了广东省十余座大城市；方圆100千米范

A：My dear friends, today we are visiting Nansha Port of Guangzhou. First let me tell you something about Nansha Development Zone and Nansha Port.

Nansha Economic and Technological Development Zone is located in the southeast of Guangzhou, covering an area of 797 km^2, with 536 km^2 in the present key construction project. Situated in the geometrical center of the Pearl River Delta, Nansha stretches

243

围内，把整个珠三角城市群都网罗其中。南沙水路距香港38海里，距澳门41海里，有多班水翼船往来三地，交通十分方便。周边有广州、深圳、珠海、香港、澳门五大国际机场。南沙背靠珠三角4000多万人口的广阔市场腹地，又通过穗、深、港、澳等大城市连接海内外市场，战略地位突出，具有很强的市场潜力和辐射力。

Guǎng zhōu Nán shā kāi fā qū, wèi yú Guǎng zhōu shì de dōng nán bù, miàn jī 797 píng fāng qiān mǐ, jìn qī zhòng diǎn kāi fā miàn jī 536 píng fāng qiān mǐ. Tā de dì xíng xiàng yī piàn shū zhǎn de dà bā jiāo yè, píng pū zài Zhū jiāng de chū hǎi kǒu, wèi yú zhěng gè Zhū sān jiǎo de jǐ hé zhōng xīn. Fāng yuán 60 qiān mǐ fàn wéi nèi, náng kuò le Guǎng dōng shěng shí yú zuò dà

like a huge banana leaf in the estuary of the Pearl River. More than 10 major cities of Guangdong Province are within a radius of 60 km distance from Nansha, and all city clusters in the Pearl River Delta are within a radius of 100 km distance. The Zone is only 38 nautical miles from Hong Kong, 41 nautical miles from Macao, with hovercrafts as the main transportation means to and from these three places. The transportation systems are very convenient with five airports of Guangzhou, Shenzhen, Zhuhai, Hong Kong and Macao around. With the 40 million - people - Pearl River Delta being its economic hinterland and close connection with domestic and overseas markets through big cities like Guangzhou, Shenzhen, Hong Kong and Macao, Nansha

chéng shì；fāng yuán 100 qiān mǐ fàn wéi nèi, bǎ zhěng gè Zhū sān jiǎo chéng shì qún dōu wǎng luó qí zhōng. Nán shā shuǐ lù jù Xiāng gǎng 38 hǎi lǐ, jù Ào mén 41 hǎi lǐ, yǒu duō bān shuǐ yì chuán wǎng lái sān dì, jiāo tōng shí fēn fāng biàn. Zhōu biān yǒu Guǎng zhōu、Shēn zhèn、Zhū hǎi、Xiāng gǎng、Ào mén wǔ dà guó jì jī chǎng. Nán shā bèi kào Zhū sān jiǎo 4000 duō wàn rén kǒu de guǎng kuò shì chǎng fù dì, yòu tōng guò Suì、Shēn、Gǎng、Ào děng dà chéng shì lián jiē hǎi nèi wài shì chǎng, zhàn lüè dì wèi tū chū, jù yǒu hěn qiáng de shì chǎng qián lì hé fú shè lì.

possesses enormous trading potential and has become more and more strategically important in economic development.

245

南沙还是鸦片战争时著名的古战场，现仍存有大角山炮台、蒲洲山炮台、巩固炮台和大虎山炮台，旅游资源十

Nansha used to be the war field during the Opium War, and there remain four emplacements named Dajiaoshan, Puzhoushan,

分丰富。如今南沙已建成有蒲洲大酒店、天后宫、江南水乡一条街等旅游设施，供人们休闲览胜，发怀古之幽情。

Nán shā hái shì Yā piàn zhàn zhēng shí zhù míng de gǔ zhàn chǎng, xiàn réng cún yǒu Dà jiǎo shān pào tái、Pú zhōu shān pào tái、Gǒng gù pào tái hé Dà hǔ shān pào tái, lǚ yóu zī yuán shí fēn fēng fù. Rú jīn Nán shā yǐ jiàn chéng yǒu Pú zhōu dà jiǔ diàn、Tiān hòu gōng、Jiāng nán shuǐ xiāng yī tiáo jiē děng lǚ yóu shè shī, gōng rén men xiū xián lǎn shèng, fā huái gǔ zhī yōu qíng.

南沙是广州市乃至我国一颗璀璨的明珠，南沙的明天将会更加辉煌。简介到此。我们现在已到了水乡一条街，朋友们可以自由观光或购物，或到茶楼、饭店、咖啡屋休

Gonggu and Dahushan respectively. Nansha is rich in tourist resources. There are quite a lot of tourist facilities for entertainment and sightseeing, like Puzhou Grand Hotel, Tianhou Temple and Riverside-style Street etc.

With a bright future, Nansha has become a great attraction of Guangzhou and China as well. Here we are at the Riverside-style Street. You may sightseeing or shopping. The

憩。两个小时之后在这里集
中到天后宫参观。

Nán shā shì Guǎng zhōu shì
nǎi zhì wǒ guó yī kē cuǐ càn
de míng zhū, Nán shā de
míng tiān jiāng huì gèng jiā
huī huáng. Jiǎn jiè dào cǐ.
Wǒ men xiàn zài yǐ dào le
Shuǐ xiāng yī tiáo jiē, péng
you men kě yǐ zì yóu guān
guāng huò gòu wù, huò
dào chá lóu、fàn diàn、kā
fēi wū nèi xiū qì. Liǎng gè
xiǎo shí zhī hòu zài zhè lǐ jí
zhōng dào Tiān hòu gōng
cān guān.

B：莎莎，南沙风景真美丽。
你看，这里的江水蛮清的，
江面又宽，江中船来船往，
天空海鸥飞翔，好一派南中
国风情，太迷人了。

Shā sha, Nán shā fēng jǐng
zhēn měi lì. Nǐ kàn, zhè lǐ
de jiāng shuǐ mán qīng de,
jiāng miàn yòu kuān, jiāng
zhōng chuán lái chuán

teahouses, restaurants and cafe
here are wonderful places for a
rest. We'll get back here in 2
hours, and then go to visit
Tianhou Temple.

247

B： What a beautiful place!
Look at the river, Sasa! How
clean the water is! So many
ships running on the river, and
so many beautiful sea-gulls
flying in the sky! What a
wonderful picture!!

wǎng, tiān kōng hǎi ōu fēi
xiáng, hǎo yī pài nán Zhōng
guó fēng qíng, tài mí rén le.

C：玛丽，你看，那座大桥多
雄奇、多美丽啊！

Mǎ lì, nǐ kàn, nà zuò dà
qiáo duō xióng qí、duō měi
lì a!

B：张小姐，那座叫什么桥？

Zhāng xiǎo jiě, nà zuò jiào
shén me qiáo?

A：那是虎门大桥，它连接东
莞的虎门镇和广州市番禺区
的南沙开发区，是一座世界
级的高跨度斜拉桥。

Nà shì Hǔ mén dà qiáo, tā
lián jiē Dōng guǎn de Hǔ
mén zhèn hé Guǎng zhōu
shì Pān yú qū de Nán shā
kāi fā qū, shì yī zuò shì jiè jí
de gāo kuà dù xié lā qiáo.

B：张小姐，这座桥有多长？
有多高？

Zhāng xiǎo jiě, zhè zuò qiáo
yǒu duō cháng? Yǒu duō
gāo?

C：Look at that grand bridge,
Mary! It's so fabulous!

B：What is that bridge, Miss
Zhang?

A：It is Humen Bridge. It's a
suspension bridge of world-
level with a big span,
connecting Humen Town of
Dongguan City and Nansha
Development Zone of Panyu
District, Guangzhou.

B：How long and how high is
the bridge?

A：这座桥全长超过 15 千米，其中江面桥 4000 多米，引桥约 10 千米，桥塔高 150 米，桥墩最大跨度 888 米。

Zhè zuò qiáo quán cháng chāo guò 15 qiān mǐ, qí zhōng jiāng miàn qiáo 4 000 duō mǐ, yǐn qiáo yuē 10 qiān mǐ, qiáo tǎ gāo 150 mǐ, qiáo dūn zuì dà kuà dù 888 mǐ.

A：It's over 15 km long, 4000 m spanning over the river with a 10 km approach. The bridge towers are 150 m high, and its main span is 888 m in length.

249

B：这么长的大桥造价不菲吧？

Zhè me cháng de dà qiáo zào jià bù fěi ba?

B：I guess it cost a great lot.

A：将近 30 亿元人民币。

Jiāng jìn 30 yì yuán rén mín bì.

A：Nearly RMB 3 billion *yuan*.

B：张小姐，以大桥为背景帮我们拍张照好吗？

Zhāng xiǎo jiě, yǐ dà qiáo wéi bèi jǐng bāng wǒ men pāi zhāng zhào hǎo ma?

B：Miss Zhang, can you take a photo for us in front of the bridge?

A：好，我给你们拍张漂亮的合照，留下你们美好的回忆。

Hǎo, wǒ gěi nǐ men pāi

A：No problem. Let me take a wonderful photo of you two to remind you of this trip.

zhāng piào liang de hé
zhào, liú xià nǐ men měi
hǎo de huí yì.

C：非常感谢。在天后娘娘广
场再来一张。

Fēi cháng gǎn xiè. Zài Tiān
hòu niáng niang guǎng
chǎng zài lái yī zhāng.

B：莎莎，我们跟张小姐一块
儿拍张合照，怎么样？

Shā sha, wǒ men gēn
Zhāng xiǎo jiě yī kuàir pāi
zhāng hé zhào, zěn me
yàng?

C：玛丽，你的提议太好了。
张小姐，你愿意跟我们一块
儿照张友谊照吗？

Mǎ lì, nǐ de tí yì tài hǎo le.
Zhāng xiǎo jiě, nǐ yuàn yì
gēn wǒ men yí kuàir zhào
zhāng yǒu yì zhào ma?

A：跟两位俄罗斯美女拍照我
怎么会不愿意呢？我是个女
的，如果我是个男的，那我
更愿意了，哈哈哈！

Gēn liǎng wèi É luó sī měi

C：Thanks a lot! One more at
Tianhou Temple Plaza!

B：What about taking a photo
with Miss Zhang, Sasa?

C：Great idea, Mary! Miss
Zhang, would you like to take a
photo with us?

A：My great pleasure to take a
photo with you two Russian
beauties! I would get crazy
about you if I were a man. Ha-
ha!

nǚ pāi zhào wǒ zěn me huì
bú yuàn yì ne? Wǒ shì gè
nǚ de, rú guǒ wǒ shì gè
nán de, nà wǒ gèng yuàn
yì le, hā ha ha!

B：张小姐真幽默，你可会开
玩笑了。

Zhāng xiǎo jiě zhēn yōu mò,
nǐ kě huì kāi wán xiào le.

A：向你俩学的呗。这些天
来，我听到你们不少幽默的
话，听多了，就学到点皮毛
了。

Xiàng nǐ liǎ xué de bei. Zhè
xiē tiān lái, wǒ tīng dào nǐ
men bù shǎo yōu mò de
huà, tīng duō le, jiù xué
dào diǎn pí máo le.

B：张小姐，你太谦虚了。听
起来，好像我们教坏你了，
哈哈哈！

Zhāng xiǎo jiě, nǐ tài qiān
xū le. Tīng qǐ lái, hǎo xiàng
wǒ men jiào huài nǐ le, hā
ha ha!

A：玛丽，你又拿我来幽

B：Funny!! You are so hu-
morous, Miss Zhang!

251

A：I've learnt it from you two
these days.

B：Come on! You mean that
we have set a bad example for
you. Haha!

A：Mary, you are kidding me

默了。
Mǎ lì, nǐ yòu ná wǒ lái yōu mò le.

B：张小姐，我是向你学的。
Zhāng xiǎo jiě, wǒ shì xiàng nǐ xué de.

A：晚上你们再互相学习吧。祝你们友谊长存！晚上见！
Wǎn shang nǐ men zài hù xiāng xué xí ba. Zhù nǐ men yǒu yì cháng cún! Wǎn shang jiàn!

B：晚上见！
Wǎn shang jiàn!

again!

B：I just learn it from you!

A：We still have time to learn from each other tonight. Wish our friendship lasts forever! See you tonight!

B：See you tonight.

词语替换练习

Pattern Drills

规划中的南沙，未来有多少人口？
Guī huà zhōng de Nán shā, wèi lái yǒu duō shǎo rén kǒu?

How many people are expected to live in the layout of the developing Nansha?

南沙是广州的一部分，未来
人口约 30 万~50 万人。

Nán shā shì Guǎng zhōu de
yī bù fen, wèi lái rén kǒu
yuē 30 wàn~50 wàn rén.

As a part of Guangzhou City,
Nansha is going to be con-
structed for about 300 000 ~
500 000 people.

253

第 26 课　广州茶文化

Lesson 26　Tea Culture of Guangzhou

A：朋友，你知道中国哪个大城市茶销量最大吗？你知道中国哪个地区的人最爱饮茶吗？

Péng you, nǐ zhī dào Zhōng guó nǎ gè dà chéng shì chá xiāo liàng zuì dà ma? Nǐ zhī dào Zhōng guó nǎ gè dì qū de rén zuì ài yǐn chá ma?

现在，让我给你们简介一下广州人的茶文化吧。

Xiàn zài, ràng wǒ gěi nǐ men jiǎn jiè yī xià Guǎng zhōu rén de chá wén huà ba.

早上，你漫步在广州的大街小巷时，只要会听一点广州话，你会明白经常听到的那句话："饮咗茶未？"意思

A：My dear friends, do you know which is the biggest tea-consuming city is in China? Which city's people love drinking tea most?

Now, let me tell you something about the tea culture of Guangzhou people.

When wandering in the streets in Guangzhou in the morning, you will usually hear people greeting each other like that：

是——"喝了茶没有？"

Zǎo shang, nǐ màn bù zài
Guǎng zhōu de dà jiē xiǎo
xiàng shí, zhǐ yào huì tīng yī
diǎn Guǎng zhōu huà, nǐ huì
míng bai jīng cháng tīng dào
de nà jù huà："jem² dzɔ²
tsa⁴ mei⁴?" Yì si shì——
"Hē le chá méi yǒu？"

广州人茶不离口，可见饮茶
已成为广州人日常生活中不
可缺少的组成部分。广州人
在家饮茶，在饭店、餐馆饮
茶，甚至出差在外也要饮茶。
在珠三角地区流行一句谚语：
"饭后一杯茶，饿死太医家。"
把饮茶与健康挂上钩。

Guǎng zhōu rén chá bù lí
kǒu, kě jiàn yǐn chá yǐ
chéng wéi Guǎng zhōu rén
rì cháng shēng huō zhōng
bù kě quē shǎo de zǔ chéng
bù fen. Guǎng zhōu rén zài
jiā yǐn chá, zài fàn diàn、
cān guǎn yǐn chá, shèn zhì
chū chāi zài wài yě yào yǐn

"Have you drunk tea yet?"

255

Tea has become a part of
Guangzhou people's life. They
drink tea at home, at
restaurants and even on their
business trip. In the Pearl
River Delta Region, there is an
interesting saying like "A cup
of tea each day keeps the
doctor away". Tea is considered
good to one's health.

256

chá. Zài Zhū sān jiǎo dì qū
liú xíng yī jù yàn yǔ: "Fàn
hòu yī bēi chá, è sǐ tài yī
jiā." Bǎ yǐn chá yǔ jiàn kāng
guà shàng gōu.

正是由于广州人及珠三角地区的人喜欢饮茶，所以，广州市及珠三角地区，到处有茶楼、饭店。广州的茶叶销量在中国大城市中名列第一，珠三角地区的茶楼、饭店的数量在全国名列第一。饮茶，是一种生活方式，是一种社会活动。有时是老友叙旧，细斟慢饮，海阔天空，无所不谈；有时是交流信息，评论时局；有时是消磨时光，怡然自得；有时是情侣茶话，情浓如茶；有时是洽谈生意，联络感情；有时是单位宴请，茶香情浓，温暖人心；有时是诗人聚会，品茗论诗。无论是哪种形式，都少不了美点、小吃，也少不了广州人饮茶时的一种独特礼节——"以手代首"。主人给客人斟

As a result, teahouses and restaurants are popular in Guangzhou City and the Pearl River Delta Region. Guangzhou City is the biggest tea-consuming city, and the Pearl River Delta Region owns the biggest number of teahouses and restaurants in China. Tea drinking is a life style and a social activity for communication. People get together over a cup of tea out of friendship, love or even business. Some companies hold tea parties for their employees, and some poets like to share their works while drinking tea. Dim sum is also an important part in such gatherings. Tea drinking people all follow some special

茶时，客人用食指和中指轻扣桌面以表谢意。当然，南北交流多了，有些外省人已经学会这一礼节了。有些初来乍到不懂此礼，广州人也不会计较的。

Zhèng shì yóu yú Guǎng zhōu rén jí Zhū sān jiǎo dì qū de rén xǐ huan yǐn chá, suǒ yǐ, Guǎng zhōu shì jí Zhū sān jiǎo dì qū, dào chù yǒu chá lóu、fàn diàn. Guǎng zhōu de chá yè xiāo liàng zài Zhōng guó dà chéng shì zhōng míng liè dì yī, Zhū sān jiǎo dì qū de chá lóu、fàn diàn de shù liàng zài quán guó míng liè dì yī. Yǐn chá, shì yī zhǒng shēng huó fāng shì, shì yī zhǒng shè huì huó dòng. Yǒu shí shì lǎo yǒu xù jiù, xì zhēn màn yǐn, hǎi kuò tiān kōng, wú suǒ bù tán; yǒu shí shì jiāo liú xìn xī, píng lùn shí jú; yǒu shí shì xiāo mó shí

etiquette—"knocking instead of nodding". When tea is served, the guest usually knocks slightly on the table with his index and middle fingers to show thanks. Some people from other provinces have learned this etiquette through frequent communication with local people in Guangdong. It doesn't matter even if one doesn't follow this etiquette.

257

guāng, yí rán zì dé; yǒu shí
shì qíng lǚ chá huà, qíng
nóng rú chá; yǒu shí shì qià
tán shēng yì, lián luò gǎn
qíng; yǒu shí shì dān wèi
yàn qǐng, chá xiāng qíng
nóng, wēn nuǎn rén xīn;
yǒu shí shì shī rén jù huì,
pǐn míng lùn shī. Wú lùn shì
nǎ zhǒng xíng shì, dōu
shǎo bù liǎo měi diǎn、xiǎo
chī, yě shǎo bù liǎo Guǎng
zhōu rén yǐn chá shí de yī
zhǒng dú tè lǐ jié ——"yǐ
shǒu dài shǒu". Zhǔ rén gěi
kè rén zhēn chá shí, kè rén
yòng shí zhǐ hé zhōng zhǐ
qīng kòu zhuō miàn yǐ biǎo
xiè yì. Dāng rán, nán běi
jiāo liú duō le, yǒu xiē wài
shěng rén yǐ jīng xué huì
zhè yī lǐ jié le. Yǒu xiē chū
lái zhà dào bù dǒng cǐ lǐ,
Guǎng zhōu rén yě bù huì
jì jiào de.

近几年来，"台风陆渐"。台

In recent years, some Taiwan-

商在珠三角投资多了。他们在珠三角开了些茶艺馆，专供台商及一些清闲人士去泡茶。此类茶艺馆是高消费场所，一般退休工人、经济不宽裕者少有问津。此类茶道，非广州正统，近来似处于式微之状。

简介到此，下面请大家品茶。

Jìn jǐ nián lái, "Tái fēng lù jiàn". Tái shāng zài Zhū sān jiǎo tóu zī duō le. Tā men zài Zhū sān jiǎo kāi le xiē chá yì guǎn, zhuān gōng Tái shāng jí yī xiē qīng xián rén shì qù pào chá. Cǐ lèi chá yì guǎn shì gāo xiāo fèi chǎng suǒ, yī bān tuì xiū gōng rén、jīng jì bù kuān yù zhě shǎo yǒu wèn jīn. Cǐ lèi chá dào, fēi Guǎng zhōu zhèng tǒng, jìn lái sì chǔ yú shì wēi zhī zhuàng.

Jiǎn jiè dào cǐ, xià mian qǐng dà jiā pǐn chá.

B：哪儿饮茶环境最好？

style teahouses appear in the Pearl River Delta Region, attracting many Taiwan businessmen and some local people as well. It costs a lot to drink tea in these teahouses, so ordinary local people would not go there for tea. Taiwan-style tea drinking is different from the Guangzhou origin and would not take the place of the local tea drinking in Guangzhou.

So much for the introduction. Now it's time for "Yam Cha", drinking tea.

B：Where is the best place for

Nǎr yǐn chá huán jìng zuì
hǎo?

drinking tea?

A：广州饮茶环境好的地方多
的是。例如，白天鹅宾馆、
花园酒店、东方宾馆、中国
大酒店、中信大厦、市长大
厦、广州兰圃、二沙岛岭南
会、鹿鸣酒家、白云山等地
方，都是各具特色的好去处。
Guǎng zhōu yǐn chá huán
jìng hǎo de dì fang duō de
shì. Lì rú, Bái tiān é bīn
guǎn、 Huā yuán jiǔ diàn、
Dōng fāng bīn guǎn、 Zhōng
guó dà jiǔ diàn、 Zhōng xìn
dà shà、 Shì zhǎng dà shà、
Guǎng zhōu lán pǔ、 Èr shā
dǎo Lǐng nán huì、 Lù míng
jiǔ jiā、 Bái yún shān děng dì
fang, dōu shì gè jù tè sè de
hǎo qù chù.

A： There are many nice places
for tea drinking in Guangzhou
such as White Swan Hotel,
Garden Hotel, Dongfang Hotel,
China Hotel, Zhongxin Plaza,
Mayor Mansion, Orchid Park of
Guangzhou, Lingnan Teahouse
of Ersha Island, Luming
Restaurant and Baiyun Moun-
tain etc.

C：还有各大楼盘内的会所也
挺好的。
Hái yǒu gè dà lóu pán nèi
de huì suǒ yě tǐng hǎo de.

C： And some chambers of
residential areas.

D：总之，珠三角地区，处处

D： There are really a great lot

有高级宾馆，处处有好茶楼好饭店。"食在珠三角，玩在珠三角，购物在珠三角"，就是我们珠三角之行的共同感受、共同结论。

Zǒng zhī, Zhū sān jiǎo dì qū, chù chu yǒu gāo jí bīn guǎn, chù chu yǒu hǎo chá lóu hǎo fàn diàn. "Shí zài Zhū sān jiǎo, wán zài Zhū sān jiǎo, gòu wù zài Zhū sān jiǎo", jiù shì wǒ mén Zhū sān jiǎo zhī xíng de gòng tóng gǎn shòu、gòng tóng jié lùn.

C：是啊，东莞市的星级宾馆比大都市广州还要多呢，有些镇居然有三四间五星级宾馆，真不敢想象！

Shì a, Dōng guǎn shì de xīng jí bīn guǎn bǐ dà dū shì Guǎng zhōu hái yào duō ne, yǒu xiē zhèn jū rán yǒu sān sì jiān wǔ xīng jí bīn guǎn, zhēn bù gǎn xiǎng xiàng!

D：珠三角人衷心感谢邓小

of wonderful hotels and restaurants in the Pearl River Delta Region. In a word, the Pearl River Delta Region is a paradise for eating, entertaining and shopping.

261

C：Right! Dongguan City has more star-hotels than Guangzhou. It's amazing that some towns even own three or four 5-star hotels.

D：Thanks to the great policy

平，拥护改革开放的伟大决策。

Zhū sān jiǎo rén zhōng xīn gǎn xiè Dèng xiǎo píng, yōng hù gǎi gé kāi fàng de wěi dà jué cè.

A：珠三角饮茶的人多了，也说明人民生活的改善、生活素质的提升。

Zhū sān jiǎo yǐn chá rén duō de le, yě shuō míng rén mín shēng huó de gǎi shàn、shēng huó sù zhì de tí shēng.

D：现在城里人开小车到城外消闲、度假、饮茶的多了，城外人开小车到城里购物、饮茶、旅游的也多了，这就是珠三角两道靓丽的风景线。

Xiàn zài chéng lǐ rén kāi xiǎo chē dào chéng wài xiāo xián、dù jià、yǐn chá de duō le, chéng wài rén kāi xiǎo chē dào chéng lǐ gòu wù、yǐn chá、lǚ yóu de yě duō le, zhè jiù shì Zhū sān jiǎo

of reform and opening-up by Deng Xiaoping.

A：The increasing number of tea drinking people in Pearl River Delta Region shows that people are living a better life now.

D：More urban people drive to the rural areas for leisure on holidays and more suburban people are driving into the city for shopping, tea drinking and sightseeing, forming two great views of the delta region.

liǎng dào liàng lì de fēng jǐng
xiàn.

C：生活水平的提高反映社会
的发展进步，反映国家的繁
荣富强。

Shēng huó shuǐ píng de tí
gāo fǎn yìng shè huì de fā
zhǎn jìn bù, fǎn yìng guó jiā
de fán róng fù qiáng.

C：The improvement in peo-
ple's living standard reflects the
social development and the
country's prosperity.

D：饮茶是面镜子，饮茶是本
书。饮茶有说不完的话，饮
茶有道不完的情。饮茶，有
利于健康；饮茶，有利于交
际。

Yǐn chá shì miàn jìng zi, yǐn
chá shì běn Shū. Yǐn chá
yǒu shuō bù wán de huà,
yǐn chá yǒu dào bù wán de
qíng. Yǐn chá, yǒu lì yú jiàn
kāng; yǐn chá, yǒu lì yú
jiāo jì.

D：Tea drinking is a mirror
reflecting life; it's also like a
book that tells much. Tea
culture contains too much to
tell. It's good for health and
social communication as well.

263

C：饮茶学问大呀！

Yǐn chá xué wèn dà ya!

C：One can learn a lot from
tea drinking.

词语替换练习

Pattern Drills

先生，你饮什么茶？
Xiān sheng, nǐ yǐn shén me chá?

Which kind of tea would you like, sir?

我饮单丛（粒粒香/黄金桂/铁观音/观音王/高山茶/大红袍/龙井/碧螺春/冻顶）。
Wǒ yǐn Dān cóng (Lì lì xiāng / Huáng jīn guì / Tiě guān yīn / Guān yīn wáng / Gāo shān chá / Dà hóng páo / Lóng jǐng / Bì luó chūn / Dòng dǐng).

I would like Dancong / Lilixiang / Huangjingui / Tieguanyin / Guanyinwang Mountain Tea / Rock Tea / Longjing / Biluochun / Dongding.

茶的品种繁多，数不胜数。
Chá de pǐn zhǒng fán duō, shǔ bù shèng shǔ.

There are numerous types of tea.

品茶，轻啜慢抿，缓缓品味。一闻香气，二赏汤色，三为品味。
Pǐn chá, qīng chuò màn mǐn, huǎn huǎn pǐn wèi. Yī wén xiāng qì, èr shǎng tāng sè, sān wèi pǐn wèi.

To taste tea is to drink it slowly. First, smell it; second, observe the color and finally drink it.

第27课　广东音乐

Lesson 27　Cantonese Music

（播放音乐《雨打芭蕉》、《赛龙夺锦》）

A：朋友，你知道刚才听到的是什么音乐吗？乐曲的名称是什么？作者是谁？

Péng you, nǐ zhī dào gāng cái tīng dào de shì shén me yīn yuè ma? Yuè qǔ de míng chēng shì shén me? Zuò zhě shì shéi?

B：是广东音乐。曲名说不出来，作者也不知道。

Shì Guǎng dōng yīn yuè. Qǔ míng shuō bu chū lái, zuò zhě yě bù zhī dào.

A：我来告诉你们。第一首是《雨打芭蕉》，第二首是《赛龙夺锦》。作者是广州市番禺区沙湾镇人何博众，他是一

（*Broadcasting the music of Raindrops Beating on Banana Trees and Dragon Boating.*）

265

A：Hey friends, do you know anything about this music? What's its name? Who composes it?

B：I know it is Cantonese Music, but I don't know the name of it nor the composer.

A：Let me tell you about it. The first piece of music is *Raindrops Beating on Banana Trees* and the second is *Dragon*

位出色的广东音乐作曲家和技术高超的琵琶演奏家。

Wǒ lái gào su nǐ men. Dì yī shǒu shì 《Yǔ dǎ bā jiāo》, dì èr shǒu shì 《Sài lóng duó jǐn》。Zuò zhě shì Guǎng zhōu shì Pān yú qū Shā wān zhèn rén Hé Bó zhòng, tā shì yī wèi chū sè de Guǎng dōng yīn yuè zuò qǔ jiā hé jì shù gāo chāo de pí pá yǎn zòu jiā.

B：最早的广东音乐名曲《旱天雷》的作者是谁呀？

Zuì zǎo de Guǎng dōng yīn yuè míng qǔ 《Hàn tiān léi》 de zuò zhě shì shéi ya?

A：是早期的广东音乐作曲家严老烈。他还作了不少乐曲，《旱天雷》是他的名曲。

Shì zǎo qī de Guǎng dōng yīn yuè zuò qǔ jiā Yán Lǎo liè. Tā hái zuò le bù shǎo yuè qǔ, 《Hàn tiān léi》 shì tā de míng qǔ.

提到广东音乐，在广东音乐

Boating. They are composed by He bozhong from Shawan Town, Panyu District. He is an outstanding composer and a lute performer of Cantonese Music as well.

B：Who is the composer of the oldest piece of Cantonese Music *Thun-dering on Sunny Days*?

A：It's the work of Yan Laolie, a composer of the early days. He has composed quite a few works, among which *Thundering on Sunny Days* is the most famous one.

Speaking of Cantonese Music,

界中有此说法："广州刘天一，香港吕文成。"可见，二人都是对广东音乐很有影响的人物。籍贯广东中山市的吕文成，20 岁便投身广东音乐的事业。他既能创作，又能演奏，是个全才。《平湖秋月》、《步步高》是他的名曲。刘天一则是全国闻名的高胡演奏家。他演奏的《鸟投林》堪称一绝，惟妙惟肖的鸟鸣声，是他长期深入对鸟类进行观察、分析，模拟鸟鸣的结晶。其最大成就是对广东音乐乐器的改造。他将二胡弦换成钢弦，把音乐提高四度，将二胡成功改造为高胡，提高了二胡的表现力；同时，他大胆地把原来的"五架头"改成以高胡为主奏，配以扬琴、洞箫、柳胡、秦琴的新"五架头"，推动了广东音乐的发展。

Tí dào Guǎng dōng yīn yuè, zài Guǎng dōng yīn yuè jiè zhōng yǒu cǐ shuō fǎ:

two people must be mentioned. They are Liu Tianyi of Guangzhou and Lu Wencheng from Hong Kong. Both of them have great influence on Cantonese Music. Lu Wencheng, born in Zhongshan City of Guangdong Province, engaged in Cantonese Music when he was only 20. He is both a composer and a performer. *The Autumn Moon over the Even Lake* and *Ascending High* are two of his masterpieces. Liu Tianyi is a well-known *gao* urheen performer in China. He observed birds' singing for a long time and the real-like imitation of bird singings in his performance of *Birds Bursting into the Woods* makes it a great success. Liu's greatest contribution to Cantonese Music is the incredible changes he made in the musical instruments for Cantonese Music. He put the

"Guǎng zhōu Liú Tiān yī, Xiāng gǎng Lǚ Wén chéng." Kě jiàn, èr rén dōu shì duì Guǎng dōng yīn yuè hěn yǒu yǐng xiǎng de rén wù. Jí guàn Guǎng dōng Zhōng shān shì de Lǚ Wén chéng, 20 suì biàn tóu shēn Guǎng dōng yīn yuè de shì yè. Tā jì néng chuàng zuò, yòu néng yǎn zòu, shì gè quán cái.

《Píng hú qiū yuè》、《Bù bù gāo》 shì tā de míng qǔ. Liú tiān yī zé shì quán guó wén míng de gāo hú yǎn zòu jiā. Tā yǎn zòu de 《Niǎo tóu lín》 kān chēng yī jué, wéi miào wéi xiào de niǎo míng shēng, shì tā cháng qī shēn rù duì niǎo lèi jìn xíng guān chá、fēn xī, mó nǐ niǎo míng de jié jīng. Qí zuì dà chéng jiù shì duì Guǎng dōng yīn yuè yuè qì de gǎi zào. Tā jiāng èr hú xián huàn chéng gāng xián, bǎ

pitch 4 grades higher by changing the urheen strings into steel-made, thus turning the usual urheen into *gao* urheen; simultaneously he changed the formal set of 5 instruments into a new combination of a *gao* urheen with a dulcimer, a vertical bamboo flute, a willow urheen and a *qin* harp. This great alteration of musical instruments is a symbol of the development in Cantonese Music.

yīn yuè tí gāo sì dù, jiāng èr
hú chéng gōng gǎi zào wéi
gāo hú, tí gāo le èr hú biǎo
xiàn lì; tóng shí, tā dà dǎn
de bǎ yuán lái de "wǔ jià
tóu" gǎi chéng yǐ gāo hú de
wéi zhǔ zòu, pèi yǐ yáng
qín、dòng xiāo、liǔ hú、qín
qín de xīn "wǔ jià tóu", tuī
dòng le Guǎng dōng yīn yuè
de fā zhǎn.

269

番禺沙湾也出了不少音乐人
才，他们对广东音乐作出了
重大贡献。

Pān yú Shā wān yě chū le
bù shǎo yīn yuè rén cái, tā
men duì Guǎng dōng yīn yuè
zuò chū le zhòng dà gòng
xiàn.

There are quite a few musical
talents in Shawan Town,
Panyu District, who have
contributed a lot to Cantonese
Music.

广东音乐得到了不少外国国
家元首的赞誉、欣赏和好评。

Guǎng dōng yīn yuè dé dào
le bù shǎo wài guó guó jiā
yuán shǒu de zàn yù、xīn
shǎng hé hǎo píng.

Many foreign country leaders
like Guangdong music.

广东音乐优美动听，既具有

Cantonese Music is really

浓郁的地方色彩，又融入了一些各地音乐的元素，"以我为主，他人为辅"，既具包容性，又具独创性，两者结合完美，天衣无缝，实在是美妙哇！

Guǎng dōng yīn yuè yōu měi dòng tīng, jì jù yǒu nóng yù de dì fāng sè cǎi, yòu róng rù le yī xiē gè dì yīn yuè de yuán sù, "yǐ wǒ wéi zhǔ, tā rén wéi fǔ", jì jù bāo róng xìng, yòu jù dú chuàng xìng, liǎng zhě jié hé wán měi, tiān yī wú fèng, shí zài shì měi miào wa!

B：广东音乐是中华文化的一株奇葩，应该得到弘扬。

Guǎng dōng yīn yuè shì Zhōng huá wén huà de yī zhū qí pā, yīng gāi dé dào hóng yáng.

A：在建设广东文化大省的进程中，广东音乐将会得到应有的重视，得到更好的发展。

Zài jiàn shè Guǎng dōng

beautiful. It's somewhat a perfect combination of local music and other music styles.

B： As an important part of Chinese culture, Cantonese Music should reach its prosperity.

A： Cantonese Music should be attached more importance in the cultural development of Guangdong Province.

wén huà dà shěng de jìn
chéng zhōng, Guǎng dōng
yīn yuè jiāng huì dé dào yīng
yǒu de zhòng shì, dé dào
gèng hǎo de fā zhǎn.

B：我们期待着有更多更美妙
动听的广东音乐诞生。

Wǒ men qī dài zhe yǒu
gèng duō gèng měi miào
dòng tīng de Guǎng dōng
yīn yuè dàn shēng.

C：谢谢你跟我们谈了这么多
关于广东音乐的事情，使我
们增长了不少这方面的知识。
由衷地感谢你！

Xiè xie nǐ gēn wǒ men tán
le zhè me duō guān yú
Guǎng dōng yīn yuè de shì
qing, shǐ wǒ men zēng
zhǎng le bù shǎo zhè fāng
miàn de zhī shi. Yóu zhōng
de gǎn xiè nǐ!

A：不用谢！以后有空，我们
到兰圃或白云山公园饮茶，
一边听广东音乐，一边聊天、
侃广东音乐，好吗？

B：We are expecting more
beautiful Cantonese Music.

271

C：Thanks a lot for telling us
so much about Cantonese
Music.

A：My pleasure. What do you
say if we go to Baiyun Moun-
tain Park for tea drinking and
enjoy some nice Cantonese

Bù yòng xiè! Yǐ hòu yǒu kōng, wǒ men dào Lán pǔ huò Bái yún shān gōng yuán yǐn chá, yī biān tīng Guǎng dōng yīn yuè, yī biān liáo tiān、kǎn Guǎng dōng yīn yuè, hǎo ma?

Music some day?

B：那真是快活过神仙哪！那该有多好哇！

Nà zhēn shì kuài huó guò shén xiān na! Nà gāi yǒu duō hǎo wa!

C：真想不到小王是个广东音乐迷呢。

Zhēn xiǎng bù dào xiǎo Wáng shì gè Guǎng dōng yīn yuè mí ne.

B：她是位业余二胡演奏家呢，她演奏广东音乐的水平很专业。

Tā shì wèi yè yú èr hú yǎn zòu jiā ne, tā yǎn zòu Guǎng dōng yīn yuè de shuǐ píng hěn zhuān yè.

C：怪不得呢，真是真人不露相，露相不真人哪！小王，

B：Terrific idea!

C：It really surprises me that Xiao Wang is a fan of Cantonese Music.

B：Actually she is an amateur urheen player and plays Cantonese Music very well.

C：Oh, I see. You are cool! Next time when we get toge-

下次聚会，一定要西藏人穿
衣服——露一手哇!

Guài bu de ne, zhēn shì
zhēn rén bù lòu xiāng, lòu
xiàng bù zhēn rén na! Xiǎo
Wáng, xià cì jù huì, yī dìng
yào xī zàng rén chuān yī
fu——lòu yī shǒu wa!

A：没问题。演奏得不好，请
大家多多包涵，不吝赐教。

Méi wèn tí. Yǎn zòu de bù
hǎo, qǐng dà jiā duō duō
bāo hán, bù lìn cì jiào.

B：到时李先生要吹笛子，陈
琳弹扬琴，陈妍唱粤曲。怎
么样?

Dào shí Lǐ xiān sheng yào
chuī dí zi, Chén Lín tán
yáng qín, Chén Yán chàng
Yuè qǔ. Zěn me yàng?

C：这个提议真好。我们以后
一定要坚持把活动定期开展
下去，好不好?

Zhè ge tí yì zhēn hǎo. Wǒ
men yǐ hòu yī dìng yào jiān
chí bǎ huó dòng dìng qī kāi

ther, you must show it off!

A：No problem. Remember to
give me some advice on my
playing then.

273

B：So we will have Mr. Li play
the flute, Chen Lin play the
dulcimer and Chen Yan sing
some episodes of Cantonese
Opera. What do you say?

C：Wonderful idea! And we
can make it a regular activity.

zhǎn xià qù, hǎo bù hǎo?

A：好啦，星期六早上8点白云山公园见。

Hǎo la, xīng qī liù zǎo shang 8 diǎn Bái yún shān gōng yuán jiàn.

B：不见不散!

Bù jiàn bù sàn!

A：Fine! Let's meet at Baiyun Mountain Park at 8 o'clock this Saturday morning. See you then.

B：See you then!

词语替换练习

Pattern Drills

你喜欢什么音乐?

Nǐ xǐ huan shén me yīn yuè?

我喜欢广东音乐（古典音乐/流行音乐/交响乐/民乐/外国西洋音乐）。

Wǒ xǐ huan Guǎng dōng yīn yuè (gǔ diǎn yīn yuè / liú xíng yīn yuè / jiāo xiǎng yuè / mín yuè / wài guó xī yáng yīn yuè).

你会演奏什么乐器呀?

What kinds of music do you like?

I like Cantonese Music/classical music/pop music/symphony/folk music/Western music.

Can you play any musical ins-

Nǐ huì yǎn zòu shén me yuè
qì ya?

我会演奏钢琴（古筝/扬琴/
二胡/高胡/竖琴/横箫/笛子/
芦笙/手风琴/电子琴）。

Wǒ huì yǎn zòu gāng qín
(gǔ zhēng / yáng qín / èr hú /
gāo hú / shù qín / héng xiāo /
dí zi / lú shēng / shǒu fēng
qín / diàn zǐ qín).

你（我/他）会唱什么歌？

Nǐ (Wǒ/Tā) huì chàng shén
me gē?

我会唱流行歌曲（时代歌曲/
民歌/外国歌曲/情歌）。

Wǒ huì chàng liú xíng gē qǔ
(shí dài gē qǔ/mín gē/wài
guó gē qǔ/qíng gē).

你用什么唱法？

Nǐ yòng shén me chàng fǎ?

我用美声唱法（民族唱法/民
歌唱法/流行唱法）。

Wǒ yòng měi shēng chàng
fǎ (mín zú chàng fǎ/mín gē
chàng fǎ/liú xíng chàng fǎ).

你能唱什么戏曲？

trument?

I can play the piano/zither/dul-
cimer/urheen/*gao* urheen/harp/
flageolet/flute/Chinese   wind
pipe/accordion/mellotron.

275

Can you /I / he sing any kinds
of songs?

I can sing pop songs/ contem-
porary songs/folk songs/ foreign
songs/ love songs.

What kind of singing do you
sing with?
I sing with artistic singing/ folk
singing/ pop singing.

What kind of traditional operas

Nǐ néng chàng shén me xì qǔ?

我能唱二人转（豫剧/京剧/晋剧/黄梅戏/汉剧/昆剧/沪剧/越剧/川剧/粤剧/潮剧/客家山歌/河北梆子）。

Wǒ néng chàng Èr rén zhuàn (Yù jù/Jīng jù/Jìn jù/Huáng méi xì/Hàn jù/Kūn jù/Hù jù/Yuè jù/Chuān jù/Yuè jù/Cháo jù/Kè jiā shān gē/Hé běi bāng zi).

can you sing?

I can sing the Twin Opera of the northeast / Beijing Opera / Shanxi Opera / Huangmei Opera of Anhui / Han Opera / Yunnan Opera / Hu Opera / Yue Opera / Sichuan Opera / Canto-nese Opera /Chaoshan Opera / folk songs of the Ke people in Guangdong / Bangzi in Hebei.

第28课 南国红豆

Lesson 28 Cantonese Opera

（播放《搜书院》片段《柴房自叹》）

A：朋友们，你们知道刚才听到的粤剧片段是谁演唱的吗？剧名是什么？

Péng you men, nǐ men zhī dào gāng cái tīng dào de Yuè jù piàn duàn shì shéi yǎn chàng de ma? Jù míng shì shén me?

B：不知道，过去从未听过。

Bù zhī dào, guò qù cóng wèi tīng guò.

A：是粤剧表演艺术家红线女演唱的，剧名是《搜书院》，刚才的片段是《柴房自叹》。

Shì Yuè jù biǎo yǎn yì shù jiā Hóng Xiàn nǚ yǎn chàng de, jù míng shì《Sōu shū

（*Broadcasting the episode Sighing at the Firewood Lodge taken from the Cantonese Opera performance Searching the School.*）

277

A：My friends, do you know who sings the Cantonese operatic song? And what's the name of it?

B：No idea. I've never heard it before.

A：It is sung by the most renowned Cantonese Opera actress Hong Xiannu. It is an episode called *Sighing at the Firewood Lodge* taken from the Cantonese Opera performance

yuàn》, gāng cái de piàn
duàn shì《Chái fáng zì tàn》.

B：粤剧为什么又叫"南国红
豆"呢？

Yuè jù wèi shén me yòu jiào
"Nán guó hóng dòu" ne？

A：这个雅号，是敬爱的周恩
来总理起的。有诗为证：
"红豆生南国，春来发几枝。
劝君多采撷，此物最相思。"
"南国红豆"是周总理对南国
艺苑中的这株奇葩的赞美。
粤剧是以梆子、二黄为主的
地方说唱和广东音乐等小曲
小调为辅的地道南国特产，
具有浓郁的地方色彩。

Zhè gè yǎ hào, shì jìng ài
de Zhōu Ēn lái zǒng lǐ qǐ de.
Yǒu shī wéi zhèng："Hóng
dòu shēng nán guó, chūn
lái fā jǐ zhī. Quàn jūn duō cǎi
xié, cǐ wù zuì xiāng sī."
" Nán guó hóng dòu" shì
Zhōu zǒng lǐ duì Nán guó yì
yuàn zhōng de zhè zhū qí
pā de zàn měi. Yuè jù shì yǐ

Searching the School.

B：Why is Cantonese Opera
called " Jequirity of South
China"?

A：The nickname came from
our beloved late Premier Zhou
Enlai. Have you ever read a
poem about jequirity? It goes
like this：Born in South China
and blossoms in spring. Pick it
up home, when you miss your
beloved. Premier Zhou nick-
named Cantonese Opera "Jeq-
uirity of South China" to show
his appreciation and high
praise of it. Cantonese Opera is
one of the main operas in South
China. It has formed its own
distinctive features by
combining two major Chinese
opera tunes as Bangzi and
Erhuang with Guangdong folk
songs and current tunes.

bāng zi、èr huáng wéi zhǔ
de dì fāng shuō chàng hé
Guǎng dōng yīn yuè děng
xiǎo qǔ xiǎo diào wéi fǔ de
dì dào Nán guó tè chǎn, jù
yǒu nóng yù de dì fāng sè
cǎi.

粤剧在广东、广西、东南亚
及有广东华侨的国家和地区
广泛流行，有众多的观众。
Yuè jù zài Guǎng dōng、
Guǎng xī、Dōng nán yà jí
yǒu Guǎng dōng huá qiáo
de guó jiā hé dì qū guǎng
fàn liú xíng, yǒu zhòng duō
de guān zhòng.

Cantonese Opera is popular in
Guangdong, Guangxi, South-
east Asia and other overseas
Cantonese communities. Can-
tonese dialect is used in the
performers' singings and dia-
logues.

279

粤剧的一代宗师是顺德人薛
觉先，他集编、导、演于一
身，是个多才多艺的粤剧先
驱。他的首本戏是《胡不
归》。他的唱腔韵味浓郁、声
情并茂，被誉为"薛派"
——薛腔。
Yuè Jù de yī dài zōng shī shì
Shùn dé rén Xuē jué xiān,
tā jí biān、dǎo、yǎn yú yī

Mr. Xue Juexian from Shunde
is one of the greatest masters of
Cantonese Opera. He has
excellent command of editing,
directing and performing Can-
tonese Opera. His repertoire is
Why not Come Back Home
(*Hubugui*), in which his great
skills in aria and emotions are
highly praised, and conse-

shēn, shì gè duō cái duō yì
de Yuè jù xiān qū. Tā de
shǒu běn xì shì 《Hú bù guī》.
Tā de chàng qiāng yùn wèi
nóng yù、shēng qíng bìng
mào, bèi yù wèi "Xuē pài"
——Xuē qiāng.

在粤剧的历史长河中涌现出
一代又一代的表演艺术家，
他们是：五大流派唱腔的代
表人物薛觉先、马师曾、廖
侠怀、桂名扬、白驹荣以及
"红腔"（"女腔"）表演艺术
家红线女；20 世纪 40~60 年
代的靓少佳、罗品超、吕玉
郎、文觉非、郎筠玉、罗家
宝、陈笑风、林小群等；70~
90 年代的卢秋萍、彭炽权、
倪惠英、冯刚毅、曹秀琴、
曾慧、丁凡等一大批新秀。

Zài Yuè jù de lì shǐ cháng hé
zhōng yǒng xiàn chū yī dài
yòu yī dài de biǎo yǎn yì shù
jiā, tā men shì: wǔ dà liú
pài chàng qiāng de dài biǎo
rén wù Xuē Jué xiān、Mǎ

quently his typical aria is
called Aria of Xue.

There have emerged many
outstanding actors and actresses
in the developing history of
Cantonese Opera, like Xue
Juexian, Ma Shizeng, Liao
Xiahuai, Gui Mingyang and
Bai Qurong of the 5 major arias
respectively, and Hong Xiannu
of Hong Aria. Later from 1940s
to 1960s, there were excellent
performers like Liang Shaojia,
Luo Pinchao, Lu Yulang,
Wen Juefei, Lang Junyu, Luo
Jiabao, Chen Xiaofeng, Lin
Xiaoqun, etc. Young stars
appear from 1970s to 1990s;
they are Lu Qiuping, Peng
Chiquan, Ni Huiying, Feng
Gangyi, Cao Xiuqin, Zeng

Shī zēng、Liào Xiá huái、Guì Míng yáng、Bái Jū róng, yǐ jí "Hóng qiāng" ("nǚ qiāng") biǎo yǎn yì shù jiā Hóng Xiàn nǚ; 20 shì jì 40~60 nián dài de Liàng Shào jiā、Luó Pǐn chāo、Lǚ Yù láng、Wén Jué fēi、Láng Jūn yù、Luó Jiā bǎo、Chén Xiào fēng、Lín Xiǎo qún děng; 70~90 nián dài de Lú Qiū píng、Péng Chì quán、Ní Huì yīng、Féng Gāng yì、Cáo Xiù qín、Zēng Huì、Dīng Fán děng yī dà pī xīn xiù.

Hui Ding Fan etc.

281

粤剧剧目约三千多种，有些已录制成音像卡带或光碟，广为流传。

Yuè jù jù mù yuē sān qiān duō zhǒng, yǒu xiē yǐ lù zhì chéng yīn xiàng kǎ dài huò guāng dié, guǎng wéi liú chuán.

There are more than 3000 repertoires in Cantonese Opera, and some popular ones have been made into video tapes or disks.

珠三角各地的粤剧"私伙局"（群众性、自发性组织）活动

Folk societies of Cantonese Opera hold frequent performa-

频繁，群众基础好，对弘扬岭南文化起了积极作用。

Zhū sān jiǎo gè dì de Yuè jù "sī huǒ jú" (qún zhòng xìng、zì fā xìng zǔ zhī) huó dòng pín fán, qún zhòng jī chǔ hǎo, duì hóng yáng Lǐng nán wén huà qǐ le jī jí zuò yòng.

B：导游，你对粤剧有研究吗？

Dǎo yóu, nǐ duì Yuè jù yǒu yán jiū ma?

A：没有。我只是看过一些有关介绍，会唱一些唱段而已。

Méi yǒu. Wǒ zhǐ shì kàn guò yī xiē yǒu guān jiè shào, huì chàng yī xiē chàng duàn ér yǐ.

B：你不说，我还以为你是个粤剧行家，起码也是个粤剧迷呢！

Nǐ bù shuō, wǒ hái yǐ wéi nǐ shì gè yuè jù háng jiā, qǐ mǎ yě shì gè yuè jù mí ne!

A：差得远了！连粤剧迷还够

nces around the Pearl River Delta Region, playing an important role in spreading Lingnan culture.

B：You do know pretty much about Cantonese Opera.

A：Not really. I just read some information about it and I learn a few arias of Cantonese Opera.

B：I thought you were an expert in Cantonese Opera, or a fan of it.

A：Come on!! I am not even

不上呢！今后，我还得努力再努力，希望能多长些文艺细胞，更好地为弘扬岭南文化、弘扬中华文化作出一点贡献。

Chà de yuǎn le! Lián Yuè jù mí hái gòu bù shàng ne! Jīn hòu, wǒ hái děi nǔ lì zài nǔ lì, xī wàng néng duō zhǎng xiē wén yì xì bāo, gèng hǎo de wèi hóng yáng Lǐng nán wén huà、hóng yáng Zhōng huá wén huà zuò chū yī diǎn gòng xiàn.

crazy about Cantonese Opera, but I'll try to learn more about this great art and introduce it to more people around the world.

283

B：你聪明伶俐、谦虚好学，一定会梦想成真、如愿以偿的。

Nǐ cōng míng líng lì、qiān xū hào xué, yī dìng huì mèng xiǎng chéng zhēn、rú yuàn yǐ cháng de.

B：With your great intelligence and diligence, I'm sure you will realize your dream.

A：谢谢你的鼓励。我一定会努力，不让你失望。

Xiè xie nǐ de gǔ lì. Wǒ yī dìng huì nǔ lì, bù ràng nǐ shī wàng.

A：Thanks for your encouragement. I will try my best not to disappoint you.

B：我深信你一定会成功，我一定不会失望的！

Wǒ shēn xìn nǐ yī dìng huì chéng gōng, wǒ yī dìng bù huì shī wàng de!

B：I am sure you won't disappoint me. You can make it!

A：你们明年重游广州时，我会多唱几首粤语歌曲、多唱几个粤剧片段给你们听。请你们提批评意见。

Nǐ men míng nián chóng yóu Guǎng zhōu shí, wǒ huì duō chàng jǐ shǒu Yuè yǔ gē qǔ、duō chàng jǐ gè Yuè jù piàn duàn gěi nǐ men tīng. Qǐng nǐ men tí pī píng yì jiàn.

A：I will sing you some Cantonese operatic songs next year when you come here again. Remember to give me some advice then.

B：明年我们重游广州时，也唱几首粤语歌曲、几个粤剧片段给你听听。请你多多指教。

Míng nián wǒ men chóng yóu Guǎng zhōu shí, yě chàng jǐ shǒu Yuè yǔ gē qǔ、jǐ gè Yuè jù piàn duàn gěi nǐ tīng ting. Qǐng nǐ duō duo zhǐ jiào.

B：We will also sing you some Cantonese operatic songs next year when we come here again. Remember to give us some advice as well.

A：没那水平。岂敢！岂敢！

A：Come on!! I am not that

Méi nà shuǐ píng. Qǐ gǎn!
Qǐ gǎn!

B：我们水兵对水手，彼此彼此，大家一块儿唱，大家一块儿乐吧。

Wǒ men shuǐ bīng duì shuǐ shǒu, bǐ cǐ bǐ cǐ, dà jiā yī kuàir chàng, dà jiā yī kuàir lè ba.

A：好，一言为定，明年见，大家一块儿唱，一块儿乐！

Hǎo, yī yán wéi dìng, míng nián jiàn, dà jiā yī kuàir chàng, yī kuàir lè!

哦，时间到了，该说声"南沙再见"了。

Ò, shí jiān dào le, gāi shuō shēng "Nán shā zài jiàn" le.

B：美丽的南沙，明年再见！

Měi lì de Nán shā, míng nián zài jiàn!

professional!

B：Kidding!　Just have fun together!

285

A：It's a deal! Have fun toge-ther next year!

Oh!　How time flies!　It's time to say good-bye to Nansha now.

B：Good-bye, beautiful Nan-sha!　We will come back to see you next year!

词语替换练习

Pattern Drills

南沙开发区是广州的一个组成部分。

Nán shā kāi fā qū shì Guǎng zhōu de yī gè zǔ chéng bù fēn.

Nansha Development Zone is a part of Guangzhou City.

番禺区是广州的一个新区，在广州市的南边。

Pān yú qū shì Guǎng zhōu de yī gè xīn qū, zài Guǎng zhōu shì de nán biān.

As a new district, Panyu lies in the southern part of Guang-zhou City.

广州市的北扩南拓、东伸西连，不但使广州市区扩大，还使广州成为一个海港城市、空港城市，更彰显其国际大都市的魅力。

Guǎng zhōu shì de běi kuò nán tuò、dōng shēn xī lián, bù dàn shǐ Guǎng zhōu shì qū kuò dà, hái shǐ Guǎng

The policy of expansion in all directions will not only make Guangzhou a larger city in size but it will also demonstrate the greater charm of Guangzhou City as an international seaport city and airport city as well.

zhōu chéng wèi yī gè hǎi
gǎng chéng shì、kōng gǎng
chéng shì，gèng zhāng xiǎn
qí guó jì dà dū shì de mèi lì.

南沙的明天更美好！南沙的
明天更美丽！

Nán shā de míng tiān gèng
měi hǎo! Nán shā de míng
tiān gèng měi lì!

Nansha will become more
beautiful with a brighter future.

287

第 29 课 广 彩

Lesson 29 Guangzhou Color Porcelain

A：朋友们，刚才你们在博物馆看到的彩瓷，就是广州织金彩瓷工艺厂制作的。"广彩"是"广州彩瓷"的简称，它又叫织金彩瓷。它是在白坯瓷器上通过人工绘画、描金，再经低温焙烧而成的。

Péng you men, gāng cái nǐ men zài bó wù guǎn kàn dào de cǎi cí, jiù shì Guǎng zhōu zhī jīn cǎi cí gōng yì chǎng zhì zuò de. "Guǎng cǎi" shì "Guǎng zhōu cǎi cí" de jiǎn chēng, tā yòu jiào Zhī jīn cǎi cí. Tā shì zài bái pī cí qì shàng tōng guò rén gōng huì huà、miáo jīn, zài jīng dī wēn bèi shāo ér chéng de.

A：My dear friends, the color porcelain you just saw at the museum is manufactured by Guangzhou Zhijin Porcelain Factory. "Guangcai" is the shortened form for "Guangzhou Color Porcelain" in Chinese, and it is also called Gold Color Porcelain. First, the pattern is painted on the white porcelain body and then liquid gold covers the pattern, finally it is baked over a slow fire.

18 世纪之后，广彩艺人开始采用珐琅颜料及其工艺，在白坯瓷器上创造了驰名中外的广彩工艺品。它是中西彩绘相结合的产物。它的工序有七道：设计、描线、填色、织填、封边、斗彩及烧制。

18 shì jì zhī hòu, Guǎng cǎi yì rén kāi shǐ cǎi yòng fà láng yán liào jí qí gōng yì, zài bái pī cí qì shàng chuàng zào le chí míng zhōng wài de Guǎng cǎi gōng yì pǐn. Tā shì zhōng xī cǎi huì xiāng jié hé de chǎn wù. Tā de gōng xù yǒu qī dào: shè jì、miáo xiàn、tián sè、zhī tián、fēng biān、dǒu cǎi、shāo zhì.

赵国垣是广彩艺术大师，其代表作有《汉宫秋月》、《大观园花篮》。司徒宁则擅长人物、花鸟，其代表作有《凤凰百花》、《羊城风光》等。

Zhào Guó yuán shì Guǎng cǎi yì shù dà shī, qí dài

After the 18th century, Guangzhou Color Porcelain artisans started using enamel as material for porcelain making. With the enamel technology, Guangzhou Color Porcelain earned its great fame around the world. It's a great integration of Chinese and Western styles in porcelain making. Before it is finished, a porcelain piece must go through 7 working procedures as designing, sideline painting, color sideline painting, color filling, edge sealing, color developing and firing.

Zhao Guoyuan is a great master of Guangzhou Color Porcelain making. His masterpieces are *Autumn Moon over the Han Palace* and *A Basket of Flowers*. Another great master Situ Ning is famous for his

289

biǎo zuò yǒu 《Hàn gōng qiū yuè》、《Dà guān yuán huā lán》. Sī tú níng zé shàn cháng rén wù、huā niǎo, qí dài biǎo zuò yǒu 《Fèng huáng bǎi huā》、《Yáng chéng fēng guāng》 děng.

广彩的特点是：中西彩绘相结合，光彩夺目，雍容华贵。广彩曾作为礼品赠送给外国元首珍藏，驰名中外。

Guǎng cǎi de tè diǎn shì: Zhōng xī cǎi huì xiāng jié hé, guāng cǎi duó mù, yōng róng huá guì. Guǎng cǎi céng zuò wéi lǐ pǐn zèng sòng gěi wài guó yuán shǒu zhēn cáng, chí míng zhōng wài.

广彩，在中国陶瓷史上是一个年轻的品种，它的存在价值在于其独特的特色——中西结合，既有中国的传统特征，又有西方的特色。

Guǎng cǎi, zài Zhōng guó de táo cí shǐ shàng shì yī gè

works of birds, flowers and folk people. *Phoenix and Flowers* and *Scenery of Guangzhou* are two typical works of his style.

Guangzhou Color Porcelain has developed its own characteristics as a great integration of Chinese and Western porcelain making styles with dazzling colors and graceful magnificence. It has ever been presented as gifts to some foreign country leaders and enjoys a great fame throughout the world.

Guangzhou Color Porcelain doesn't have a long history compared with other styles of porcelain making. However, it has become distinguished with its uniqueness as combining the Chinese tradition with Western

nián qīng de pǐn zhǒng, tā
de cún zài jià zhí zài yú qí
dú tè de tè sè——Zhōng xī
jié hé, jì yǒu Zhōng guó de
chuán tǒng tè zhēng, yòu
yǒu xī fāng de tè sè.

flavors.

从广彩的特点，可以看出广
东工艺师包容性强的艺术
观——"洋为中用，古为今
用"，以及"广采百花酿好
蜜"的与时俱进的艺术理念。
Cóng Guǎng cǎi de tè diǎn,
kě yǐ kàn chū Guǎng dōng
gōng yì shī bāo róng xìng
qiáng de yì shù guān——
"yáng wéi zhōng yòng, gǔ
wèi jīn yòng", yǐ jí "Guǎng
cǎi bǎi huā niàng hǎo mì"
de yǔ shí jù jìn de yì shù lǐ
niàn.

The characteristics of Guang-
zhou Color Porcelain represent
Guangdong artisans' idea of
accepting all helpful elements
for creation. They learn from
all kinds of fine works,
ancient or foreign, to improve
their own techniques in
porcelain making.

291

这种艺术观和艺术理念还体
现在其他行业上，是广东人
精神的组成部分。
Zhè zhǒng yì shù guān hé yì
shù lǐ niàn hái tǐ xiàn zài qí
tā háng yè shàng, shì

This artistic idea can be found
in other fields as well. Actually
it's a part of the Cantonese
Spirit.

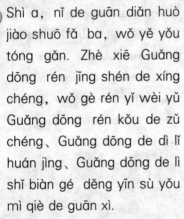

Guǎng dōng rén jīng shén de zǔ chéng bù fen.

B：是啊，你的观点或叫说法吧，我也有同感。这些广东人精神的形成，我个人以为与广东人口的组成、广东的地理环境、广东的历史变革等因素有密切的关系。

Shì a, nǐ de guān diǎn huò jiào shuō fǎ ba, wǒ yě yǒu tóng gǎn. Zhè xiē Guǎng dōng rén jīng shén de xíng chéng, wǒ gè rén yǐ wèi yǔ Guǎng dōng rén kǒu de zǔ chéng、Guǎng dōng de dì lǐ huán jìng、Guǎng dōng de lì shǐ biàn gé děng yīn sù yǒu mì qiè de guān xì.

你真有高见。看来，你对岭南的文化、历史和艺术等方面是有研究的，对吧？

Nǐ zhēn yǒu gāo jiàn. Kàn lái, nǐ duì Lǐng nán de wén huà、lì shǐ hé yì shù děng fāng miàn shì yǒu yán jiū de, duì ba?

B：I can't agree more with you. In my opinion, the forming of the Cantonese Spirit has a lot to do with its population structure, geographical environment and historical changes.

You have great insight of the Cantonese Spirit. You must be an expert in Lingnan culture, history and arts.

A：谈不上研究，应该说都有所涉猎吧。

Tán bù shàng yán jiū, yīng gāi shuō dōu yǒu suǒ shè liè ba.

A：I'm not that professional but just interested in this field.

B：说你是一位广东通、广州通，不会夸张吧？

Shuō nǐ shì yī wèi Guǎng dōng tōng、Guǎng zhōu tōng, bù huì kuā zhāng ba?

B：At least you are an expert of Guangdong and Guangzhou.

A：不敢当！不敢当！不过"半个通"还是可以的。

Bù gǎn dāng! Bù gǎn dāng! Bù guò "bàn gè tōng" hái shì kě yǐ de.

A：It's so kind of you.

B：从介绍广彩谈到岭南文化、历史、地理等诸方面，真令我大开眼界，得益匪浅。真是与君一席话，胜读十年书哇！

Cóng jiè shào Guǎng cǎi tán dào Lǐng nán wén huà、lì shǐ、dì lǐ děng zhū fāng miàn, zhēn lìng wǒ dà kāi yǎn jiè, dé yì fěi qiǎn. Zhēn shì yǔ jūn yī xí huà, shèng

B：You are so amazing to cover a variety of subjects ranging from Guangzhou Color Porcelain making to Lingnan culture, history and geography! I do learn a lot from you!! Even more than what I can get from books.

dú shí nián shū wa!

A：对不起！扯远了，耽误你选购的时间了。

Duì bu qǐ! Chě yuǎn le, dān wù nǐ xuǎn gòu de shí jiān le.

B：没问题，知识比购物更重要。说对不起的应该是我，因为我浪费了你的时间了。

Méi wèn tí, zhī shi bǐ gòu wù gèng zhòng yào. Shuō duì bu qǐ de yīng gāi shì wǒ, yīn wèi wǒ làng fèi le nǐ de shí jiān le.

A：实话实说，我们所谈的内容的深广度还是不够的，跟专家学者们的差距还是非常大的。我们只是比常人多看点书而已。

Shí huà shí shuō, wǒ men suǒ tán de nèi róng de shēn guǎng dù hái shì bù gòu de, gēn zhuān jiā xué zhě men de chā jù hái shì fēi cháng dà de. Wǒ men zhǐ shì bǐ cháng rén duō kàn

A：Thank you so much. But it seems that I've taken too much of your shopping time.

B：It doesn't matter. Learning is always more important than shopping. Actually it is me who has taken you too much time.

A：Frankly speaking, what I've learned is still far from enough to be an expert.

diǎn shū ér yǐ.

B：你是一个有自知之明的
人，一个不自我满足、不夜
郎自大的人，令我敬佩。

Nǐ shì yī gè yǒu zì zhī zhī
míng de rén，yī gè bù zì wǒ
mǎn zú、bù yè láng zì dà de
rén，lìng wǒ jìng pèi.

B：You are such a humble
man!

A：也许我们是"臭味相投"
吧。哈哈哈！

Yě xǔ wǒ men shì "chòu
wèi xiāng tóu" ba. Hā ha
ha!

A：We do share a lot in
common. Haha!

295

Pattern Drills

你家里摆设有广彩（江西景
德镇瓷器/河南军陶/潮州枫
溪瓷器/湖南醴陵瓷器/江苏
宜兴陶器/北京景泰蓝）吗？

Nǐ jiā li bǎi shè yǒu Guǎng
cǎi（Jiāng xī Jǐng dé zhèn cí

Have you got any Guangzhou
Color Porcelain / Jingde Porce-
lain of Jiangxi Province / Jun
Pottery of Henan Province /
Fengxi Porcelain of Chaozhou /
Liling Porcelain of Hunan

qì/Hé nán jūn táo/Cháo zhōu Fēng xī cí qì/Hú nán Lǐ líng cí qì/Jiāng sū Yí xīng táo qì/Běi jīng jǐng tài lán) ma?

Province / Yixing Pottery of Jiangsu Province / Cloisonne of Beijing in your house?

你（我/他/你们/我们/他们）是古董收藏家吗？

Nǐ (Wǒ / Tā / Nǐ men / Wǒ men / Tā men) shì gǔ dǒng shōu cáng jiā ma?

Are you / Am I / Is he / Are you / Are we / Are they（an）antiquer（s）?

你有鉴别古董（陶器/瓷器/玉器/金器/书画/邮票）的能力吗？

Nǐ yǒu jiàn bié gǔ dǒng (táo qì/cí qì/yù qì/jīn qì/shū huà/yóu piào) de néng lì ma?

Can you distinguish genuine antiques / pottery / porcelain / jade / gold / paintings / stamps?

我喜欢收藏邮票（钱币/图章/国画/油画/手表/陶器/瓷器/名家书画）。

Wǒ xǐ huan shōu cáng yóu piào (qián bì/tú zhāng/guó huà/yóu huà/shǒu biǎo/táo qì/cí qì/míng jiā shū huà).

I enjoy collecting stamps / coins / seals / traditional Chinese paintings / oil paintings / watches / pottery / porcelain / famous paintings.

第 30 课　广　绣

Lesson 30　Guangzhou Embroidery

A：朋友们，我已经介绍过广彩了，现在继续给你们介绍一下"广绣"。"广绣"是广州刺绣的简称。它是粤绣的两个派系之一，另一个派系是潮州刺绣。广绣与苏绣（苏州刺绣、江苏刺绣）、蜀绣（四川成都等地的刺绣）、湘绣（湖南刺绣）并称为中国四大名绣。广绣主要包括广州、佛山、南海、顺德、番禺等地的刺绣。唐代广绣已有高超技艺，代表作是南海 14 岁女艺人卢眉娘在一尺见方的绢上绣出的七卷《法华经》，字体比粟米粒还小。广绣作品《睡狮》、《孔雀图》及《四角大花披巾》，1915 年在巴拿马万国博览会

A：My dear friends, we have talked about Guangzhou Color Porcelain before, now we will come to Guangzhou Embroidery. Guangzhou Embroidery is usually abbreviated as "Guangxiu in Chinese", which is one of the two branches of Yue Embroidery, the other being Chaozhou Embroidery. Guangzhou Embroidery, Su Embroidery of Jiangsu Province, Shu Embroidery of Sichuan Province and Xiang Embroidery of Hunan Province are the four famous embroideries in China. Embroideries in Guangzhou, Foshan, Nanhai, Panyu and Shunde are referred to as

297

上获奖。广绣多作为贡品献给皇帝及王公大臣，现北京故宫中仍藏有不少广绣精品，台北故宫亦有珍藏。现在的状元坊、新胜街、沙面、六二三路一带是过去广绣的生产地。简介到此。请大家自由参观、选购，两个小时后，到白天鹅宾馆三楼用餐。

Péng you men, wǒ yǐ jīng jiè shào guò Guǎng cǎi le, xiàn zài jì xù gěi nǐ men jiè shào yī xià "Guǎng xiù". "Guǎng xiù" shì Guǎng zhōu cì xiù de jiǎn chēng. Tā shì Yuè xiù de liǎng gè pài xì zhī yī, lìng yī gè pài xì shì Cháo zhōu cì xiù. Guǎng xiù yǔ Sū xiù (Sū zhōu cì xiù, Jiāng sū cì xiù)、Shǔ xiù (Sì chuān Chéng dū děng dì de cì xiù)、Xiāng xiù (Hú nán cì xiù) bìng chēng wéi Zhōng guó sì dà míng xiù.Guǎng xiù zhǔ yào bāo kuò Guǎng zhōu、Fó

Guangzhou Embroidery. According to historical records, durings the Tang Dynasty, a 14-year-old girl named Lu Meiniang from Nanhai embroidered seven volumes of the *Fahua Buddhist Scripture* on a small piece of thin silk in a size of $0.1m^2$. The works of Guangzhou Embroidery *the Sleeping Lion*, *Peacocks* and *Flowery Scarf* won several awards at the Panama World Fair in 1915. Guangzhou Embroidery works were mostly used to pay tribute to the royal family and senior officials, hence there are still some nice works stored in the Forbidden City Museums in Beijing and Taipei respectively. Most Guangzhou Embroidery was produced around the present Zhuangyuan Fang, Xinsheng Street, Shamian Island and Liuersan Road. Ok, that's all

shān、Nán hǎi、Shùn dé、Pān yú děng dì de cì xiù. Táng dài Guǎng xiù yǐ yǒu gāo chāo jì yì, dài biǎo zuò shì Nán hǎi 14 suì nǚ yì rén Lú Méi niáng zài yī chǐ jiàn fāng de juàn shàng xiù chū de qī juàn 《Fǎ huá jīng》, zì tǐ bǐ sù mǐ lì hái xiǎo. Guǎng xiù zuò pǐn 《Shuì shī》、《Kǒng què tú》jí 《Sì jiǎo dà huā pī jīn》, 1915 nián zài Bā ná mǎ wàn guó bó lǎn huì shang huò jiǎng. Guǎng xiù duō zuò wéi gòng pǐn xiàn gěi huáng dì jí wáng gōng dà chén, xiàn Běi jīng Gù gōng zhōng réng cáng yǒu bù shǎo Guǎng xiù jīng pǐn, Tái běi Gù gōng yì yǒu zhēn cáng. Xiàn zài de Zhuàng yuán fāng、Xīn shèng jiē、Shā miàn、Liù èr sān lù yī dài shì guò qù Guǎng xiù de shēng chǎn dì. Jiǎn jiè dào

299

for Guangzhou Embroidery. Now you will have 2 hours for visiting and shopping, and then get to the 3rd floor of White Swan Hotel for lunch.

cǐ. Qǐng dà jiā zì yóu cān
guān、xuǎn gòu, liǎng gè
xiǎo shí hòu, dào Bái tiān é
bīn guǎn sān lóu yòng cān.

B：导游，广绣有多少种呢？

Dǎo yóu, Guǎng xiù yǒu
duō shǎo zhǒng ne？

B: How many kinds of Guangzhou Embroidery are there?

A：以使用材料的不同，广绣
可分为绒绣、线绣、钉金、
发绣和孔雀毛绣。

Yǐ shǐ yòng cái liào de bù
tóng, Guǎng xiù kě fēn wéi
róng xiù、xiàn xiù、dīng jīn、
fà xiù hé kǒng què máo xiù.

A: In terms of materials, Guangzhou Embroidery can be classified as floss embroidery, thread embroidery, gold embroidery, hair embroidery and peacock feather embroidery.

B：听说广绣的针法挺多的，
是吗？

Tīng shuō Guǎng xiù de zhēn
fǎ tǐng duō de, shì ma？

B: I hear that there are quite a lot of needling methods in Guangzhou Embroidery. Is that right?

A：是的。据说，有 50 种以
上，但我说不出这么多针法
来。我只知道有平面针法、
浮雕式主体针法和双面绣法。

Shì de. Jù shuō, yǒu 50
zhǒng yǐ shàng, dàn wǒ
shuō bù chū zhè me duō
zhēn fǎ lái. Wǒ zhǐ zhī dào

A: Yes. It is said that there are more than 50 needling methods. But I just know about flat needling, sculpture needling and double-sided needling.

yǒu píng miàn zhēn fǎ、fú
diāo shì zhǔ tǐ zhēn fǎ hé
shuāng miàn xiù fǎ.

B：好像苏绣、湘绣和蜀绣都
同样有双面绣，是吗？

Hǎo xiàng Sū xiù、Xiāng xiù
hé Shǔ xiù dōu tóng yàng
yǒu shuāng miàn xiù，shì
ma?

B：It seems there are double-sided embroideries in Su Embroidery, Shu Embroidery and Xiang Embroidery as well.

A：是的。双面彩绒刺绣，绣
出的花鸟虫鱼、山水景物十
分逼真，栩栩如生，雍容华
贵，灿烂夺目，金碧辉煌，
是外商的抢手货。

Shì de. Shuāng miàn cǎi
róng cì xiù，xiù chū de huā
niǎo chóng yú、shān shuǐ
jǐng wù shí fēn bī zhēn，xǔ
xǔ rú shēng，yōng róng huá
guì，càn làn duó mù，jīn bì
huī huáng，shì wài shāng
de qiǎng shǒu huò.

A：You are right. Figures of double-sided floss embroidery are mostly flowers, birds and landscapes. They are so vividly gorgeous and dazzling that they become very popular among foreign businessmen.

301

B：中国的刺绣，不但为中国
赚取不少外汇，为国家经济
建设增添财富，也为中国工
艺争得了荣誉，为弘扬博大

B：Chinese embroidery not only plays a very important part in China's economic development but also makes a great

精深的中华文化作出了贡献。

Zhōng guó de cì xiù, bù dàn wèi Zhōng guó zhuàn qǔ bù shǎo wài huì, wèi guó jiā jīng jì jiàn shè zēng tiān cái fù, yě wèi Zhōng guó gōng yì zhēng de le róng yù, wèi hóng yáng bó dà jīng shēn de Zhōng huá wén huà zuò chū le gòng xiàn.

A：随着中国高科技产品的大量出口，中国刺绣出口比重有所下降，但本身的出口量仍有增无减。世界各国对中国文化的认同越来越明显，中国的"和文化"对世界和平的影响越来越显现。

Suí zhe Zhōng guó gāo kē jì chǎn pǐn de dà liàng chū kǒu, Zhōng guó cì xiù chū kǒu bǐ zhòng yǒu suǒ xià jiàng, dàn běn shēn de chū kǒu liàng réng yǒu zēng wú jiǎn. Shì jiè gè guó duì Zhōng guó wén huà de rèn tóng yuè lái yuè míng xiǎn,

contribution to the spreading of Chinese culture.

A：The number of exporting Chinese embroidery is still increasing though it occupies a smaller percentage in exporting goods due to more exported hi-tech products. The more exposed to the world, the greater influence Chinese culture that focuses on peace and harmony has on the global society.

Zhōng guó de "hé wén huà" duì shì jiè hé píng de yǐng xiǎng yuè lái yuè xiǎn xiàn.

B：是啊，中国的"己所不欲，勿施于人"、"和气生财"、"和为贵"等思想，在世界上起着越来越积极的影响。

Shì a, Zhōng guó de "Jǐ suǒ bù yù, wù shī yú rén"、"hé qì shēng cái"、"hé wéi guì" děng sī xiǎng, zài shì jiè shàng qǐ zhe yuè lái yuè jī jí de yǐng xiǎng.

A：对呀，法国《人权宣言》中就引用了孔子的名言："己所不欲，勿施于人"呢！

Duì ya, Fǎ guó《Rén quán xuān yán》zhōng jiù yǐn yòng le Kǒng zǐ de míng yán："Jǐ suǒ bù yù, wù shī yú rén" ne!

B：我想世界各国人民反对单边主义、反对战争，希望世界和平，也是这种思想的延

B：That's right. Chinese culture has more and more positive influence on the world with its spirit like "never impose your dislikes on others", "Good manners make money", "Good manners are precious" spreading around the world.

303

A：Yes. There is a quotation of Confucius' "Never imposing your dislikes on others" in the *Declaration of Human Rights of France*.

B：People all around the world prefer a peaceful world rather than unilateralism or wars. I

续吧。或者说，世界各国人民的思想、愿望是与中国先哲提倡的"和文化"相吻合的吧。

Wǒ xiǎng shì jiè gè guó rén mín fǎn duì dān biān zhǔ yì、fǎn duì zhàn zhēng, xī wàng shì jiè hé píng, yě shì zhè zhǒng sī xiǎng de yán xù ba. Huò zhě shuō, shì jiè gè guó rén mín de sī xiǎng、yuàn wàng shì yǔ Zhōng guó xiān zhé tí chàng de "hé wén huà" xiāng wěn hé de ba.

believe that this is the continuity of the Chinese great thinkers' ideas about culture.

A：世界上爱好和平的人民都有美好、共同的愿望，有美好、共同的理想。

Shì jiè shàng ài hào hé píng de rén mín dōu yǒu měi hǎo、gòng tóng de yuàn wàng, yǒu měi hǎo、gòng tóng de lǐ xiǎng.

A： All peace-loving people throughout the world share the same nice wish of living in a peaceful world.

B：处在战乱中的贫穷国家和地区的人民，多么渴望和平与繁荣啊！稳定与繁荣的中

B： Especially those who are suffering wars or poverty. The prosperous and steadily deve-

国，成了许多国家和地区的
人民向往的地方。

Chǔ zài zhàn luàn zhōng de
pín qióng guó jiā hé dì qū de
rén mín，duō me kě wàng
hé píng yǔ fán róng a! Wěn
dìng yǔ fán róng de Zhōng
guó，chéng le xǔ duō guó
jiā hé dì qū de rén mín xiàng
wǎng de dì fang.

A：看来，我们有共同的话
题、有几乎共同的理念、有
一定的共识。所以，我们的
谈话很投机。也许是应了我
们中国的一句古话："酒逢
知己千杯少，话不投机半句
多"吧。

Kàn lái，wǒ men yǒu gòng
tóng de huà tí、yǒu jī hū
gòng tóng de lǐ niàn、yǒu yī
dìng de gòng shí. Suǒ yǐ,
wǒ men de tán huà hěn tóu
jī. Yě xǔ shì yìng le wǒ men
Zhōng guó de yī jù gǔ huà：
"Jiǔ féng zhī jǐ qiān bēi
shǎo，huà bù tóu jī bàn jù

loping China has attracted
many people from other
countries and areas.

A：Well, we do have a great
deal in common. Just like the
old Chinese saying goes：
"Close friends always share a
lot."

duō" ba.

B：好，我们下次再谈吧！
Hǎo, wǒ men xià cì zài tán
ba!

B：Fine. Talk to you later.

词语替换练习

Pattern Drills

听说，不少外国人的客厅或卧室，也挂中国水墨画和中国刺绣，是吗？
Tīng shuō, bù shǎo wài guó rén de kè tīng huò wò shì, yě guà Zhōng guó shuǐ mò huà hé Zhōng guó cì xiù, shì ma?

I hear that many foreigners like to hang some Chinese ink paintings and Chinese embroideries on the wall of their sitting-rooms or bedrooms, don't they?

听说你出差了（结婚了/上学了/升官了/出书了/评上教授了）。
Tīng shuō nǐ chū chāi le (jié hūn le/shàng xué le/shēng guān le/chū shū le/píng shàng jiào shòu le).

I hear that you are on a business trip / you get married / you go to school / you get a promotion / you have a book published / you have been assessed as professor.

第31课 珠江夜游

Lesson 31 Night Cruise on the Pearl River

A：各位朋友，欢迎你们参加珠江夜游。我们的游船是"珠江明珠"号。今晚，由我陪同各位沿着"珠江画廊"，去追寻广州悠久的历史和辉煌的发展轨迹。我会沿途逐一介绍我们经过的珠江两岸的美景。

Gè wèi péng you, huān yíng nǐ men cān jiā Zhū jiāng yè yóu. Wǒ men de yóu chuán shì "Zhū jiāng míng zhū" hào. Jīn wǎn, yóu wǒ péi tóng gè wèi yán zhe "Zhū jiāng huà láng", qù zhuī xún Guǎng zhōu yōu jiǔ de lì shǐ hé huī huáng de fā zhǎn guǐ jī. Wǒ huì yán tú zhú yī jiè shào wǒ men jīng

A: Welcome aboard the Night Cruise on "Pearl River" yacht. Tonight, we will enjoy the great night view of Guangzhou City along the Pearl River Corridor, and you will learn something about the glorious history and the rapid development of Guangzhou.

307

guò de Zhū jiāng liǎng àn de
měi jǐng.

珠江，是由于海珠广场附近
的江中有一块方圆 90 丈的礁
石——摩黎宝珠而得名。该
石被称为海珠石，因此，这
条江便叫珠江。

Zhū jiāng, shì yóu yú Hǎi
zhū guǎng chǎng fù jìn de
jiāng zhōng yǒu yī kuài fāng
yuán 90 zhàng de jiāo
shí——Mó lí bǎo zhū ér dé
míng. Gāi shí bèi chēng wéi
Hǎi zhū shí, yīn cǐ, zhè tiáo
jiāng biàn jiào Zhū jiāng.

珠江包括东江、西江、北江
及其支流。它流经云南、贵
州、广西、江西、湖南、广
东六省区。主干流西江发源
于云南曲靖市马雄山，全长
2214 千米。其长度和流域面
积在全国江河中位居第三，
年流量居全国第二位。

Zhū jiāng bāo kuò Dōng
jiāng、Xī jiāng、Běi jiāng jí
qí zhī liú. Tā liú jīng Yún

There used to be a huge stone,
namely Moli Pearl, standing in
the mist of the river near
Haizhu Square. It resembled a
shiny pearl after being polished
by the river water for thousands
of years. Consequently, the
river was named the Pearl
River.

The Pearl River is the joint
name of some river systems
including the East River, the
West River, the North River
and their tributaruis. With its
main stream the West River
originating from Maxiong
Mountain of Qujing City in
Yunnan Province, the river
runs across 5 provinces and
one autonomous region as

nán、Guì zhōu、Guǎng xī、Jiāng xī、Hú nán、Guǎng dōng liù shěng qū. Zhǔ gàn liú Xī jiāng fā yuán yú Yún nán Qū jìng shì Mǎ xióng shān, quán cháng 2214 qiān mǐ. Qí cháng dù hé liú yù miàn jī zài quán guó jiāng hé zhōng wèi jū dì sān, nián liú liàng jū quán guó dì èr wèi.

Yunnan, Guizhou, Guangxi, Jiangxi, Hunan and Guangdong with a total length of 2214 kilometres. It is the third largest river in China in terms of length and drainage area, with its annual discharge ranking No.2 in the country.

现在，我们的游船从大沙头码头出发，向西行驶。我们船的右前方是天字码头。"天字码头"有广州一号码头之意。正对码头南北向的是北京路商业步行街。前方是海珠桥，广州第一座横跨珠江南北两岸的大桥。1933 年建成，1949 年，国民党军队撤退时被炸毁。解放后修复并扩宽桥面。桥的北端就是我们的右边，是广州羊城八景之一的"珠海丹心"——海珠广场。广场旁边有广交会旧址及广州宾馆。广州宾

Now we are setting out westward from Dashatou Wharf. On our right stands Tianzi Wharf, meaning the No.1 wharf in Guangzhou. In front of Tianzi Wharf is Beijing Road Pedestrian Mall. Ahead of our yacht is Haizhu Bridge. It is the first bridge over the Pearl River. The bridge was constructed in 1933, and bombed out by Kuomintang army on their way of retreat in 1949. It was restored and broadened after Liberation.

馆又名"二十七层",曾经是中华第一楼,是 20 世纪 70 年代全国最高的楼。左边又是一个广场,连接江南大道。Xiàn zài, wǒ men de yóu chuán cóng Dà shā tóu mǎ tóu chū fā, xiàng xī xíng shǐ. Wǒ men chuán de yòu qián fāng shì Tiān zì mǎ tóu. "Tiān zì mǎ tóu" yǒu Guǎng zhōu yī hào mǎ tóu zhī yī. Zhèng duì mǎ tóu nán běi xiàng de shì Běi jīng lù shāng yè bù xíng jiē. Qián fāng shì Hǎi zhū qiáo, Guǎng zhōu dì yī zuò héng kuà Zhū jiāng nán běi liǎng àn de dà qiáo. 1933 nián jiàn chéng, 1949 nián Guó mín dǎng jūn duì chè tuì shí bèi zhà huǐ. Jiě fàng hòu xiū fù bìng kuò kuān qiáo miàn. Qiáo de běi duān jiù shì wǒ men de yòu biān, shì Guǎng zhōu Yáng chéng bā jǐng zhī yī de "Zhū hǎi dān

To the north of Haizhu Bridge is Haizhu Square which is now on our right. It's one of the Eight Sceneries of Guangzhou, namely "Zhuhai Royal Heart". Around the Square are the original site of China Export Commodities Trade Fair and Guangzhou Hotel. The 27-storey Guangzhou Hotel was the highest building in the whole country in 1970s. On its left is another square connecting Jiangnan Avenue.

xīn" —— Hǎi zhū guǎng
chǎng. Guǎng chǎng páng
biān yǒu Guǎng jiāo huì jiù
zhǐ jí Guǎng zhōu bīn guǎn.
Guǎng zhōu bīn guǎn yòu
míng "Èr shí qī céng", tā
céng jīng shì Zhōng huá dì yī
lóu, shì 20 shì jì 70 nián dài
quán guó zuì gāo de lóu.
Zuǒ biān yòu shì yī gè guǎng
chǎng, lián jiē Jiāng nán dà
dào.

311

我们的前方是解放大桥，桥
面的灯饰像两道彩虹，南接
南华路，北连解放路。

Wǒ men de qián fāng shì
Jiě fàng dà qiáo, qiáo miàn
de dēng shì xiàng liǎng dào
cǎi hóng, nán jiē Nán huá
lù, běi lián Jiě fàng lù.

我们的右前方是"爱群大厦"
旧楼，建于 1937 年，高 15
层、64 米，当时为广州最高
的大厦，是以前广交会指定
的接待单位。它的旁边是中
山大学第二附属医院，又称

The rainbow-like bridge before
the yacht is Liberation Bridge,
which is connected with Nan-
hua Road in the south and
Jiefang Road in the north.

On the right now you can see
the old Aiqun Mansion. Built
in 1937, it is 64 m tall of 15
storeys, the tallest building at
that time. It was the appointed
reception hotel for the trade

"孙逸仙纪念医院"，前身为博济医院，1835 年由美国传教士伯格创建，孙中山先生曾在此学医并从事革命活动，中国近代女子医学教学从这里开始。

Wǒ men de yòu qián fāng shì "Ài qún dà shà" jiù lóu, jiàn yú 1937 nián, gāo 15 céng、64 mǐ, dāng shí wéi Guǎng zhōu zuì gāo de dà shà, shì yǐ qián Guǎng jiāo huì zhǐ dìng de jiē dài dān wèi. Tā de páng biān shì Zhōng shān dà xué dì èr fù shǔ yī yuàn, yòu chēng "Sūn Yì xiān jì niàn yī yuàn", qián shēn wéi Bó jǐ yī yuàn, 1835 nián yóu Měi guó chuán jiào shì Bó gé chuàng jiàn, Sūn Zhōng shān xiān sheng céng zài cǐ xué yī bìng cóng shì gé mìng huó dòng, zhōng guó jìn dài nǚ zǐ yī xué jiào xué cóng zhè lǐ kāi shǐ.

fair then. Beside Aiqun Mansion is the Second Hospital Affiliated to Zhongshan University. Originating from Boji Hospital, it is also called Dr. Sun Yat-Sen Memorial Hospital, which was established by an American missionary Peter Parker in 1835. It was in this place that Dr. Sun Yat-sen studied medicine and conducted revolutionary activities. And it was in this place that women in modern China first learned medicine.

我们的右边是南方大厦，它
曾是广州规模最大的百货商
店之一，前身是大新公司，
享有较高知名度。前方是人
民桥，是继海珠桥之后第二
座横跨珠江两岸的大桥，
1967 年 5 月建成通车。

Wǒ men de yòu biān shì
Nán fāng dà shà, tā céng
shì Guǎng zhōu guī mó zuì
dà de bǎi huò shāng diàn zhī
yī, qián shēn shì Dà xīn
gōng sī, xiǎng yǒu jiào gāo
zhī míng dù. Qián fāng shì
Rén mín qiáo, shì jì Hǎi zhū
qiáo zhī hòu dì èr zuò héng
kuà Zhū jiāng liǎng àn de dà
qiáo, 1967 nián 5 yuè jiàn
chéng tōng chē.

过了人民桥，我们就驶进白
鹅潭了。左边是广州酒家分
店。右边是白天鹅宾馆，它
耸立在 0.3 平方千米的沙面岛
上，像只展翅高飞的白天鹅。
沙面，解放前是帝国主义占
领的租界，岛上全是欧陆式

On our right stands Nanfang
Mansion. It used to be one of
the largest department stores in
Guangzhou and its predecessor
was Daxin Company with fairly
good reputation. Ahead of our
yacht is Renmin Bridge. It is
the second bridge over the
Pearl River. It was built up and
put into service in May, 1967.

313

Across Renmin Bridge, we are
entering White Goose Pool with
Guangzhou Restaurant on its
left and White Swan Hotel on
its right. The famous hotel
stands tall and upright on
Shamian Island, overlooking

西方古典建筑物，现在是国家重点文物保护单位，被誉为"羊城第九景"。

Guò le Rén mín qiáo, wǒ men jiù shǐ jìn Bái é tán le. Zuǒ biān shì Guǎng zhōu jiǔ jiā fēn diàn. Yòu biān shì Bái tiān é bīn guǎn, tā sǒng lì zài 0.3 píng fāng qiān mǐ de Shā miàn dǎo shàng, xiàng zhī zhǎn chì gāo fēi de bái tiān é. Shā miàn, jiě fàng qián shì dì guó zhǔ yì zhàn lǐng de zū jiè, dǎo shàng quán shì ōu lù shì xī fāng gǔ diǎn jiàn zhù wù, xiàn zài shì guó jiā zhóng diǎn wén wù bǎo hù dān wèi, bèi yù wéi "Yáng chéng dì jiǔ jǐng".

现在，我们的船调头往东行驶。左前方有个大钟楼——"粤海关大楼"，1916 年由英国建筑师设计，高 4 层、31.85 米，由英国进口材料建成，是西方新古典主义的代

the White Goose Pool like a white swan flying into the sky. Shamian, occupying an area of 0.3 km^2, used to be the imperialistic settlement in China before Liberation. Shamian is called the 9th Scenery of Guangzhou, and is a historical cultural scenic spot with European architectural style. It has been defined as an important cultural relic of the country.

Here our yacht is reversing and running eastwards now. See the big bell tower on your left? It is Canton Customs Building. Designed by a British architect, the 4-storey building was

表作。刚才我来不及介绍了，岸边有"沙基惨案烈士纪念碑"，是为纪念在 1925 年 6 月 23 日被外国侵略者开枪扫射而遇难的烈士而建。从碑往西到黄沙地铁站的路段，因此被命名为六二三路。

Xiàn zài, wǒ men de chuán diào tóu wǎng dōng xíng shǐ. Zuǒ qián fāng yǒu gè dà zhōng lóu——"Yuè hǎi guān dà lóu", 1916 nián yóu Yīng guó jiàn zhù shī shè jì, gāo 4 céng、31.85 mǐ, yóu Yīng guó jìn kǒu cái liào jiàn chéng, shì xī fāng xīn gǔ diǎn zhǔ yì de dài biǎo zuò. Gāng cái wǒ lái bù jí jiè shào le, àn biān yǒu "Shā jī cǎn àn liè shì jì niàn bēi", shì wèi jì niàn zài 1925 nián 6 yuè 23 rì bèi wài guó qīn lüè zhě kāi qiāng sǎo shè ér yù nàn de liè shì ér jiàn. Cóng bēi wǎng xī dào Huáng shā dì tiě zhàn de lù

built up in 1916, 31.85 m tall. It is considered as the representation of the new classicalism architecture of the West. On the river shore there is the Monument of Martyrs of Shaji Massacre. It was built for memorizing those martyrs shot by foreign invaders on June 23, 1925. The road westward from the monument to Huangsha Metro Station is consequently named Liuersan Road.

315

duàn, yīn cǐ bèi mìng míng
wéi liù èr sān lù.

现在，在我们前方的双塔斜拉桥叫海印大桥，因位于海印石附近而得名。桥长225米，塔高57.4米，由186根钢索星形拉固，塔顶像两只羊角，寓意羊城。

316

Xiàn zài, zài wǒ men qián
fāng de shuāng tǎ xié lā
qiáo jiào Hǎi yìn dà qiáo,
yīn wèi yú Hǎi yìn shí fù jìn
ér dé míng. Qiáo cháng 225
mǐ, tǎ gāo 57.4 mǐ, yóu
186 gēn gāng suǒ xīng xíng
lā gù, tǎ dǐng xiàng liǎng zhī
yáng jiǎo, yù yì Yáng
chéng.

左前方是二沙岛，岛上有体育训练基地。再前方是星海音乐厅，设施一流，是举行高品位文艺表演的场所。岛上绿化甚佳，绿化地甚广。岛上别墅及洋房多为广州新贵居住。此处楼价为全市之冠，其中有幢别墅开价五千

In front of us now is a double-tower oblique plane cable-stayed bridge. It is Haiyin Bridge. It got its name for the Haiyin Stone nearby. The bridge is 225 m long, with the towers of 57.4 m tall. It is fixed up by 186 tight wires. The two towers look like horns of rams, implying the bridge of Guangzhou City.

Now you can see Ersha Island on your left. There is a sports training base. And Xinghai Concert Hall on the island with advanced equipments is a perfect place for great performances. The great area of green belts and luxurious

万人民币，真是"天文数字"啊！

Zuǒ qián fāng shì Èr shā dǎo, dǎo shàng yǒu tǐ yù xùn liàn jī dì. Zài qián fāng shì Xīng hǎi yīn yuè tīng, shè shī yī liú, shì jǔ xíng gāo pǐn wèi wén yì biǎo yǎn de chǎng suǒ. Dǎo shàng lǜ huà shèn jiā, lǜ huà dì shèn guǎng. Dǎo shàng bié shù jí yáng fáng duō wéi Guǎng zhōu xīn guì jū zhù. Cǐ chù lóu jià wéi quán shì zhī guàn, qí zhōng yǒu zhuàng bié shù kāi jià wǔ qiān wàn Rén mín bì, zhēn shì "tiān wén shù zì" a!

各位朋友，我们饱览了珠江两岸美丽的风光。珠江河上的流光溢彩，穿过了时光隧道，了解了广州的过去，又看到了广州的现在。深信广州会给你们一个美好的印象，让你们流连忘返。欢迎你们以后再来。那时羊城会更

housing condition attract rich people to live there. The price of houses reaches the highest in Guangzhou. One of the villas is sold at the price of 50 million *yuan*. What an amazing price!

317

Ladies and gentlemen, after our night cruise on the Pearl River, I do hope that the splendid night view of Guangzhou and its glorious past and present will give you a wonderful impression. Guangzhou City, together with the Pearl River,

美，珠江会更秀丽。朋友们，再见！

Gè wèi péng you, wǒ men bǎo lǎn le Zhū jiāng liǎng àn měi lì de fēng guāng. Zhū jiāng hé shàng de liú guāng yì cǎi, chuān guò le shí guāng suì dào, liǎo jiě le Guǎng zhōu de guò qù, yòu kàn dào le Guǎng zhōu de xiàn zài. Shēn xìn Guǎng zhōu huì gěi nǐ men yī gè měi hǎo de yìn xiàng, ràng nǐ men liú lián wàng fǎn. Huān yíng nǐ men yǐ hòu zài lái.nà shí Yáng chéng huì gèng měi, Zhū jiāng huì gèng xiù lì. Péng you men, zài jiàn!

will become more beautiful in the future. Hope you will have chances to visit Guangzhou again. Good-bye, everyone.

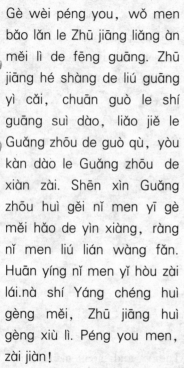

词语替换练习

Pattern Drills

到东山口(北京路/海珠广场)
几个站？

Dào Dōng shān kǒu (Běi jīng
lù / Hǎi zhū guǎng chǎng) jǐ
gè zhàn?

How many stops are there to
Dongshankou / Beijing Road /
Haizhu Square?

319

到中山大学 (华南理工大学/
广州大学)坐几号车？

Dào Zhōng shān dà xué
(Huá nán lǐ gōng dà xué /
Guǎng zhōu dà xué) zuò jǐ
hào chē?

Which bus shall I take to
Zhongshan University / South
China University of Technology
/ Guangzhou University?

坐地铁 1 号线，可以到烈士
陵园 (公园前/西门口/黄沙/
芳村/广州火车东站)吗？

Zuò dì tiě 1 hào xiàn, kě yǐ
dào Liè shì líng yuán (Gōng
yuán qián/Xī mén kǒu/
Huáng shā/Fāng cūn/Guǎng
zhōu huǒ chē dōng zhàn)

Can I take Metro Line 1 to
Lieshilingyuan / Gongyuanqian /
Ximenkou / Huangsha / Fangcun /
the East Railway Station of
Guangzhou?

ma?

坐地铁2号线,可以到越秀公园(三元里/中山大学/琶洲国际会展中心)吗?

Zuò dì tiě 2 hào xiàn, kě yǐ dào Yuè xiù gōng yuán (Sān yuán lǐ / Zhōng shān dà xué / Pá zhōu guó jì huì zhǎn zhōng xīn) ma?

Can I take Metro Line 2 to Yuexiu Park/Sanyuanli/Zhongshan University / Pazhou International Conference and Exhibition Centre?

第 32 课 广州大学城

Lesson 32 Guangzhou Higher Education Mega Centre

A：各位朋友，我们现在要去参观的是广州一道最靓丽的文化风景线——广州大学城，全国最大的大学城，世界一流的大学城。

Gè wèi péng you, wǒ men xiàn zài yào qù cān guān de shì Guǎng zhōu yī dào zuì liàng lì de wén huà fēng jǐng xiàn——Guǎng zhōu dà xué chéng, quán guó zuì dà de dà xué chéng, shì jiè yī liú de dà xué chéng.

B：大学城有多大啊？可容纳多少学生呀？

Dà xué chéng yǒu duō dà a? Kě róng nà duō shǎo xué sheng ya?

A: My dear friends, we are now heading off the most beautiful cultural spot in Guangzhou, Guangzhou Higher Education Mega Centre. It is generally called Guangzhou University City by most people. It is the biggest world-class higher education mega centre in China.

B: How big is the Centre? How many students are there?

321

A：这座全国最大的大学城可容纳 18 万～20 万学生，总人口 35 万～40 万人，相当于一个中等规模的城市。占地 43.3 平方千米，总投资达 200 亿～300 亿元人民币。

Zhè zuò quán guó zuì dà de dà xué chéng kě róng nà 18 wàn～20 wàn xué sheng, zǒng rén kǒu 35 wàn～40 wàn rén, xiāng dāng yú yī gè zhōng děng guī mó de chéng shì. Zhàn dì 43.3 píng fāng qiān mǐ, zǒng tóu zī dá 200 yì～300 yì yuán Rén mín bì.

C：大学城有什么特色呢？

Dà xué chéng yǒu shén me tè sè ne?

A：大学城规划起点高，完全按学、研、产相结合的城市规模设计，空间结构层次是以大学城中间区域为中心，形成城——组团——校区的布局。即商场、银行、医院等公共服务设施聚集在小谷

A：With an area of approximately 43.3 km^2, it is capable of accommodating 350 to 400 thousand people, among whom 180 000 to 200 000 are students. The total construction cost is estimated at about RMB 20 to 30 billion *yuan*.

C：What is it special about?

A：The Mega Centre is constructed as a city-sized centre for academic activities, scientific research and industrial development. It is designed in the form of city—groups—campuses with 10 universities

围岛南北向长达 4 千米的发展走廊上，大型生态公园和体育中心则建在岛中心，形成城市级共享区。全城分五大组团，各组团均由教学区、生活区、资源共享区、组团公共绿地等构成。当然，大型图书馆和运动场是不可少的。每个校区又有配合本校专业特点的小型图书馆以及运动场。大学城是一座动静结合、山水结合、人文生态结合的现代文化城。

Dà xué chéng guī huá qǐ diǎn gāo, wán quán àn xué、yán、chǎn xiāng jié hé de de chéng shì guī mó shè jì, kōng jiān jié gòu céng cì shì yǐ dà xué chéng zhōng jiān qū yù wéi zhōng xīn, xíng chéng chéng——zǔ tuán——xiào qū de bù jú. Jí shāng chǎng、yín háng、yī yuàn děng gōng gòng fú wù shè shī jù jí zài Xiǎo gǔ wéi dǎo nán běi xiàng cháng dá

and colleges occupying the central area of the Xiaoguwei Island, while public facilities like shops, banks and a hospital scatter along the 4 km corridor. A huge ecological park and a sports centre are built at the heart of the island as shared resources for all universities. 10 universities constitute 5 groups of campuses, with each campus having its own sections for classroom buildings, office buildings, dormitory buildings, libraries, stadiums, a resource sharing zone and green belts as well. Students enjoy a colorful life here. Guangzhou Higher Education Mega Centre is really a modern integration of natural beauty and cultural development.

323

4 qiān mǐ de fā zhǎn zǒu láng shàng, dà xíng shēng tài gōng yuán hé tǐ yù zhōng xīn zé jiàn zài dǎo zhōng xīn, xíng chéng chéng shì jí gòng xiǎng qū. Quán chéng fēn wǔ dà zǔ tuán, gè zǔ tuán jūn yóu jiào xué qū、shēng huó qū、zī yuán gòng xiǎng qū、zǔ tuán gōng gòng lǜ dì děng gòu chéng. Dāng rán, dà xíng tú shū guǎn hé yùn dòng chǎng shì bù kě shǎo de. Měi gè xiào qū yòu yǒu pèi hé běn xiào zhuān yè tè diǎn de xiǎo xíng tú shū guǎn yǐ jí yùn dòng chǎng. Dà xué chéng shì yī zuò dòng jìng jié hé、shān shuǐ jié hé、rén wén shēng tài jié hé de xiàn dài wén huà chéng.

B：大学城地处广州市什么地方？

Dà xué chéng dì chǔ Guǎng zhōu shì shén me dì fang?

B：Where is the Centre located?

A：大学城位于广州市番禺区新造镇小谷围岛及南岸地区，西邻洛溪岛，北邻生物岛，东接长洲岛，与琶洲岛、瀛洲生态公园隔江相望，距广州市中心约 17 千米，距广州新城约 8 千米，地处广州南拓的发展轴上和都会区中。周边有近代历史文化史迹黄埔军校，有分别体现传统与现代岭南文化的余荫山房和宝墨园，有琶洲国际会展中心以及广州生物岛等代表现代城市文化标志的建筑。广州大学城是珠江出海口江心岛上的一颗大明珠。

Dà xué chéng wèi yú Guǎng zhōu shì Pān yú qū Xīn zào zhèn Xiǎo gǔ wéi dǎo jí nán àn dì qū, xī lín Luò xī dǎo, běi lín Shēng wù dǎo, dōng jiē Cháng zhōu dǎo, yǔ pá zhōu dǎo、Yíng zhōu shēng tài gōng yuán gé jiāng xiāng wàng, jù Guǎng zhōu shì zhōng xīn yuē 17 qiān mǐ,

325

A: It is located in Xiaoguwei Island and the southern bank areas in Xinzao Town, Panyu District of Guangzhou, with Luoxi Island to its west, Biological Island to its north, and Changzhou Island to its east. Yingzhou Ecological Park and Pazhou Island are on the opposite bank of the river. The Mega Centre is about 17 km away from the downtown of Guangzhou City, and about 8 km from the new city areas. There are quite a lot of scenic spots around the Mega Centre like the Former Site of Huangpu Military Academy, Yuyin Mountain House, Baomo Garden, Pazhou International Conference and Exhibition Centre and Biological Island. Guangzhou Higher Education Mega Centre is a shiny pearl on the island at the estuary of the Pearl River.

jù Guǎng zhōu xīn chéng
yuē 8 qiān mǐ, dì chǔ
Guǎng zhōu nán tuò de fā
zhǎn zhóu shàng hé dū huì
qū zhōng. Zhōu biān yǒu jìn
dài lì shǐ wén huà shǐ jī
Huáng pǔ jūn xiào, yǒu fēn
bié tǐ xiàn chuán tǒng yǔ
xiàn dài Lǐng nán wén huà
de Yú yīn shān fáng hé Bǎo
mò yuán, yǒu Pá zhōu guó
jì huì zhǎn zhōng xīn、
Guǎng zhōu shēng wù dǎo
děng dài biǎo xiàn dài chéng
shì wén huà biāo zhì de jiàn
zhù. Guǎng zhōu dà xué
chéng shì Zhū jiāng chū hǎi
kǒu jiāng xīn dǎo shàng de
yī kē dà míng zhū.

C：大学城的交通方便吗？

Dà xué chéng de jiāo tōng
fāng biàn ma？

A：这里的对外交通干道主要
有小谷围岛中部的南北干道
和中部快线；内部交通呈环
形放射网络状，主要道路为

C：Is it convenient to get there?

A： An expressway traverses
the island connecting the island
with the downtown transporta-
tion network；within the island

外环、中环、内环路及连接
放射线。主干道 60 米宽，次
干道 40 米宽。为保持大学城
良好的生态环境，这里提倡
公共交通、自行车和步行交
通。此外，还有地铁 4 号线
和准备开通的 7 号线及隧道
与岛外交通连接。由此可见，
交通是十分现代化、十分方
便的。

Zhè lǐ de duì wài jiāo tōng
gàn dào zhǔ yào yǒu Xiǎo
gǔ wéi dǎo zhōng bù nán
běi gàn dào hé zhōng bù
kuài xiàn; nèi bù jiāo tōng
chéng huán xíng fàng shè
wǎng luò zhuàng, zhǔ yào
dào lù wéi wài huán、zhōng
huán、nèi huán lù jí lián jiē
fàng shè xiàn. Zhǔ gàn dào
60 mǐ kuān, cì gàn dào 40
mǐ kuān. Wèi bǎo chí dà xué
chéng liáng hǎo de shēng
tài huán jìng, zhè lǐ tí chāng
gōng gòng jiāo tōng、zì xíng
chē hé bù xíng jiāo tōng. Cǐ

there are three loops of road-
ways as the exterior loop,
central loop and interior loop
linked up with roadways in
between. The main roads are
60 m wide and others are 40 m
in width. People are encou-
raged to take the public
transportation and bicycles and
even get around on foot to
maintain a nice ecological
environment on the island.
Metro Line 4 has stops in the
Centre and Line 7 and a tunnel
are under construction. So it
has very convenient transporta-
tion condition.

327

wài, hái yǒu dì tiě 4 hào
xiàn hé zhǔn bèi kāi tōng de
7 hào xiàn jí suì dào yǔ dǎo
wài jiāo tōng lián jiē. Yóu cǐ
kě jiàn, jiāo tōng shì shí fēn
xiàn dài huà、shí fēn fāng
biàn de.

B：大学城里有哪些大学呢？
Dà xué chéng li yǒu nǎ xiē
dà xué ne?

A：入驻大学城的大学有：中
山大学、华南理工大学、华
南师范大学、广东外语外贸
大学、广东工业大学、广州
大学、广州中医药大学、广
东药学院、星海音乐学院、
广州美术学院等10所高校。
大学城有约14万学生，是华
南地区高级人才培养、科学
研究和交流的中心，是学、
研、产一体化发展的城市新
区。

Rù zhù dà xué chéng de dà
xué yǒu：Zhōng shān dà
xué、Huá nán lǐ gōng dà
xué、Huá nán shī fàn dà

B： Which universities are in
the Mega Centre?

A： There are 10 universities
and colleges of 140 000 stu-
dents in the Centre. They are
Zhongshan University, South
China University of Technolo-
gy, South China Normal Uni-
versity, Guangdong University
of Foreign Studies, Guangdong
Industrial University, Guang-
zhou University, Guangzhou
University of Traditional
Chinese Medicine, Guangdong
Medical College, Xinghai
Conservatory of Music, and
Guangzhou Academy of Fine
Arts. It's a center in South

xué、Guǎng dōng wài yǔ
wài mào dà xué、Guǎng
dōng gōng yè dà xué、
Guǎng zhōu dà xué、Guǎng
zhōu zhōng yī yào dà xué、
Guǎng dōng yào xué yuàn、
Xīng hǎi yīn yuè xué yuàn、
Guǎng zhōu měi shù xué
yuàn děng 10 suǒ gāo xiào.
Dà xué chéng yǒu yuē 14
wàn xué sheng, shì Huá
nán dì qū gāo jí rén cái péi
yǎng、kē xué yán jiū hé jiāo
liú de zhōng xīn, shì xué、
yán、chǎn yī tǐ huà fā zhǎn
de chéng shì xīn qū.

China for education of
advanced talents, scientific
research and exchange.

329

B：听说美籍知名人士陈香梅
女士参观过大学城，是吗？

Tīng shuō Měi jí zhī míng
rén shì Chén Xiāng méi nǚ
shì cān guān guò dà xué
chéng, shì ma?

B：I hear that the famous
Chinese American lady Chen
Xiangmei has visited the
Centre. Is it true?

A：是的，国际友人、著名华
裔社会活动家、美国国际合
作委员会主席陈香梅女士及
其朋友郭先生在大学城指挥

A：Yes. The well-known social
activist Chen Xiangmei, chair-
person of the American Inter-
national Cooperation Commit-

部主任等的陪同下，参观了大学城。陈女士说："国外也有大学城，但规模没这么大。广州大学城这个计划非常好。广州经济发展较快，在这么短的时间里建出如此一流水平的大学城，真不容易。这也是值得我们华人骄傲的事情！"她动情地赞扬了大学城。

Shì de, guó jì yǒu rén、zhù míng Huá yì shè huì huó dòng jiā、Měi guó guó jì hé zuò wěi yuán huì zhǔ xí Chén Xiāng méi nǚ shì jí qí péng you Guō xiān sheng zài dà xué chéng zhǐ huī bù zhǔ rèn děng de péi tóng xià, cān guān le dà xué chéng. Chén nǚ shì shuō: "Guó wài yě yǒu dà xué chéng, dàn guī mó méi zhè me dà. Guǎng zhōu dà xué chéng zhè gè jì huá fēi cháng hǎo. Guǎng zhōu jīng jì fā zhǎn jiào kuài, zài zhè

tee, accompanied by the directors of Guangzhou University Construction Headquarters, visited the Mega Centre with her friend Mr. Guo. Ms. Chen sang high praise of the Centre. She said, "There are higher education mega centres in other countries too, but none is comparable in size with the one in Guangzhou. It's really amazing to have this first-rate mega centre built in such a short period of time! It's a great pride of all Chinese people."

me duǎn de shí jiān li jiàn
chū rú cǐ yī liú shuǐ píng de
dà xué chéng, zhēn bù róng
yì. Zhè yě shì zhí de wǒ
men Huá rén jiāo ào de shì
qíng!" Tā dòng qíng de zàn
yáng le dà xué chéng.

C：2004 年 11 月 18 日，中共
中央政治局常委、全国人大
常委会委员长吴邦国考察了
大学城，他勉励大家将大学
城建设成现代化、生态型、
文化氛围浓厚、特色鲜明的
国家一流大学园区。

2004 nián 11 yuè 18 rì,
Zhōng gòng zhōng yāng
zhèng zhì jú cháng wěi、
quán guó rén dà cháng wěi
huì wěi yuán zhǎng Wú
Bāng guó kǎo chá le dà xué
chéng, tā miǎn lì dà jiā
jiāng dà xué chéng jiàn shè
chéng xiàn dài huà、shēng
tài xíng、wén huà fēn wéi
nóng hòu、tè sè xiān míng
de guó jiā yī liú dà xué yuán

331

C：On Nov. 18, 2004, Wu
Bangguo, chairman of NPC
Standing Committee and
Politburo's Standing Committee
member of CPC Central Com-
mittee, inspected Guangzhou
Higher Education Mega Centre
and encouraged the staff to
build it into a distinctively
modern, ecological and first-
class national education centre
full of cultural atmosphere.

qū.

B：能在大学城生活、学习、工作，那该多好哇！

Néng zài dà xué chéng shēng huó、xué xí、gōng zuò, nà gāi duō hǎo wa!

A：希望你们心想事成！

Xī wàng nǐ men xīn xiǎng shì chéng!

B：I wish I could be able to live and study in the Guangzhou Higher Education Mega Centre.

A：Hope you can realize your dream.

词语替换练习

Pattern Drills

我（我们）		大学城	
你（你们）	去	白云山	参观。
他（他们）		越秀山	

Wǒ（Wǒ men）		Dà xué chéng	
Nǐ（Nǐ men）	qù	Bái yún shān	cān guān.
Tā（Tā men）		Yuè xiù shān	

I / We		Guangzhou Higher Education Mega Centre.
You / You	visit(s)	Baiyun Mountain.
He / They		Yuexiu Mountain.

到大学城的岛外公交线有几
条线路？

Dào dà xué chéng de dǎo
wài gōng jiāo xiàn yǒu jǐ tiáo
xiàn lù?

How many bus lines are there
from Xiaoguwei Island to the
city downtown?

有 13 条，它们是 33 路、35
路、67 路、76 路、86 路、
252 路、298 路、565 路、203
路、301 路、310 路、306 路
和 507 路。

Yǒu 13 tiáo, tā men shì 33
lù、35 lù、67 lù、76 lù、86
lù、252 lù、298 lù 、565 lù、
203 lù、301 lù、310 lù、306
lù hé 507 lù.

There are 13 lines. They are
No. 33, 35, 67, 76, 86,
252, 298, 565, 203, 301,
310, 306 and 507.

333

广州市区各大学均有点对点
开到大学城的专车到各自的
大学城校区。

Guǎng zhōu shì qū gè dà
xué jūn yǒu diǎn duì diǎn kāi
dào dà xué chéng de zhuān
chē dào gè zì de dà xué
chéng xiào qū.

The universities on the island
all have their special bus lines
traveling between the island
campus and the downtown
campus.

334

第33课 广州白云国际机场

Lesson 33 Guangzhou Baiyun International Airport

A：各位朋友，你到过新白云国际机场吗？你知道它有多大吗？

Gè wèi péng you, nǐ dào guò xīn Bái yún guó jì jī chǎng ma? Nǐ zhī dào tā yǒu duō dà ma?

B：没到过，更不知道它有多大。

Méi dào guò, gèng bù zhī dào tā yǒu duō dà.

A：好，我给大家介绍一下。广州新白云国际机场是一个造型新颖、外观大方活泼、流程合理、设备技术先进、内部环境优美、建筑风格富有时代性和地方特色的现代化大型枢纽机场。它是我国

A：My dear friends, have you ever been to the new Guangzhou Baiyun International Airport? Do you know how large it is?

B：No, I haven't. How large is it?

A：Ok, let me tell you something about it. As one of the 3 big air hubs of the country, new Guangzhou Baiyun International Airport is the first one designed and built with the "hub" concept. With its uni-

三大枢纽机场之一。总平面规划为三条跑道。第一期两条跑道，间距2200米，满足两条平行跑道的独立平行飞行要求。东跑道长4000米，满足最大型飞机的全重起降。西跑道长3600米，满足E类以下飞机的全重起降。在东跑道的东侧680米处，为第三条跑道，长3200米，满足大部分飞机的降落和部分D类以下飞机起飞。一期工程，机场内占地1430公顷，其中飞行区860公顷，其他区域占地574公顷。此外，中转油库和导航工程占地约17公顷。新机场内的人员编制，一期规划为2.5万人，二期完工，场内人员还要增加。航站楼一期工程建筑面积30万平方米，按国内旅客25平方米每人、国际旅客35平方米每人的标准设计。59个停机位能满足年吞吐量2700万人次、高峰9032人次每小时的业务量需求。

que construction, advanced facilities, elegant surroundings and efficient ATC system, the airport has become one of the first-class terminals in the world. Two runways have been completed in the first phase of construction to meet the demand of paralleled flights respectively—the east runway is 4000 m long and the west one 3600, with 2200 m in between. The third paralleled runway is designed 680 m east of the east one, 3200 m in length. Nearly all types of aircraft in the world can land at full load here, and parts of the D Type planes can take off from here as well. The first phase of construction occupies an area of 1430 kilo hectares, of which 860 hectares are used for flight area, 17 hectares for a fuel ware-house and navigation tower, and 574

335

Hǎo, wǒ gěi dà jiā jiè shào yī xià. Guǎng zhōu xīn Bái yún guó jì jī chǎng shì yī gè zào xíng xīn yǐng、 wài guān dà fāng huó pō、 liú chéng hé lǐ、 shè bèi jì shù xiān jìn、 nèi bù huán jìng yōu měi、 jiàn zhù fēng gé fù yǒu shí dài xìng hé dì fāng tè sè de xiàn dài huà dà xíng shū niǔ jī chǎng. Tā shì wǒ guó sān dà shū niǔ jī chǎng zhī yī. Zǒng píng miàn guī huà wéi sān tiáo pǎo dào. Dì yī qī liǎng tiáo pǎo dào, jiān jù 2200 mǐ, mǎn zú liǎng tiáo píng xíng pǎo dào de dú lì píng xíng fēi xíng yāo qiú. Dōng pǎo dào cháng 4000 mǐ, mǎn zú zuì dà xíng fēi jī de quán zhòng qǐ jiàng. Xī pǎo dào cháng 3600 mǐ, mǎn zú E lèi yǐ xià fēi jī de quán zhòng qǐ jiàng. Zài dōng pǎo dào de dōng cè 680 mǐ chù, wéi dì sān tiáo

hectares for other services. The working staff in the new airport is made up of 25 000 people for the 1st phase, and this number will increase after the 2nd phase of construction is finished. The terminal complex of Phase 1 covers an area of 300 000 m^2, meeting the standard of domestic passengers 25 m^2 metres per head and international passengers 35 m^2 per head. with 59 gate positions, the airport could see a passenger flow of 27 million a year, with 9032 passengers per hour at peak hours.

pǎo dào, cháng 3200 mǐ,
mǎn zú dà bù fen fēi jī de
jiàng luò hé bù fen D lèi yǐ
xià fēi jī qǐ fēi. Yī qī gōng
chéng, jī chǎng nèi zhàn dì
1430 gōng qǐng, qí zhōng
fēi xíng qū 860 gōng qǐng,
qí tā qū yù zhàn dì 574 gōng
qǐng.. Cǐ wài, zhōng zhuǎn
yóu kù hé dǎo háng gōng
chéng zhàn dì yuē 17 gōng
qǐng. Xīn jī chǎng nèi de rén
yuán biān zhì, yī qī guī huà
wéi 2.5 wàn rén, èr qī wán
gōng, chǎng nèi rén yuán
hái yào zēng jiā. Háng zhàn
lóu yī qī gōng chéng jiàn zhù
miàn jī 30 wàn píng fāng
mǐ, àn guó nèi lǚ kè 25 píng
fāng mǐ měi rén, guó jì lǚ
kè 35 píng fāng mǐ měi rén
de biāo zhǔn shè jì. 59 gè
tíng jī wèi néng mǎn zú nián
tūn tǔ liàng 2700 wàn rén
cì, gāo fēng 9032 rén cì
měi xiǎo shí de yè wù liàng

337

xū qiú.

中央办票大厅南北两侧均可进入到办票柜台，步行距离一般不超过 20 米，最远不超过 200 米，以方便旅客进出港。

Zhōng yāng bàn piào dà tīng nán běi liǎng cè jūn kě jìn rù dào bàn piào guì tái, bù xíng jù lí yī bān bù chāo guò 20 mǐ, zuì yuǎn bù chāo guò 200 mǐ, yǐ fāng biàn lǚ kè jìn chū gǎng.

停机坪面积约 90 万平方米，可停放大、中型客机 59 架，其中国际机位 16 个，国内机位 43 个。在 59 个机位中，49 个近机位，10 个远机位。远期规划将建可供 160~170 架飞机停放的客机坪。

Tíng jī píng miàn jī yuē 90 wàn píng fāng mǐ, kě tíng fàng dà、zhōng xíng kè jī 59 jià, qí zhōng guó jì jī wèi 16 gè, guó nèi jī wèi 43 gè. Zài 59 gè jī wèi zhōng, 49 gè

The distances between the entrances to the ticket counters are usually less than 20 metres, at most no more than 200 metres, so it's convenient for passengers to get to the ticket counters from both south and north entrances to the ticket office building.

The parking apron, with a total area of 900 000 m², is big enough for 59 berths for aircrafts, among which 16 are for international flights while 43 for domestic ones. 49 of the 59 berths are contact ones while the rest 10 are remote ones. There are expected to be 160~170 berths for aircrafts in the future.

jìn jī wèi, 10 gè yuǎn jī wèi.
Yuǎn qī guī huà jiāng jiàn kě
gòng 160~170 jià fēi jī tíng
fàng de kè jī píng.

航站楼停车场面积 20 万平方
米，其中停车楼 6 万平方米，
停车场 14 万平方米，可基本
满足 4000 辆大、中、小型各
种车辆的停放要求。远期车
场按 40 万至 50 万平方米规
划，可满足 8000~10 000 辆
大、中、小型车辆的停放要
求。

The terminal complex has par-
king lots of 200 000 m², avai-
lable for 4000 vehicles with an
open parking lot of 140 000 m²
and a parking structure of
60 000 m². The scheduled par-
king place will be 400 000 ~
500 000 m² in size, big enough
for 8000 ~ 10 000 vehicles.

339

Háng zhàn lóu tíng chē
chǎng miàn jī 20 wàn píng
fāng mǐ, qí zhōng tíng chē
lóu 6 wàn píng fāng mǐ,
tíng chē chǎng 14 wàn píng
fāng mǐ, kě jī běn mǎn zú
4000 liàng dà、zhōng、xiǎo
xíng gè zhǒng chē liàng de
tíng fàng yào qiú. Yuǎn qī
chē chǎng àn 40 wàn zhì 50
wàn píng fāng mǐ guī huà,
kě mǎn zú 8000 ~ 10 000
liàng dà、zhōng、xiǎo xíng

新机场位于广州市白云区人和镇以北与花都区新华镇以东交界处，距广州市中心海珠广场直线距离为 28 千米，距旧白云机场直线距离 17 千米，与 105、106、107 三条国道和京广铁路相邻，周边交通条件良好。

Xīn jī chǎng wèi yú Guǎng zhōu shì Bái yún qū Rén hé zhèn yǐ běi yǔ Huā dū qū Xīn huá zhèn yǐ dōng jiāo jiè chù, jù Guǎng zhōu shì zhōng xīn Hǎi zhū guǎng chǎng zhí xiàn jù lí wéi 28 qiān mǐ, jù jiù Bái yún jī chǎng zhí xiàn jù lí 17 qiān mǐ, yǔ 105、106、107 sān tiáo guó dào hé Jīng guǎng tiě lù xiāng lín, zhōu biān jiāo tōng tiáo jiàn liáng hǎo.

机场第一期投资 148 亿元人民币，其中静态投资 121.6 亿元，动态投资 26.8 亿元。

The new airport is located at the juncture of Renhe Town of Baiyun District and Xinhua Town of Huadu District in the suburbs of Guangzhou, and is 17 km away from the old one and 28 km away from the downtown Haizhu Square. The local traffic network around the new airport is rather convenient with the Jing-Guang Railway, the national roadways No. 105, 106 and 107 closely connected.

The total investment of Phase 1 construction reaches RMB 14.8 billion *yuan*, 12.16 billion for

Jī chǎng dì yī qī tóu zī 148 yì yuán rén mín bì，qí zhōng jìng tài tóu zī 121.6 yì yuán，dòng tài tóu zī 26.8 yì yuán.

construction and equipments and 2.68 billion for others.

航站楼实行国际招标，由美国 Parsons 和 URS Greiner 公司设计。

Háng zhàn lóu shí xíng guó jì zhāo biāo，yóu Měi guó Parsons hé URS Greiner gōng sī shè jì.

The US Parsons Company, teaming with subcontractor URS Greiner, won in the international bidding and was responsible for the design of the overall passenger terminal lay-out.

341

好了，我介绍得太多了吧？占用了大家的时间，对不起，请原谅！

Hǎo le，wǒ jiè shào de tài duō le ba? Zhàn yòng le dà jiā de shí jiān，duì bu qǐ，qǐng yuán liàng!

Well, it seems I've talked too much. Sorry for taking so much of your time.

B：谢谢你！介绍得真详细。听熟了，我们就可以做导游了，哈哈哈！

Xiè xie nǐ! Jiè shào de zhēn xiáng xì. Tīng shú le，wǒ men jiù kě yǐ zuò dǎo yóu le，hā ha ha!

B：Thanks so much for your detailed introduction. We can try to be tour guides after knowing all this. Haha!

A：做导游那么容易，我就没

A：I would be out of work if so

饭吃了！
Zuò dǎo yóu nà me róng yì, wǒ jiù méi fàn chī le!

B：姜是老的辣。导游多，你不是更吃香了吗？
Jiāng shì lǎo de là. Dǎo yóu duō, nǐ bù shì gèng chī xiāng le ma?

A：但愿如此。谢谢"金口小姐"！
Dàn yuàn rú cǐ. Xiè xie "jīn kǒu xiǎo jiě"!

B：到时候，苟富贵，莫相忘啊！
Dào shí hòu, gǒu fù guì, mò xiāng wáng a!

A：苟富贵，莫相忘。受人滴水之恩，定当涌泉相报嘛！
Gǒu fù guì, mò xiāng wàng. Shòu rén dī shuǐ zhī ēn, dìng dāng yǒng quán xiāng bào ma!

B：好人一生平安，好人有好报。
Hǎo rén yī shēng píng ān, hǎo rén yǒu hǎo bào.

many people wanted to be tour guides.

B：The more experienced, the more popular you will be.

A：Thanks for your nice words. Hope I will be that popular some day as you say.

B：Don't forget about my good wish when you realize your dream.

A：I will never forget about that.

B：God bless kind people with good luck.

A：谢谢你的好心。参观去吧，要不，时间不够的。
Xiè xie nǐ de hǎo xīn. Cān guān qù ba, yào bù, shí jiān bù gòu de.

众：待会儿见！
Dài huìr jiàn!

A：It's so kind of you. Let's visit the airport now, or you will be running out of time.

All：See you.

343

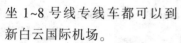

词语替换练习

Pattern Drills

坐 1~8 号线专线车都可以到新白云国际机场。
Zuò 1 ~ 8 hào xiàn zhuān xiàn chē dōu kě yǐ dào xīn Bái yún guó jì jī chǎng.

One can take bus lines 1~8 to the new Baiyun International Airport.

1 号线乘车点是：民航生活区、中央酒店、民航售票处。
1 hào xiàn chéng chē diǎn shì: Mín háng shēng huó qū、Zhōng yāng jiǔ diàn、Mín háng shòu piào chù.

Line 1 stops at CAAC Village, Central Hotel and CAAC Ticket Centre.

2 号线乘车点是：广东国际

Line 2 stops at Guangdong

大酒店、文化假日酒店、广
运楼。

2 hào xiàn chéng chē diǎn
shì：Guǎng dōng guó jì dà
jiǔ diàn、Wén huà jià rì jiǔ
diàn、Guǎng yùn lóu.

International Hotel, Holiday
Inn and Guangyun Building.

3 号线乘车点是：芳村客运
站。

3 hào xiàn chéng chē diǎn
shì：Fāng cūn kè yùn zhàn.

Line 3 stops at Fangcun Coach
Terminal.

4 号线乘车点是：广园新村、
华南理工大学、东圃客运站、
乐捷图广场、明珠大酒店。

4 hào xiàn chéng chē diǎn
shì：Guǎng yuán xīn cūn、
Huá nán lǐ gōng dà xué、
Dōng pǔ kè yùn zhàn、Lè
jié tú guǎng chǎng、Míng
zhū dà jiǔ diàn.

Line 4 stops at Guangyuan New
Village, South China Univer-
sity of Technology, Dongpu
Coach Terminal, Lejietu Plaza
and Mingzhu Hotel.

5 号线乘车点是：东方宾馆、
广东大厦、全球通大酒店。

5 hào xiàn chéng chē diǎn
shì：Dōng fāng bīn guǎn、
Guǎng dōng dà shà、Quán
qiú tōng dà jiǔ diàn.

Line 5 stops at Dongfang Hotel,
Guangdong Mansion and Quan-
qiutong Hotel.

6 号线乘车点是：珠江新城广

Line 6 stops at Zhujiang New

场、天河大厦。

6 hào xiàn chéng chē diǎn shì：Zhū jiāng xīn chéng guǎng chǎng、Tiān hé dà shà.

Town and Tianhe Mansion.

7 号线乘车点是：华威达大酒店、丽江明珠酒店、华南碧桂园、祈福新村、番禺市桥。

7 hào xiàn chéng chē diǎn shì：Huá wēi dá dà jiǔ diàn、Lì jiāng míng zhū jiǔ diàn、Huá nán bì guì yuán、Qí fú xīn cūn、Pān yú shì qiáo.

Line 7 stops at Huaweida Hotel, Lijiang Mingzhu Hotel, Huanan Biguiyuan, Qifu Village and Shiqiao of Panyu District.

345

8 号线乘车点是：广州新体育馆、广园客运站、天河客运站、凤凰城酒店、增城新塘。

8 hào xiàn chéng chē diǎn shì：Guǎng zhōu xīn tǐ yù guǎn、Guǎng yuán kè yùn zhàn、Tiān hé kè yùn zhàn、Fèng huáng chéng jiǔ diàn、Zēng chéng xīn táng.

Line 8 stops at New Guangzhou Stadium, Guangyuan Coach Terminal, Tienhe Coach Terminal, Phoenix City Hotel and Xintang of Zengcheng District.

第34课 二沙岛

Lesson 34 Ersha Island

A：朋友，你知道广州市最昂贵的别墅在哪里吗？你知道最昂贵的一座别墅开价多少钱吗？

Péng you, nǐ zhī dào Guǎng zhōu shì zuì áng guì de bié shù zài nǎ li ma? Nǐ zhī dào zuì áng guì de yī zuò bié shù kāi jià duō shǎo qián ma?

众：我们都不知道。是我们今天要去参观的地方吧？

Wǒ men dōu bù zhī dào. Shì wǒ men jīn tiān yào qù cān guān de dì fang ba?

A：你们真聪明，就是我们要去参观的地方——二沙岛。

Nǐ men zhēn cōng míng, jiù shì wǒ men yào qù cān guān de dì fang——Èr shā

A：Hey, dear friends. Do you know where are the most expensive villas located in Guangzhou? And do you know about the price of the most costly villa?

All：No idea. Is it where we are visiting today?

A：Bingo! That is Ersha Island.

dǎo.

B：那儿离我们的住地白天鹅宾馆有多远？

Nàr lí wǒ men de zhù dì Bái tiān é bīn guǎn yǒu duō yuǎn?

A：离我们的住地约 6 千米路程。它在白天鹅宾馆的东边，位于海印大桥和广州大桥之间的珠江上，是一个方圆只有几平方千米的江心岛。

Lí wǒ men de zhù dì yuē 6 qiān mǐ lù chéng. Tā zài Bái tiān é bīn guǎn de dōng biān, wèi yú Hǎi yìn dà qiáo hé Guǎng zhōu dà qiáo zhī jiān de Zhū jiāng shàng, shì yī gè fāng yuán zhǐ yǒu jǐ píng fāng qiān mǐ de jiāng xīn dǎo.

C：你没说最昂贵的别墅多少钱呢。

Nǐ méi shuō zuì áng guì de bié shù duō shǎo qián ne.

A：我想让你们来猜一猜。

Wǒ xiǎng ràng nǐ men lái cāi

B：How far is it from White Swan Hotel, the place we stay?

A：To the east of White Swan Hotel, it's about 6 km away from where we live. It's a small island between Haiyin Bridge and Guangzhou Bridge, covering several square kilometres only.

347

C：You haven't told us how much the most expensive villa costs yet.

A：Make a guess.

yi cāi.

B：1500 万人民币，对吗？
1500 wàn rén mín bì, duì
ma?

B：RMB 15 million *yuan*. Right?

C：2000 万！
2000 wàn!

C：20 million!

D：3000 万，对吗？
3000 wàn, duì ma?

D：Is it 30 million?

A：都不对。
Dōu bú duì.

A：No, it isn't.

B：这么贵呀？
Zhè me guì ya?

B：That much?

C：4000 万够了吧？
4000 wàn gòu le ba?

C：40 million!!

A：还不够，再猜猜。
Hái bù gòu, zài cāi cai.

A：Wrong again.

D：4500 万，对了吧？
4500 wàn, duì le ba?

D：45!

A：还不对，是 5000 万元人
民币。
Hái bù duì, shì 5000 wàn
yuán rén mín bì.

A：Wrong answer! It costs 50
million *yuan*!

B：真是全国之冠啊！
Zhēn shì quán guó zhī guàn
a!

B：It must be the No.1 expen-
sive villa in China.

A：二沙岛是一个美丽的江心

A：Ersha Island is a beautiful

岛，四面临江，环境幽美，绿化面积大，绿树成阴，草坪茵茵，别墅错落有致，密度低，空间广，是个安居的好地方。

Èr shā dǎo shì yī gè měi lì de jiāng xīn dǎo, sì miàn lín jiāng, huán jìng yōu měi, lǜ huà miàn jī dà, lǜ shù chéng yīn, cǎo píng yīn yīn, bié shù cuò luò yǒu zhì, mì dù dī, kōng jiān guǎng, shì gè ān jū de hǎo dì fang.

C：陈小姐，前面就是海印桥了。我们快到了吧？

Chén xiǎo jiě, qián miàn jiù shì Hǎi yìn qiáo le. Wǒ men kuài dào le ba?

A：对，现在我们的车子已经到了二沙岛了。我们的右边是二沙岛体育训练基地，左边是别墅群。现在，我们在星海音乐厅旁下车，大家在岛上可以参观一个半小时。三点在这里集中。

Duì, xiàn zài wǒ men de

small island located in the middle of the Pearl River. Unlike other crowded residential areas, it's a perfect quiet place for living with many trees and lawns here and there.

349

C: Miss Chen, Haiyin Bridge is just in front of us. Are we to be there soon?

A: Right! Here we are at Ersha Island! On our right is the sports training base, and on our left lies the villa-centralized area. Let's get off here beside Xinghai Concert Hall. One and a half hours for free visiting, and remember to

chē zi yǐ jīng dào le Èr shā dǎo le. Wǒ men de yòu biān shì Èr shā dǎo tǐ yù xùn liàn jī dì, zuǒ biān shì bié shù qún. Xiàn zài, wǒ men zài Xīng hǎi yīn yuè tīng páng xià chē, dà jiā zài dǎo shàng kě yǐ cān guān yī gè bàn xiǎo shí. Sān diǎn zài zhè lǐ jí zhōng.

get back here at 3 o'clock.

B：这里的江堤真漂亮！对面的临江高层住宅群也十分美。小王，给我多拍几张照。

Zhè lǐ de jiāng dī zhēn piào liang! Duì miàn de lín jiāng gāo céng zhù zhái qún yě shí fēn měi. Xiǎo Wáng, gěi wǒ duō pāi jǐ zhāng zhào.

B：It's so beautiful here along the river bank! Those residential tall buildings opposite the river look pretty great! Xiao Wang, take some more photos of me here.

C：你也给我多拍几张。

Nǐ yě gěi wǒ duō pāi jǐ zhāng.

C：Take some of me as well.

A：这些别墅群区被广州人称为广州富人区，每座别墅价格在 600 万至几千万不等。这里的酒楼、西餐厅都相当高档，不是人人都吃得起的。

A：This villa-centralized area is called wealthy-people territory. Prices of these villas range from RMB 6 million to about 50 million *yuan*. Not all people

Zhè xiē bié shù qún qū bèi
Guǎng zhōu rén chēng wéi
Guǎng zhōu fù rén qū, měi
zuò bié shù jià gé zài 600
wàn zhì jǐ qiān wàn bù děng.
Zhè lǐ de jiǔ lóu、xī cān tīng
dōu xiāng dāng gāo dàng,
bù shì rén ren dōu chī de qǐ
de.

can afford meals at the restaurants here, no matter they're Chinese style or Western.

351

B：我们到西餐厅去"领教"一下怎么样?

Wǒ men dào xī cān tīng qù "lǐng jiào" yī xià zěn me yàng?

B：Shall we try the Western style restaurant?

C：好, 去试试看有多贵。

Hǎo, qù shì shi kàn yǒu duō guì.

C：Great! Let's find out how expensive it is.

E：小姐, 你们想吃点什么?

Xiǎo jiě, nǐ men xiǎng chī diǎn shén me?

E：What would you like to eat, Miss?

B：请拿个菜单来看看。

Qǐng ná gè cài dān lái kàn kan.

B：Menu, please.

C：你们店的特色炒饭是什么?

Nǐ men diàn de tè sè chǎo

C：Any characteristic fried rice here?

fàn shì shén me?

E：海鲜炒饭和印尼炒饭。
Hǎi xiān chǎo fàn hé Yìn ní chǎo fàn.

B：哗！真是够贵的。
Wà! Zhēn shì gòu guì de.

C：环境不错，租金高，收费贵是可以理解的。这么多人光顾，要么说明有钱人不少，要么说明价钱还算合理，你说呢？
Huán jìng bù cuò, zū jīn gāo, shōu fèi guì shì kě yǐ lǐ jiě de. Zhè me duō rén guāng gù, yào me shuō míng yǒu qián rén bù shǎo, yào me shuō míng jià qián hái suàn hé lǐ, nǐ shuō ne?

B：也许是吧。
Yě xǔ shì ba.

C：来一个海鲜炒饭和一个印尼炒饭，再要两个罗宋汤。
Lái yī gè hǎi xiān chǎo fàn hé yī gè Yìn ní chǎo fàn, zài yào liǎng gè luó sòng tāng.

E：好，请稍等。

E：We've got seafood flavor and Indonesian flavor.

B：Wow! They are really expensive.

C：It's still acceptable for its nice surroundings and high rent. The large number of customers shows that there are quite a lot of rich guys living around, and that the price is rather reasonable. Don't you think so?

B：Maybe you are right.

C：One seafood and one Indonesian flavor, plus two Russian soup, please.

E：Okay. They will be served

Hǎo, qǐng shāo děng.

C：口味怎么样？

Kǒu wèi zén me yàng?

B：还不错，你的呢？

Hái bù cuò, nǐ de ne?

C：蛮好的。

Mán hǎo de.

B：小姐，结账吧。

Xiǎo jiě, jié zhàng ba.

C：再见！

Zài jiàn!

E：再见！

Zài jiàn!

B：我们到广东艺术馆去看看怎么样？

Wǒ men dào Guǎng dōng yì shù guǎn qù kàn kan zěn me yàng?

C：真遗憾，时间到了！

Zhēn yí hàn, shí jiān dào le!

B：都是嘴馋惹的祸。

Dōu shì zuǐ chán rě de huò.

C：留下点遗憾美，那才更美呢！

Liú xià diǎn yí hàn měi, nà cái gèng měi ne!

in a minute.

C：How do you like your food?

B：It's tasty. How about yours?

C：Not bad.

B：How much is it, Miss?

C：Bye.

E：Thanks and good-bye.

B：Let's go to Guangdong Art Gallery.

C：But it's time to leave now.

B：Oh! We spent all time on food here.

C：Well, nothing is perfect. It's good to leave something for next visit.

353

B：阿 Q 精神万岁！

Ā Q jīng shén wàn suì!

B：That's A Q's self-cheerup spirit.

C：那是自我心理平衡术，长寿术之一呀，哈哈哈！

Nà shì zì wǒ xīn lǐ píng héng shù, cháng shòu shù zhī yī ya, hā ha ha!

C：It's my way of staying psychologically balanced, by which one might live longer. Hahaha!

B："伟大"的心理学家，上车吧！

"Wěi dà" de xīn lǐ xué jiā, shàng chē ba!

B：Come on, my dear great psychologist! Let's get on the coach.

C：二沙岛"姑娘"，下次再来撩起你的面纱，再见！

Èr shā dǎo "gū niáng", xià cì zài lái liáo qǐ nǐ de miàn shā, zài jiàn!

C：Miss Ersha Island, see you next time.

词语替换练习

Pattern Drills

三文治（雪糕/牛排）贵不贵呀？

Sān wén zhì (Xuě gāo / Niú

Is sandwich / ice-cream / beef steak expensive?

pái）guì bu guì ya？

你们（他们）收不收外币
（人民币/美金）？

Do you / they accept foreign
currency / RMB/US dollars?

Nǐ men（Tā men）shōu bu
shōu wài bì（rén mín bì /
Měi jīn）?

你（我/他/小王/小林）吃不吃
海鲜（鱼/虾/牛肉）?

Do you / Do I / Does he / Does
Xiao Wang / Does Xiao Lin
like some seafood / fish /
shrimps / beef?

Nǐ（Wǒ / Tā / Xiǎo Wáng /
Xiǎo Lín）chī bu chī hǎi xiān
（yú / xiā / niú ròu）?

老王（老李/老张）打不打篮
球（网球/排球）?

Does Lao Wang / Lao Li / Lao
Zhang play basketball / tennis /
volleyball?

Lǎo Wáng（Lǎo Lǐ / Lǎo
Zhāng）dǎ bu dǎ lán qiú
（wǎng qiú / pái qiú）?

你（我/他）喜不喜欢读书
（打球/旅游）?

Do you / Do I / Does he like
reading / playing balls /
travelling?

Nǐ（Wǒ / Tā）xǐ bu xǐ huan
dú shū（dǎ qiú / lǚ yóu）?

355

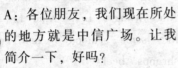

356

第35课 中信广场

Lesson 35 Zhongxin Plaza

A：各位朋友，我们现在所处的地方就是中信广场。让我简介一下，好吗？

Gè wèi péng you, wǒ men xiàn zài suǒ chǔ de dì fang jiù shì Zhōng xìn guǎng chǎng. Ràng wǒ jiǎn jiè yī xià, hǎo ma?

众：太好了！

Tài hǎo le!

A：中信广场位于天河北路，广州的新城市中心区。它的南面是天河体育中心，旁边是金色的市长大厦，东北边是广州市火车东站。大厦林立是中信广场周围的一大特色。中信广场由一座高391米、80层的主楼和左右各高38层的副楼以及高5层的中

A：My dear friends, here we are in Zhongxin Plaza. Now let me tell you something about this plaza.

All：Great!

A：Zhongxin Plaza is located in the new city centre on Tianhebei Road. Tianhe Sports Center lies to its south, Guangzhou East Railway Station stands to its northeast and the golden Mayor Mansion is just next to it. It is surrounded by a great lot of

信购物城裙楼组成。占地面积 2.3 万平方米，是广州市最高的大厦，并且是 20 世纪 90 年代全国之冠的摩天大厦。

Zhōng xìn guǎng chǎng wèi yú Tiān hé běi lù, Guǎng zhōu de xīn chéng shì zhōng xīn qū. Tā de nán miàn shì Tiān hé tǐ yù zhōng xīn, páng biān shì jīn sè de Shì zhàng dà shà, dōng běi biān shì Guǎng zhōu shì huǒ chē dōng zhàn. Dà shà lín lì shì Zhōng xìn guǎng chǎng zhōu wéi de yī dà tè sè. Zhōng xìn guǎng chǎng yóu yī zuò gāo 391 mǐ、80 céng de zhǔ lóu hé zuǒ yòu gè gāo 38 céng de fù lóu, yǐ jí gāo 5 céng de Zhōng xìn gòu wù chéng qún lóu zǔ chéng. Zhàn dì miàn jī 2.3 wàn píng fāng mǐ, shì Guǎng zhōu shì zuì gāo de dà shà, bìng qiě shì 20 shì jì 90 nián dài quán guó zhī

high buildings. Zhongxin Plaza is composed of one 80-storey main tower, two subordinating buildings of 38 storeys, and a 5-storey apron building, covering a total area of 23 000 m². It is the highest building in Guangzhou, and was the highest building of the 1990s in the country.

guàn de mó tiān dà shà.

中信广场停车场位于大厦的负一层、负二层及首层与负一层的夹层，总建筑面积 45 201 平方米，共设计有 900 个停车位。

Zhōng xìn guǎng chǎng tíng chē chǎng wèi yú dà shà de fù yī céng、fù èr céng jí shǒu céng yǔ fù yī céng de jiā céng, zǒng jiàn zhù miàn jī 45 201 píng fāng mǐ, gòng shè jì yǒu 900 gè tíng chē wèi.

大厦会所实行尊贵的会员制，主要设施有游泳池、网球场、壁球室、乒乓球室、室内高尔夫球练习场、娱乐室、桑拿室等。介绍到此。请大家去东站绿化广场及"天河飘绢"——火车东站水景瀑布参观、照相，留下你们的倩影，留下你们的足迹，留下你们美好的回忆吧！

Dà shà huì suǒ shí xíng zūn guì de huì yuán zhì, zhǔ yào

The parking lot of Zhongxin Plaza is on the first and second underground floors, containing 45 201 m² of parking space for 900 vehicles.

The plaza chamber provides its members with an indoor golf training field, a recreation room and a sauna bathroom, plus many sports facilities for swimming, tennis, squash and table tennis. So much for the introduction. Now you may go to the Greenage Square of Guangzhou East Railway Station. You can visit the fabulous waterfall and take

shè shī yǒu yóu yǒng chí、
wǎng qiú chǎng、bì qiú shì、
pīng pāng qiú shì、shì nèi
gāo ěr fū qiú liàn xí chǎng、
yú lè shì、sāng ná shì děng.
Jiè shào dào cǐ. Qǐng dà jiā
qù Dōng zhàn lǜ huà guǎng
chǎng jí "Tiān hé piāo juàn"
——Huǒ chē dōng zhàn shuǐ
jǐng pù bù cān guān、zhào
xiāng, liú xià nǐ men de
qiàn yǐng, liú xià nǐ men de
zú jī, liú xià nǐ men měi hǎo
de huí yì ba!

B：38 层的公寓楼由什么公司
管理？住户多数是什么人？
38 céng de gōng yù lóu yóu
shén me gōng sī guǎn lǐ?
Zhù hù duō shù shì shén me
rén?

A：由北京保利酒店物业管理
有限公司进行专业的物业管
理。公寓大楼保安严密，实
行封闭式管理。居住环境、
生活氛围十分幽雅、高尚。
住户以日本、韩国、香港等

some nice photos there. It's a
great scenery of Tianhe District
called "the Floating Silk in
Tianhe". I'm sure it will leave
you a wonderful impression.

359

B： Which company manages
the 38-storey apartment buil-
dings? What do most residents
do?

A： It's securely run by Baoli
Hotel Estates Management
Company of Beijing. With
efficient security system and
management, it's really a
high-grade and elegant com-

地人居多。

Yóu Běi jīng Bǎo lì jiǔ diàn wù yè guǎn lǐ yǒu xiàn gōng sī jìn xíng zhuān yè de wù yè guǎn lǐ. Gōng yù dà lóu bǎo ān yán mì, shí xíng fēng bì shì guǎn lǐ. Jū zhù huán jìng、shēng huó fēn wéi shí fēn yōu yǎ、gāo shàng. Zhù hù yǐ Rì běn、Hán guó、Xiāng gǎng děng dì rén jū duō.

C：公寓已经全售完了吧?

Gōng yù yǐ jīng quán shòu wán le ba?

A：小姐，想做那里的业主吗? 早已售完了，现在唯一的可能性是买二手楼。

Xiǎo jiě, xiǎng zuò nà li de yè zhǔ ma? Zǎo yǐ shòu wán le, xiàn zài wéi yī de kě néng xìng shì mǎi èr shǒu lóu.

C：有那么个意思吧，有理想的二手楼是可以考虑的。

Yǒu nà me gè yì si ba, yǒu

munity. The residents are mostly from Japan, Korea and Hong Kong.

C：Are they all sold out?

A：Do you want to buy an apartment here, Miss? I am sorry to tell you that all of them have been sold out, but you might buy a second-handed one.

C：I am thinking of it.

lǐ xiǎng de èr shǒu lóu shì kě
yǐ kǎo lǜ de.

A：你可以上网查询，也可以
直接到保利酒店物业管理处
问问。祝你好运！

Nǐ kě yǐ shàng wǎng chá
xún， yě kě yǐ zhí jiē dào
Bǎo lì jiǔ diàn wù yè guǎn lǐ
chù wèn wen. Zhù nǐ hǎo
yùn！

C：谢谢！再见！

Xiè xie！Zài jiàn！

A：再见！

Zài jiàn！

B：丽莎，听说商场很大，商
品很多。去看看，好吗？

Lì shā， tīng shuō shāng
chǎng hěn dà， shāng pǐn
hěn duō. Qù kàn kan， hǎo
ma？

C：好哇，导游介绍时说过，
商场装饰富丽堂皇，商品琳
琅满目，购物环境宽敞舒适。
商场大堂不定期举办时装节、
车展、各类产品的演示会、
小型联欢会、歌舞表演、音

A：You may check it up on
the Internet or telephone Baoli
Company for some information.
Good luck, dear!

361

C：Thanks. See you later.

A：See you.

B：Lisa, shall we go to the
shopping centre? I hear that
there are many kinds of goods
in the big store.

C：Terrific! Our tour guide
tells us that the shopping mall
is splendidly decorated and
various kinds of goods are sold
here. Down at the lobby of the
shopping mall all kinds of

乐欣赏会等活动，极大限度满足客户的各种需要。这么好的地方不去不是太可惜了吗？

Hǎo wa, Dǎo yóu jiè shào shí shuō guò, shāng chǎng zhuāng shì fù lì táng huáng, shāng pǐn lín láng mǎn mù, gòu wù huán jìng kuān chǎng shū shì. Shāng chǎng dà táng bù dìng qī jǔ bàn shí zhuāng jié、chē zhǎn、gè lèi chǎn pǐn de yǎn shì huì、xiǎo xíng lián huān huì、gē wǔ biǎo yǎn、yīn yuè xīn shǎng huì děng huó dòng, jí dà xiàn dù mǎn zú kè hù de gè zhǒng xū yào. Zhè me hǎo de dì fang bù qù bù shì tài kě xī le ma?

B：是啊，四层商场共 3.7 万平方米，展出的全是中、高档的中外名牌产品。即使不买，看看也会大开眼界、增长见识啊。我们一块儿去吧！

Shì a, sì céng shāng chǎng

activities are held, such as product presentations like cars, fashion shows, mini parties, singing and dancing shows and concerts. It's really a great place to meet the needs of customers. We can't miss such a wonderful place.

B：Absolutely right. The shopping centre covers 4 floors of 37 000 m², where high quality products from home or abroad can be found. It's an excellent place for window

gòng 3.7 wàn píng fāng mǐ,
zhǎn chū de quán shì
zhōng、gāo dàng de Zhōng
wài míng pái chǎn pǐn. Jì shǐ
bù mǎi, kàn kan yě huì dà
kāi yǎn jiè, zēng zhǎng jiàn
shí a. Wǒ men yī kuàir qù
ba!

shopping as well. Let's go then!

C：不！我们先看看有什么好
东西，改天再来慢慢选购。
现在，先去拍照，你说呢？

Bù! Wǒ men xiān kàn kan
yǒu shén me hǎo dōng xi,
gǎi tiān zài lái màn man
xuǎn gòu. Xiàn zài, xiān qù
pāi zhào, nǐ shuō ne?

C：We'd better just take a look
today, and come shopping on
another day. Now, let's go and
take photos.

B：好主意，还是你有经验。
跟着你，准没错。

Hǎo zhǔ yì, hái shì nǐ yǒu
jīng yàn. Gēn zhe nǐ, zhǔn
méi cuò.

B：Sounds great. It's so good
to be with an experienced
tourist as you!

C：当然啰，见多识广嘛！哈
哈哈！

Dāng rán luo, jiàn duō shí
guǎng ma! Hā ha ha!

C：I am Ms-know-all. Hahaha!

B：经不起表扬啊，牛皮又吹

B：Come on! You should be a

363

起来了。

Jīng bù qǐ biǎo yáng α，niú pí yòu chuī qǐ lai le.

C：逗你玩的，懂吗？

Dòu nǐ wán de，dǒng ma?

B：我也一样啊！

Wǒ yě yī yàng α!

bit humble. Haha.

C：Just kidding.

B：It's great fun!

词语替换练习

Pattern Drills

你（我/他）要买丝绸旗袍（西装裙/化妆品）。

Nǐ（Wǒ / Tā）yào mǎi sī chóu qí páo（xī zhuāng qún/huà zhuāng pǐn）.

You'd / I'd / He'd like to buy a sick *chi-pao* / a suit dress / cosmetics.

你们（我们/他们）去时代广场（东山广场/中信广场）。

Nǐ men（Wǒ men/Tā men）qù Shí dài guǎng chǎng（Dōng shān guǎng chǎng / Zhōng xìn guǎng chǎng）.

You / We / They are going to Times Plaza / Dongshan Square / Zhongxin Plaza.

你（我/他）买不买荔枝（龙

Would you / I / he like to buy

眼/杨桃)?

Nǐ（Wǒ / Tā）mǎi bu mǎi lì
zhī（lóng yǎn / yáng táo）?

some lychees / longans / caram-
bolas?

365